Un crime dans la peau

Lionel Destremau

Un crime dans la peau

roman

la manufacture de livres

Si vous souhaitez recevoir notre catalogue
et être informé de nos publications,
envoyez vos coordonnées en citant ce livre à :

La Manufacture de livres, 101 rue de Sèvres, 75006 Paris
ou
contact@lamanufacturedelivres.com

ISBN 978-2-38553-198-0

Quand le soleil du quatorzième printemps aura fait fondre, sous les pas de ces enfants devenus jeunes gens, les neiges dangereuses des mauvais jours, ils partiront vers des horizons illuminés d'espoir ; la vie leur sera moins amère, moins âpre le labeur ; nourris, fortifiés, instruits, moralisés, catéchisés, sanctifiés par la grâce, ils pourront affronter les batailles de la vie et assurer le triomphe de leur foi et de leur vertu. [...] Ils sont merveilleusement disposés à devenir : des ouvriers laborieux ayant de saines habitudes d'ordre et d'économie – des citoyens sérieux, dignes de fonder plus tard un foyer, et de servir noblement sous les drapeaux – des chrétiens sans reproche, capables de défendre sans trembler leur Christ comme le plus sacré des trésors, et leur religion comme le plus insaisissable des biens.

Extrait du sermon de l'abbé Sirech, donné à
l'Œuvre des petits garçons orphelins de Villeurbanne (1904)

Le crime fut commis avec une telle sauvagerie que vous serez à jamais inaccessibles à tout sentiment de pitié.

L'avocat général Guétat,
s'adressant à Rambert et Mailly,
lors du réquisitoire du procès, le 29 octobre 1932.

PROLOGUE – 9 mai 2014

Février 2014, Éric Mailly quitte l'ENSP*, à Saint-Cyr-au-Mont-d'Or, où il est venu récupérer des documents. Il remonte le long de la rue Carnot pendant une cinquantaine de mètres, avant de trouver sur la gauche le scooter qu'il a loué et garé contre un mur dans un renfoncement. Il démarre, emprunte la rue de Lyon, descend jusqu'à Saint-Rambert-L'île-Barbe[1], passe sur le pont qui enjambe la Saône, se dirige jusqu'à l'hôpital de la Croix-Rousse et parvient dans le centre-ville de Lyon. Il est contraint, par des voies en sens unique, de faire quelques détours, passe non loin du palais de la Bourse, avant de dépasser la place Bellecour et d'arriver au niveau de la gare de Perrache. Il a rendez-vous place des Archives, derrière la gare, pour une visite privée organisée spécialement pour les élèves de l'école au musée des Techniques policières d'Edmond Locard. Cette journée est un peu exceptionnelle dans sa formation, et il a quitté le site de Cannes-Écluse, en grande banlieue parisienne, où il suit un parcours pour être officier de police, pour passer deux jours de formation au centre lyonnais. Un enseignant les a tous conviés aux archives municipales de la ville. Il souhaite leur rappeler quelques fondamentaux historiques majeurs dans l'évolution des capacités scientifiques de la police afin de résoudre les crimes.

– Vous avez la chance, à Lyon, d'être dans la ville qui est certainement, avec Paris, celle ayant connu le plus de personnalités à l'origine d'immenses avancées dans ce domaine au fil du temps, leur explique-t-il.

Éric écoute attentivement le cours qui lui est dispensé, tout en observant les vieux instruments de laboratoire qui datent du début du siècle précédent, les mises en situation de relevés d'empreintes, les différents outils de cambrioleurs réunis et accrochés sur plusieurs murs, les manuscrits disposés en vitrine et à partir desquels se développèrent les études graphologiques. On les convie alors à parcourir une collection qui n'est accessible que sur demande spéciale, les près de sept mille photos de tatouages rassemblées par Edmond Locard.

– Locard, explique l'enseignant, a d'abord récupéré ceux légués par Lacassagne. C'était un médecin qui se passionnait pour les tatouages. Il a établi une théorie alliant le crime au désir de se tatouer la peau… Locard a ensuite poursuivi la collection par lui-même et l'a augmentée sensiblement. Lui ne voyait aucune interprétation particulière dans l'usage du tatouage dans le milieu. Ce qu'il cherchait, c'était de réunir le plus possible de moyens d'identification des individus : les cicatrices, les taches de naissance, les grains de beauté, les empreintes bien sûr, la description morphologique globale, mais aussi, donc, les dessins caractéristiques que les criminels possédaient sur leur propre épiderme. Certains cadavres furent ainsi identifiés grâce à leurs tatouages et permirent de faire sensiblement avancer les enquêtes…

Le nombre d'hommes tatoués rassemblés dans cette collection étant considérable, Éric s'intéresse aux premières photos, feuillette les albums, mais après en avoir parcouru une bonne centaine, il finit par se lasser. Peu de tatouages sortent de l'ordinaire, la plupart n'étant bien souvent que de piètre qualité, les techniques de l'époque ne permettant évidemment pas les prouesses artistiques des tatoueurs actuels. Éric a deux tatouages, un sur l'épaule, une fleur très colorée, et un reprenant un motif maori sur le mollet droit, à l'encre noire. Et il est justement en train de se tâter pour en faire faire un nouveau sur sa cuisse gauche. Il est sur le point de passer à la suite de la visite quand il s'arrête sur une dernière photo d'homme tatoué. Elle montre le buste d'un certain Louis Rambert, nom qui ne lui dit strictement rien. Le tatouage est caractéristique d'un style asiatique et n'a rien à voir avec les autres dessins qui apparaissent sur le reste du corps de cet individu. Il représente un aigle et un dragon entremêlés, avec des encres rouges et bleues, suivant un trait assez fin et plutôt bien exécuté. La légende sous la photo donne une date, 1930, et ajoute au nom la mention : « complice de G. Mailly ». Éric fait montre d'un petit moment d'arrêt, dodeline une seconde de la tête. Il est surpris de voir son propre nom de famille inscrit sous ce portrait. Une pure coïncidence bien sûr, et s'il n'a pas une grande connaissance de sa généalogie, ce Mailly-là n'a sans doute pas fait partie de sa famille. Il est troublé cependant, mais l'enseignant poursuit son cours, il en a raté une partie en restant à l'arrière du groupe, et se presse de rejoindre les autres élèves. En rentrant à son hôtel, le soir, il prend l'apéritif avec sa compagne venue le rejoindre, Julie, et raconte l'anecdote de ce Mailly surgi devant ses yeux lors de la visite au musée. Elle en sourit un instant et le chambre en lui disant qu'il est peut-être un petit cousin éloigné d'un assassin sanguinaire. Ils rient, boivent leur verre et leur conversation dérive sur un tout autre sujet.

En avril, un peu plus de deux mois plus tard, Éric est en pleine période de révision pour son examen final et il passe son temps libre à potasser, en particulier le droit, matière dans laquelle il éprouve quelques difficultés malgré l'obtention de sa licence. Il n'a pas renoncé à se faire faire un nouveau tatouage, mais n'en a pas eu le temps, trop pris par ses études. Quand il essaie de se détendre un peu cependant et qu'il prend quelques minutes de pause, il feuillette des magazines de tatouages que Julie lui a rapportés. Il découvre dans l'un d'eux qu'une grande exposition est en préparation pour le début mai au musée du Quai Branly et qu'elle réunira un nombre considérable de réalisations de tatoueurs à travers les siècles et les continents. Il doit intégrer un nouveau stage mi-mai, et il devra ensuite enchaîner avec une préparation physique. S'il veut voir cette exposition, il lui faut envisager d'y aller dans les premiers jours après l'ouverture, et il profiterait aussi du week-end pour voir ses parents qu'il n'a pas croisés depuis des mois. Il propose à Julie cette petite escapade, la fin d'après-midi du vendredi 9 mai à passer au Quai Branly et les deux jours suivants en famille, et il réserve deux billets pour l'exposition. Le jour de leur visite, il a obtenu de quitter plus tôt qu'à l'accoutumée le centre de formation, mais il y a un monde fou dans le musée, et les nombreux panneaux, dessins, reproductions de tatouages semblent s'entasser dans une des mezzanines, un espace où le public a du mal à circuler correctement et à prendre le temps de regarder et de lire. Éric ne profite pas pleinement de l'exposition comme il l'aurait souhaité et il en éprouve une certaine déception. Cependant, il apprécie les fragments de corps humain en silicone, disposés dans des vitrines, sur lesquels des tatoueurs ont reproduit des œuvres. Cela procure une consistance aux dessins, quand la photo seule ne rend pas toujours assez bien compte de l'animation qu'un tatouage peut avoir sur les courbures d'un corps. Il saisit aussi combien l'art du tatouage a été déconsidéré en Occident dans la modernité, alors qu'il faisait partie intégrante de sociétés plus anciennes et avait un rôle social autant que religieux. Si Locard et Lacassagne se sont intéressés aux tatouages, songe-t-il alors, ce fut dans l'unique but de classifier un certain rang social, celui de la marginalité, de la criminalité, faisant de ces marques corporelles à la fois des repères d'identification et des marqueurs de bassesse et de violence. Éric comprend que l'évolution du tatouage, devenu une pratique à la mode, une forme artistique reconnue, un art à part entière qui entre au musée, ou tout simplement un ornement commun à tout un chacun pour sa génération, est à dix mille lieues de ce que les criminologues du début du vingtième siècle en avaient fait. Il quitte l'exposition avec un sentiment en demi-teinte, à la fois heureux d'avoir pu voir autant de réalisations réunies en un seul lieu, d'avoir pu apprécier les différences ethnologiques et anthropologiques des tatouages au fil des époques, mais chagriné de la bousculade permanente, de la petitesse de l'espace choisi et de l'incapacité d'en profiter. Avec Julie, ils prennent le RER A pour rejoindre Chessy, dîner et passer le week-end chez ses parents. Son père, Jean-Michel, est ingénieur aéronautique à la retraite. Il a 75 ans, et Éric est né de son second mariage avec Hélène, qui a une quinzaine d'années de moins que son père et qui continue de travailler comme enseignante au lycée. Jean-Michel n'a pas eu d'enfant de sa première union, et Éric est fils unique. Il a toujours eu un rapport assez complexe avec son père, lequel ne comprend pas la passion de son rejeton pour les questions criminelles, et encore moins son désir d'aller voir une exposition consacrée aux tatouages. Mais ce 9 mai, père et fils sont heureux de se retrouver et de passer à table ensemble pour partager un repas, et ni l'un ni l'autre ne cherchent à aller sur le moindre terrain de mésentente, afin que la soirée se déroule du mieux possible pour tout le monde. Toutes les familles ne sont pas ainsi, mais ces deux-là ont cette intelligence en commun qui leur permet, tacitement, de sentir quand il faut garder le silence sur certains sujets. Tout au moins est-ce ce que chacun d'eux se plaît à croire. Depuis qu'il a pris sa retraite, Jean-Michel a redécouvert le plaisir de la lecture, un temps qu'il ne se permettait que rarement quand il travaillait. Il n'a de cesse de se plonger dans des romans historiques, en particulier ceux traitant de la Seconde Guerre mondiale, sa période de prédilection, et il s'est découvert une passion pour la généalogie. Il s'est même rendu dans un salon spécialisé consacré à cette question à Londres, et en parle longuement à Éric :

– J'ai fait un test ADN, avec une société anglaise,

FamilyTreeDNA. Je suis persuadé qu'à l'avenir tout le monde voudra connaître ses origines et pratiquera ce genre de test.

– Désolé mais… je ne crois pas, papa. Cette pratique n'est pas autorisée en France. Pour le citoyen lambda… Je pense que ce genre de test ADN doit être réservé à des fins d'enquête et de procédures de recherche. Ou bien pour des besoins médicaux précis. Les vulgariser comme ça… c'est la porte ouverte à toutes les interprétations possibles ! Surtout, ça risque de rapidement poser des problèmes de confidentialité, de vie privée. Et puis, si on laisse faire ces tests chez les Anglo-Saxons, on leur donne des informations sur nous-mêmes, mais aussi sur le reste de notre famille, pas très cool pour ceux qui n'ont rien demandé…

Père et fils en viennent à hausser la voix, et peu à peu, malgré l'engagement silencieux de ne pas aller sur certains terrains, la conversation dégénère, chacun cherchant à avoir le dernier mot et se renvoyant les arguments à la face de plus en plus vivement. Hélène sent que la conversation va encore finir en échange houleux et met un terme à la discussion, appelant mari et fils à tout de suite s'arrêter, parler d'autre chose, et profiter du gâteau qu'elle vient de déposer au centre de la table.

Après le dîner, Éric reste dans le salon à fumer une cigarette, tandis que Julie finit d'aider Hélène à remplir le lave-vaisselle, mais Jean-Michel, contrarié, a décrété qu'il était l'heure de sortir le chien, et il est parti lui faire faire un tour dans le quartier pavillonnaire. Sur la table basse devant Éric traînent deux livres, une biographie de de Gaulle et un roman, et plusieurs journaux, deux exemplaires du *Monde*, datés de la veille et de l'avant-veille, *Le Nouvel Observateur* et *Télérama*. Éric se sent frustré de la discussion avec son père. Comme d'habitude, il n'a pas pu aller au bout de sa pensée, et comme d'habitude ils n'ont pu véritablement parler ensemble sans que le ton finisse par monter. Il s'empare du *Nouvel Obs* et commence à le feuilleter machinalement. Une page est cornée, probablement par son père, aussi s'y arrête-t-il pour voir ce qui a pu l'intéresser. Le titre de l'article est : « Un exemplaire de *Mein Kampf* retiré d'une vente aux enchères ». Éric ne s'étonne pas que ce genre de chronique ayant trait à Hitler, et donc à la passion de son père pour la Deuxième Guerre mondiale, ait éveillé son intérêt. Il se met à lire le papier, qui est une remise en forme d'un article de l'AFP, et explique qu'une association juive a protesté contre la maison d'enchères Pierre Bergé & Associés, laquelle avait projeté la mise en vente d'un exemplaire de *Mein Kampf*. Cette édition originale, datée de 1925 et illustrée d'un portrait d'Hitler, devait faire partie d'une grande vente prévue le 16 mai à l'Hôtel Drouot, comprenant plus de quatre cents livres et manuscrits et appartenant au collectionneur Philippe Zoummeroff. Industriel à la retraite, ce dernier s'est passionné pour la criminologie et les grandes affaires criminelles, et ce n'est qu'à cette aune qu'il possédait le volume d'Hitler, parmi bien d'autres ouvrages en tous genres. Éric enregistre cette information et est sur le point de tourner la page avant même d'avoir terminé l'article quand un nom attire son œil. À la fin de l'article, il voit cité le patronyme de Louis-Marius Rambert, et il met un petit moment à chercher, puis à trouver, où il a déjà vu ce nom. C'était lors de sa visite du musée Edmond Locard à Lyon en février. Le papier du *Nouvel Observateur* se termine en indiquant que le Conseil des ventes volontaires a répondu à la protestation de l'association en faisant part de sa vigilance autour de la future vente de cette collection, qu'elle envisagerait d'interdire certains lots si cela s'avérait nécessaire, et outre la question relative à *Mein Kampf*, qu'elle s'intéressait aussi à ce qui est évoqué dans le catalogue comme un « extraordinaire recueil de documents, réunis par le docteur Lacassagne, dans une étonnante reliure faite avec la peau de Rambert ». Éric prend alors sur la table les deux exemplaires du *Monde*, les feuillette et tombe bientôt sur deux articles relatifs à la même affaire. Le premier reprend peu ou prou les informations déjà lues, le second en revanche vient confirmer ce qu'il cherchait depuis que sa curiosité a été piquée au vif. Dans celui-ci, il est noté que Louis Rambert était coupable d'un double assassinat qui eut lieu à Écully en 1930, et que son complice était un certain Gustave Mailly. À relire à nouveau son nom de famille, cité dans une affaire criminelle, Éric éprouve une légère excitation. Et il a déjà tout oublié de l'échange avec son père au dîner, quand ce dernier entre dans la pièce, détache la laisse de Quick, leur épagneul qui va aussitôt boire à sa gamelle dans la cuisine, et s'apprête à dire bonsoir à son fils avant d'aller se coucher. Éric lui demande tout de go :

– Tu as lu l'article sur *Mein Kampf* et la vente aux enchères ?

– Oui, celui dans le *Nouvel Obs* ?

– Et dans *Le Monde* aussi. Y a eu deux articles…

– Ah, je n'avais pas fait attention. C'est ta mère qui lit le journal, moi je préfère les magazines.

– Donc tu n'as pas vu ce qu'ils disent sur l'affaire Rambert ?

– Rambert ? Je ne vois pas, non.

– Le deuxième livre de la vente qui a été interdit. Parce qu'il est relié en peau d'homme et qu'on ne peut pas vendre des restes humains. Le recueil de documents sur Rambert, l'assassin.

– Je ne sais pas, j'ai lu ça rapidement.

– Eh bien, dans le papier du *Monde,* ils en parlent un peu plus. Le fameux Rambert a participé à un meurtre en 1930. Je l'ai vu à Lyon, sur une photo, dans un album de criminels tatoués. C'est dingue… Bref, il avait un complice. J'ai pas vraiment fait gaffe, mais le type s'appelait Mailly, comme nous. Gustave Mailly. Un homonyme probablement, mais quand même, c'est drôle, cette histoire.

– Gustave Mailly ? En 1930 ?…

– Quoi, me dis pas que c'était mon arrière-grand-père quand même ! lance Éric en riant.

– Non, pas ça. Mais pas loin peut-être… Attends une minute. Il faut que j'allume l'ordinateur. Viens dans mon bureau.

Éric et son père quittent le salon, s'enferment dans une petite pièce attenante à la cuisine, un ancien débarras réaménagé qui fait seulement quelques mètres carrés. Jean-Michel s'assoit sur son fauteuil, met en marche son PC, et Éric reste derrière lui, debout. Après quelques secondes, son père ouvre un fichier Word.

– J'ai reconstitué une partie de mon arbre généalogique. Je ne me suis pas beaucoup intéressé à ma famille, tu le sais. Mon grand-père, René, est mort quand j'avais une dizaine d'années, et mon père, Jacques, ne m'en parlait jamais. Regarde, René est mort en 1949, il était né en 1881, et son père à lui, Émile, né en 1857 et mort en 1919. J'ai quelques informations concernant René, je sais qu'il a fait la Première Guerre et qu'il s'en est sorti indemne. Je n'ai pas trouvé grand-chose sur son père, qui était donc mon arrière-grand-père. Juste deux ou trois trucs. Je sais qu'il venait de la région lyonnaise, qu'il l'a quittée à treize ans pour venir travailler dans une usine textile, en banlieue parisienne, donc ça veut dire, en 1870. Et qu'il avait un frère aîné, né en 1854 et lui resté en Rhône-Alpes quelque part. Il s'appelait Ferdinand Mailly, et il a eu plusieurs fils. Selon la légende familiale, ils sont tous morts pendant la Première Guerre. C'est à peu près tout ce que j'ai.

– Et le prénom de ces fils ? Ceux morts à la guerre. Tu les as ?

– Je ne suis pas allé aussi loin pour l'instant. J'ai trouvé une vieille boîte d'archives chez mon père, qu'il tenait de son propre père. Dans les carnets, il n'y a rien, j'ai déjà lu tout ce que j'ai pu. Mais il y a pas mal de vieilles photos, certaines ont des légendes au dos. Attends, je t'attrape ça.

Le père se relève, repousse Éric dans son dos, le cagibi étant décidément trop étroit pour deux personnes, et se met sur la pointe des pieds pour atteindre une étagère sur la droite et tirer vers lui une boîte à chaussures. Il la redescend et la dépose sur le bureau. Quand il l'ouvre, Éric découvre des dizaines de vieux clichés noir et blanc posés en tas à l'intérieur. Son père et lui les sortent tous et commencent à les éplucher les uns après les autres. Après une demi-heure à retourner les photos en quête d'une mention manuscrite, à tenter de déchiffrer des visages figés dans le temps, d'hommes et de femmes redevenus poussière depuis des années, Éric s'arrête sur une image floue. La photo est ratée. Il y a plusieurs personnes dessus, mais les deux visages adultes sont complètement effacés sous un halo blanchâtre, on distingue seulement leur corps, celui d'une femme et d'un homme, elle tenant un nourrisson dans les bras, lui posant la main sur l'épaule d'un petit garçon, un troisième enfant dans un couffin posé par terre. Impossible de reconnaître qui que ce soit sur ce cliché. En revanche, au dos, il y a des mots griffonnés : *Ferdinand, Marie-Louise, avec A, E et G.* Pas de prénoms pour les enfants, mais des initiales, et parmi elles un G, comme Gustave. La légende familiale dit-elle vrai ? Tous les garçons sont-ils morts pendant la Première Guerre mondiale ? Se pourrait-il que ce qui a été transmis dans la famille n'ait été qu'une simple histoire pour mettre fin à toutes questions, empêchant ainsi de conserver la mémoire d'un membre des Mailly devenu meurtrier ? Le G sur la photo est-il un Gustave encore bébé, ou un Germain, un Guy, un Gabriel, un Gauthier, un Gabin, un Gaspard, etc. ? Éric en a le tournis à chercher tous les prénoms commençant par un G. Son père se tourne vers lui, ils échangent un regard complice, peut-être pour la première fois depuis bien des années. Et ce soir-là, ils passent une sorte de pacte. Jean-Michel s'engage à creuser l'arbre généalogique et à tenter de remonter le fil de l'histoire familiale. Éric, lui, dès qu'il aura terminé sa formation et disposera d'un peu plus de temps libre, va se plonger plus avant dans les archives judiciaires et policières de l'affaire du double assassinat d'Écully et tenter de comprendre ce que son possible arrière-arrière-grand-oncle a pu vivre pour se transformer en assassin.

ACTUALITES

***Le Matin*, 22 mars 1903**

Suicide à la Petite-Roquette

Albert Jolicoeur, âgé de seize ans, fut incarcéré à la Petite-Roquette, le 12 mars, à la suite d'une condamnation à huit mois de prison pour vol.
Hier matin, le gardien Legendre voulut le faire descendre pour qu'on lui coupât les cheveux. Le jeune détenu refusa. Pendant que M. Legendre allait prévenir le gardien-chef, Jolicoeur se jeta dans la cage d'escalier et se tua net. M. Guicheteau, commissaire de police du quartier, a ouvert une enquête.

Le pendu et les cambrioleurs

Depuis plus d'un mois, le propriétaire d'une villa du boulevard de Champigny, à Nogent, M. Antoine Leduc, âgé de quarante-six ans, n'avait pas été vu par ses voisins. Comme il faisait parfois des absences, ceux-ci ne s'inquiétèrent pas. Toutefois, hier, la grille étant ouverte, ils s'alarmèrent et prévinrent M. Orsatti, commissaire de police, qui se rendit sur les lieux.
On pénétra dans la maison. M. Antoine Leduc s'était pendu. La mort semblait remonter à trente jours, et le corps s'était momifié. Dans la basse-cour gisaient les cadavres des poules. M. Leduc avait laissé, sur une table, une lettre dans laquelle il déclarait qu'il se suicidait pour échapper à l'ennui. De plus, il indiquait l'état de sa fortune : cinq mille francs en or, placés dans l'armoire à glace ; trois mille francs en billets de banque, cent mille francs en valeurs et des bijoux. Cette fortune était intacte. Pourtant des cambrioleurs avaient pénétré dans la villa qu'ils croyaient inhabitée. Des traces de leur passage se voyaient partout, et des instruments d'effraction étaient déposés près d'une armoire. On croit qu'ils ont été effrayés par la présence du cadavre pendu et se sont enfuis.

Est-ce un crime ?

Hier matin, un marchand de vin de Buzenval a trouvé, couché sur le bord de la route, dans une mare de sang, un de ses locataires, Jean Nevo, ouvrier agricole. Il portait au crâne plusieurs fractures. Ramené dans sa chambre, il ne tarda pas à mourir.
M. Labarre, commissaire de police de Rueil, ouvrit une enquête qui établit que, la veille, Nevo fut rencontré dans plusieurs cabarets ; à onze heures, sa trace fut perdue. On se demande si, en regagnant son domicile, il n'a pas été victime d'une attaque nocturne. Le parquet de Versailles a désigné un médecin pour examiner le corps.

Le Petit Journal, 22 mars 1903

Broyé par un train

Un grave accident s'est produit, vendredi soir, à la gare Saint-Lazare. Vers huit heures et demie un employé de commerce, M. Georges Paradis, âgé de vingt-cinq ans, habitant Croissy, en voulant monter dans le train de Saint-Germain déjà en marche est tombé sous les roues du convoi. Le malheureux fut horriblement broyé; il a succombé quelques minutes après l'accident.

Mort inexpliquée à Saint-Denis

Dans l'après-midi de vendredi, vers trois heures, un éclusier nommé Gustave Devillé, demeurant rue du Canal, repêchait, dans le canal de Saint-Denis, le cadavre d'un homme en état de décomposition très avancée. M. Coste, commissaire de police, fit alors transporter le corps à la morgue où il a été reconnu hier. C'est celui d'un nommé Louis Legendre, âgé de trente-huit ans, dont le *Petit Journal* a signalé en son temps la disparition. Certaines circonstances qui l'ont entourée laisseraient à supposer que le malheureux a pu être victime d'un guet-apens et assassiné. Route d'Aubervilliers, Mme Berthe Legendre, âgée de trente-deux ans, tient une boucherie hippophagique. Son mari était employé comme « basculeur » chez un éleveur de la rue d'Allemagne, M. B... Il partait tous les matins, vers cinq heures et demie, et ne rentrait que le soir. Le 25 février, il partit comme à l'ordinaire, mais ne rentra pas à son domicile. Le lendemain matin, Mme Legendre, justement inquiète, se rendit chez M. Coste, commissaire de police, et déclara que son mari avait disparu. Le service de la Sûreté, prévenu, entreprit des recherches qui ne donnèrent aucun résultat. On put toutefois établir que M. Legendre avait travaillé toute la journée et il est à présumer qu'il a disparu entre huit et neuf heures, car à partir de ce moment on perd sa trace.

Nous nous sommes rendus chez Mme Legendre. La pauvre femme, encore sous le coup d'une poignante émotion, nous a fait les déclarations suivantes.

- Je ne crois pas au suicide de mon mari. Nous ne sommes établis ici que depuis peu de temps, mais nos affaires étaient très prospères. Nous étions très heureux. Mon mari était d'une humeur enjouée et d'un caractère jovial.

- Croyez-vous que votre mari ait été victime d'un crime?

- Je le crois sincèrement. Mon mari avait des ennemis et tout récemment encore... je ne veux pas accuser sans avoir des preuves formelles, mais je les aurai...

- Avait-il beaucoup d'argent?

- Une soixantaine de francs. Lorsqu'on l'a retiré du canal, il

n'avait plus que 8 francs dans son porte-monnaie. Sa montre était arrêtée à minuit dix.
– Le corps portait-il des traces de blessures ?
– Certainement, monsieur. La tête, tuméfiée, horrible à voir, avait un trou énorme. Mais le commissaire prétend que c'est peut-être l'hélice d'un bateau qui a fait cela...
A ce moment, une jeune femme entrait.
C'est une amie de la bouchère. Cette personne demeure près du canal et prétend avoir entendu des cris, dans la nuit du 25 au 26.
– Je me souviens, nous dit-elle, qu'il faisait un temps épouvantable. Le vent soufflait avec rage dans les cheminées. Il était minuit environ. J'étais éveillée. J'avais peur, car depuis le jour où, en rentrant chez moi, je trouvai mon mari pendu, je suis très impressionnable. Je vis seule, avec mes deux chiens. Tout à coup, ceux-ci se mettent à aboyer, ou plutôt à « hurler à la mort ». Je n'osais bouger. La nuit était si noire que je n'eus pas le courage de me lever pour me rendre compte des raisons qui faisaient aboyer mes chiens ; mais ceux-ci continuaient à hurler longuement, avec des voix plaintives. Et j'avais beau les menacer, ils continuaient leurs cris lugubres. J'eus le pressentiment d'un malheur. Je me levai et j'ouvris la fenêtre. Je vis, dans le lointain, comme des ombres qui s'agitaient dans l'obscurité ; puis je distinguai nettement ces cris : « Il est mort ! Il est bien mort ! » Je refermai ma fenêtre et attendis le jour sur une chaise. Le lendemain, quand j'appris la disparition de mon voisin, je ne fus pas autrement étonnée. Je me suis dit : « Il doit être mort ! »
Le cadavre de l'infortuné Louis Legendre sera probablement autopsié aujourd'hui à la morgue. Le rapport du médecin légiste éclaircira peut-être cette affaire jusqu'à présent très mystérieuse.

Le Matin, 27 décembre 1903

Prostituée par... devoir !

Gasparini, Jockers, Petitot et Mlle Angèle Boyer comparaissaient hier devant le jury de la Seine, sous l'accusation de plusieurs vols avec effraction. Au passif de Gasparini, ancien capitaine au cabotage, se trouvent, outre vingt années de prison environ, trois condamnations à vingt ans de travaux forcés chacune.
Comment Gasparini a-t-il amassé un tel « tas » de condamnations que, bien entendu, il n'a jamais purgées ? La réponse est simple. L'administration pénitentiaire n'a jamais pu parvenir à retenir Gasparini, soit en prison, soit au bagne. Toujours Gasparini s'est évadé. Tantôt il se faisait une clef avec un morceau de bois, tantôt avec un gobelet d'étain.

Me Benjamin Landowski, l'avocat de ce récidiviste de l'évasion, a déclaré aux jurés qu'il ne réclamait, en faveur de Gasparini, ni pitié ni indulgence, étant assuré par avance du platonique effet de la condamnation à intervenir. Après plaidoiries, Me Albert Salmon a présenté la défense d'Angèle Boyer, la maîtresse tout à la fois de Gasparini et de Petitot. Il a exposé la vie de sa cliente, jeune et jolie provinciale, venue à Paris pour y chercher du travail qu'elle n'a pas trouvé. Sans être interrompu par le président, Me Salmon a soutenu cette thèse peu banale « qu'il fallait à tout prix que l'être se nourrît et qu'en l'absence de tout moyen d'existence possible, la prostitution devient un devoir envers soi ». Les jurés, tous bons pères de famille, ont été quelque peu abasourdis de la théorie sociale de Me Salmon mais n'en ont pas moins acquitté Mlle Angèle Boyer. Quant aux autres accusés, ils ont été condamnés : Gasparini à vingt ans de travaux forcés ; Jockers à six années de réclusion et Petitot à deux ans de prison.

Attentat à la dynamite

Perpignan. Un attentat à la dynamite a été commis à Canaveilles, arrondissement de Prades. Un inconnu a déposé, au domicile des époux Marty, un engin qui a fait explosion. M. Marty n'a été que légèrement atteint mais sa femme a été grièvement blessée à la figure et a eu le pied gauche réduit en bouillie. Son état est désespéré. Le parquet de Prades s'est immédiatement rendu sur les lieux et a ouvert une enquête. On croit que le mobile de cet acte criminel est la vengeance.

Le Petit Journal, 27 décembre 1903

Nouvelles judiciaires

Le 30 septembre dernier, deux cambrioleurs, Louis Delahaye, âgé de vingt-huit ans, et un sieur Bouthais, dévalisaient, à Meudon, une villa. Delahaye avait malheureusement trop apprécié la cave de sa victime et, le lendemain matin, on le trouvait ivre mort dans un fossé, porteur d'une partie des bijoux volés. L'imprudent a été condamné hier, par le tribunal correctionnel de Versailles, à un an de prison, et son complice Bouthais, ce dernier par défaut, à trois ans.

Un gardien de la paix poignardé

Les abords de la gare de Lyon, à Paris, ont été mis en émoi, au cours de la nuit dernière, par un drame sanglant. Un gardien de la paix, Michel Picard, âgé de trente-sept ans, était de service en « bourgeois » aux alentours de la gare, vers une heure du matin, et il exerçait tranquillement sa surveillance en faisant les cent pas sur

le boulevard Diderot, quand un homme bondit sur lui.
L'éclair d'un stylet brilla. On entendit un cri de douleur et l'agent s'abattit comme une masse sur le trottoir, tandis que son assassin prenait la fuite. Des passants et d'autres agents, accourus, relevèrent le malheureux. On lui donna les premiers soins et on le transporta avec de grandes précautions à l'hôpital Saint-Antoine, où sa blessure a été jugée grave.
Son lâche agresseur a été arrêté. C'est un individu de mauvaises mœurs, Eugène Bernard, charretier, âgé de vingt-quatre ans, demeurant passage Brunoy. Un nommé Alexandre Bigard, également charretier, et demeurant avec le meurtrier qu'il accompagnait au moment du crime, a été lui aussi arrêté.
M. Boutineau, commissaire de police, a interrogé les deux hommes qui prétendent avoir agi en état d'ivresse et disent avoir été provoqués par l'agent Picard. Cependant on sent qu'ils mentent et on croit se trouver en présence d'un acte commis par vengeance. Dans la soirée, ils ont été envoyés au dépôt. On pense que le gardien de la paix ne sera pas rétabli avant trois semaines.

I

22 mars 1903 – *Bulletin de situation, 1903 – printemps : le 27 février, un véritable ouragan s'abat sur le nord de la France, les dégâts sont très importants. Un mois plus tard, du 20 au 25 mars, c'est une chaleur record pour la saison que l'on constate dans certaines régions, avec jusqu'à 26 degrés à Paris et à Bordeaux. Après trois semaines, changement radical avec une vague de froid exceptionnelle qui traverse le pays et provoque de fortes gelées, le thermomètre affiche un minimum de -7 degrés à Clermont-Ferrand du 13 au 19 avril.*

Des heures durant, le rouet tourne sans fin, actionné à la pédale, et la réserve de laine se dévide peu à peu entre les doigts de la main gauche de Marie-Louise Mailly qui l'étirent, tandis que la main droite accompagne la montée de la torsion, ses doigts pinçant et relâchant le fil ainsi créé. Après la tonte des moutons, Ferdinand a mis la laine à désuinter une petite huitaine de jours dans de grandes bassines d'eau, avant de laisser sa femme carder les fibres avec un manche clouté, et entreposer la laine en petites balles dans la cuisine, à bonne distance de l'âtre. C'est là, une chaise disposée sur le sol de terre battue, que Marie-Louise passe ses journées à faire son fil, tandis que son mari s'occupe des moutons et des vaches. L'hiver commence à quitter les champs lentement, laissant derrière lui des terres gorgées d'eau, la pluie n'ayant pas cessé depuis le début mars, particulièrement doux cette année. Marie-Louise n'a pas toujours filé la laine. Dans ses jeunes années, elle était ouvrière dans une fabrique de pipes. Elle y rencontra Maurice, le fils du patron, l'épousa et gagna une place de contrôleuse, vérifiant la qualité de ce que ses anciennes camarades d'usine modelaient. Mais Marie-Louise était jeune et pleine d'envies, elle aimait les belles choses et les beaux hommes, et l'aventure qu'elle eut avec un de ses anciens prétendants s'ébruita. À Saint-Claude, petite commune du Jura où elle avait grandi, la rumeur se répandit plus vite qu'une traînée de poudre, ses parents se détournèrent d'elle, son mari ne lui accorda aucun pardon, ses voisins ne lui adressèrent plus la parole, jusqu'aux commerçants qui ne lui rendaient plus son bonjour. Elle dut divorcer, quitter la ville et son poste de pipière et refaire sa vie ce qui, à vingt-huit ans, n'avait rien de très aisé. Ferdinand est son deuxième mari, rencontré tardivement à l'aube de ses trente ans, quand elle émigra en Auvergne. Lui a quarante-neuf ans, a été mécanicien, puis jardinier, devenu éleveur de bovins et d'ovins par héritage, sa mère lui ayant légué la ferme familiale à sa mort. Il n'a guère de goût pour cette activité, appréciant assez peu les bêtes et la vie à la campagne, et il ne mène pas très bien sa barque, rêve de prendre un commerce ou d'ouvrir un bougnat. Marie-Louise est déjà mère de deux garçons, un Alfred dont elle était enceinte le jour de son remariage, venu au monde en 1896, et un Étienne qui a suivi deux ans plus tard. Elle espère que cette fois sera la dernière, s'estime trop âgée, à tout juste trente-cinq ans, pour porter encore un enfant.

Ces derniers mois, Marie-Louise a vu son corps changer et s'arrondir, et passé le cap des étourdissements et des quelques haut-le-cœur l'ayant saisie de temps à autre, elle prend cependant plaisir à sentir cet organisme étranger qui grandit dans son ventre et lui donne régulièrement des petits coups de pied, comme s'il était pressé de sortir et frappait à la cloison de chair. Bien que la fatigue vienne la surprendre parfois, s'assoupissant sur sa chaise quelques instants, le fil encore dans la main, son pied cessant d'appuyer sur la pédale du rouet, elle finit toujours par se ressaisir et reprendre son ouvrage, entassant les pelotes de laine dans un coffre en bois à ses côtés. Jusqu'au 21 mars, elle n'a eu aucun signe avant-coureur lui indiquant que le terme était proche, la rebouteuse de Saint-Rambert-l'Île-Barbe[1], la commune limitrophe à deux kilomètres de leur ferme, lui ayant indiqué une probable naissance début avril. Elle ne s'en est pas inquiétée jusque-là, et puis il y avait le fil à produire, et Ferdinand comptait sur la vente de cette laine pour amoindrir la perte d'un veau qui n'avait pas passé l'année. Son mari espère aussi que ce sera un garçon, un mâle qui, comme ses frères et après un apprentissage, viendra l'aider dans les années à venir. Marie-Louise n'a pas vraiment de préférence, pense cependant qu'une fille sera plus difficile à éduquer. Elle souhaite seulement que l'accouchement se passe aussi bien que les deux précédents. Dans sa jeunesse, durant un séjour dans la ferme de son grand-père, le lendemain de l'égorgement d'un cochon, elle a suivi la venue au monde de sa petite cousine, et depuis ce temps elle est restée marquée par les cris aigus de sa tante et tout le sang perdu, les visions de la bête égorgée et pendue par les pieds à un arbre dans la cour et du liquide rougeoyant sortant des cuisses ouvertes de cette femme se superposant parfois encore dans ses cauchemars. Malgré son expérience, elle a un mauvais pressentiment concernant cette troisième naissance. Elle appréhende les jours qui viennent mais n'en dit rien à Ferdinand, qui a pratiqué bien des vêlages et n'a de cesse de lui répéter que ce n'est pas plus compliqué pour les femmes que pour les vaches, qu'elle l'a déjà fait deux fois et que ça ne sert à rien de s'obscurcir l'esprit avec ça. Reste qu'en cette matinée étonnamment moite pour la saison, Marie-Louise est prise de chaleurs subites qui lui font ôter son châle et l'obligent à une pause dans la production du fil. Quelques secondes après avoir cessé d'appuyer sur la pédale du rouet, une contraction la transperce et immédiatement après, un liquide chaud commence à se répandre sous ses fesses et traverse la paille de la chaise. Elle est en train de perdre les eaux, sans qu'elle soit particulièrement effrayée par le phénomène, seulement étonnée de sa relative progressivité, puisqu'en changeant de position le liquide semble cesser de couler, et se répand à nouveau quand elle se lève. C'est alors qu'elle est debout qu'une nouvelle contraction vient la prendre et lui vriller les reins de manière inattendue. Elle s'approche néanmoins de la porte de la cuisine, l'ouvre, se colle contre le chambranle et appelle son mari, calmement d'abord, puis plus fortement quand la contraction suivante se déclenche. Ferdinand apparaît dans la cour de la ferme et voyant le regard de sa femme comprend que le travail a commencé et qu'il n'y a pas de temps à perdre. Il fait volte-face et va chercher la carriole, installe leur dessus-de-lit sur le plateau, accompagne Marie-Louise jusque-là et parvient, non sans mal, à la faire monter à l'arrière et s'étendre. Il place ensuite Alfred et Étienne dans la chambre parentale, leur dit de ne pas en bouger jusqu'à son retour et ferme la porte à clé derrière lui.

– Je pense pas que je sois capable d'aller à Lyon. L'hôpital est trop loin, lui indique Marie-Louise. Tu sais bien… souffle-t-elle, depuis Saint-Didier[2], le plus simple c'est encore d'aller chez la rebouteuse…

Ferdinand ne répond pas, émet seulement un grognement et fait la moue. Il n'aime pas cette vieille femme qui a tout d'une sorcière, quand bien même lui a-t-elle remboîté l'épaule après une chute dans la grange l'été précédent. Arrivé sur place, il fait descendre Marie-Louise qui n'arrive plus à mettre un pied devant l'autre sans être pétrie de contractions et ne dit plus un mot, respirant et soufflant, les mains accrochées à son ventre comme s'il était sur le point d'exploser. La rebouteuse les accueille dans sa cuisine, débarrasse la table rapidement du broc d'eau, de l'assiette, du verre et des couverts qu'elle avait mis pour son déjeuner, et y fait allonger Marie-Louise. Elle se précipite ensuite vers la cheminée, y met une bouilloire sur le feu, et va vers son bahut pour en retirer du linge. Elle se tourne enfin vers Ferdinand, plonge ses yeux gris dans les siens, et lui ordonne de sortir :

– Laisse-nous entre femmes… mais reste devant la maison, à portée d'oreille. Que je puisse t'appeler si le besoin s'en fait sentir…

Il s'exécute sans sourciller, bienheureux de ne pas rester dans les parages de la sorcière. En fermant la porte derrière lui, il l'entend cependant parler à Marie-Louise.

– T'inquiète pas, ça devrait être rapide. Le col est déjà très dilaté. Ton chiard a l'air pressé de connaître le monde.

À quatorze heures passées, le soleil est haut dans le ciel et la chaleur, devant la petite maison de pierres à la façade décrépie, commence à se faire sentir, Ferdinand ôtant sa casquette, les cheveux poisseux, le front en sueur et la moustache luisante de sueur perlée. On a beau lui avoir demandé de rester à proximité, il a préféré s'éloigner le plus possible, les geignements de Marie-Louise entendus de manière sporadique le déstabilisant, lui faisant hésiter entre se ruer à l'intérieur pour savoir ce qui s'y passe et craindre tout autant de poser un pied dans la pièce. Quand la porte s'ouvre enfin, près de deux heures plus tard, Ferdinand a épuisé tout son tabac et n'en peut plus d'attendre à ne rien faire.

– Tu peux venir voir ta femme… l'invite la rebouteuse.

Et il trouve Marie-Louise à demi accroupie sur la table, les pieds nus, les cuisses tout au plus recouvertes d'une sorte de nappe, le visage blême mais souriante, tenant dans ses bras un bébé tout rose, aux cheveux bruns déjà très fournis et qui tête avidement son sein. Au bas de la table, les chaussures de Marie-Louise sont posées à côté d'une bassine débordant de linges ensanglantés, tandis que dans un fait-tout en fonte surnage dans du sang un entrelacs de tissus organiques. La rebouteuse dans son dos lui demande si elle peut garder le placenta ou s'ils veulent le récupérer, ce à quoi Ferdinand ne sait pas répondre, mais Marie-Louise hoche la tête en signe de dénégation, et la rebouteuse s'empare alors du fait-tout pour le couvrir et le protéger des mouches qui bourdonnent tout autour. Elle s'approche ensuite de l'enfant, lui fait un signe de croix sur le front avec son pouce, et dit :

– Celui-là, son destin est tracé.

Marie-Louise et Ferdinand échangent un regard en silence sans comprendre ce qu'elle a voulu dire, mais Ferdinand met la main à la poche, en sort une pièce qu'il laisse sur la table de la cuisine, avant d'aider sa femme à rejoindre la carriole au-dehors. Il dépose un baiser sur la joue de Marie-Louise, et ajoute simplement, esquissant enfin un sourire :

– C'est encore un garçon, hein ?

Le 22 mars 1903, à seize heures douze, Gustave Eugène Arsène Mailly est né à Saint-Rambert-l'Île-Barbe.

27 décembre 1903 – *Bulletin de situation, 1903 – hiver : du 30 novembre au 1er décembre, une tempête de neige paralyse de nombreuses régions de France, le froid s'installe durablement, jusqu'à la fin du mois, avec une nuit de la Saint-Sylvestre glaciale, jusqu'à -9 degrés au Havre et -11 degrés à Nancy.*

Antoinette Rambert se déplace avec difficulté entre les mottes de terre noire et gelée, les sabots empesés de boue durcie, le corps lourd, entraîné vers l'avant par son ventre rond qui pèse de plus en plus sur ses cuisses et la fait souffler comme un bœuf, son haleine produisant un halo blanchâtre dans l'air glacé. Elle tient les deux poignées de la charrue à pleines mains, les jointures de ses doigts blanchies par le froid givrant qui s'engouffre dans les labours à travers une trouée dans le bosquet d'arbustes en ceignant les contours. Il ne lui reste qu'une ligne de terre à retourner et à laisser s'aérer pour l'hiver, mais de violentes contractions viennent l'assaillir, comme un arc électrique lui vrillant soudainement les reins et le bas-ventre, alors qu'elle est sur le point de faire tourner le cheval parvenu au bout du champ. Elle s'arrête net, incapable de continuer à avancer, accrochée à la charrue, réprimant un cri de toutes ses forces, les joues rosies par l'effort, le sang lui montant au visage, geignant de douleur tout en cherchant une plus ample respiration. Immobile, tremblante, serrant les dents, elle se concentre sur cette douleur, se replie tout entière sur elle, oublie un instant tout ce qui l'entoure et ferme les yeux.

– Ça va passer… lâche-t-elle entre ses dents.

Enfin, la crise s'estompe, les contractions s'apaisent, ses muscles retrouvent peu à peu un semblant de repos, et elle relève la tête pour regarder l'horizon derrière la ligne des arbres et capter un fragment de soleil apparu entre les nuages bas et laiteux. Elle fait un signe de la main à son mari au loin, qui en termine lui aussi sur leur autre parcelle de terres, et l'avise que tout va bien ; elle ne souhaite pas lui montrer la faiblesse passagère qui l'a étreinte, elle veut qu'il soit fier d'elle, de la tâche qu'elle continue d'accomplir alors qu'elle entre dans son huitième mois de grossesse. Antoinette a vingt-trois ans, Jean, son mari, trente-cinq. C'était un bon parti, elle ne possédait rien, lui disposait de deux champs à son nom hérités de son père et une petite maison en bord du chemin communal. Elle apportait en dot la promesse d'un pré, légué par ses parents à leur mort, son frère ayant quitté la ferme pour partir à Vichy travailler à l'usine. D'une apostrophe accompagnée d'un coup sec et brusque sur les sangles, Antoinette indique au cheval de reprendre sa marche, et ce dernier finit son virage lentement, le temps qu'elle produise un appui un peu plus puissant sur le cep de la charrue, pour que le soc et le versoir reprennent le creusement du sillon et remuent la terre, la renvoyant de chaque côté. Elle termine sa ligne de champ, détache le cheval et à petits pas retourne vers l'étable en tenant l'animal par la bride. Son ventre commence à lui peser de plus en plus, et sa mère a été claire, quand les contractions deviendront trop fortes, il lui faudra arrêter les travaux des champs. Elle n'a pas voulu s'y résoudre jusque-là, mais à environ un mois du terme, elle craint de ne plus pouvoir faire autrement et ne sait pas encore comment l'annoncer à Jean, qui comptait sur elle pour l'aider encore les deux semaines à venir. Hors de question d'embaucher un métayer, ils n'en ont pas les moyens, il lui faudra continuer seul, et elle sait déjà que cette nouvelle va le rembrunir. Elle n'aime pas quand il fait sa mauvaise tête, se ferme comme une huître et baisse les yeux. Jean n'est pas du genre causant, mais ça ne la dérange pas, elle apprécie son regard franc et son goût du travail bien fait. Elle sait qu'il finira par accepter l'évidence et se pliera à dame Nature. Quand cette dernière dicte à une femme de se reposer pour ne pas mettre en péril l'enfant qu'elle porte, il n'y a rien à y redire, et il fera contre mauvaise fortune bon cœur et assumera sa charge de labeur, sans rechigner.

À partir de début décembre, Antoinette reste donc à la maison autant que possible, s'occupe des poules, donne à manger aux bêtes dans l'étable, prépare les repas. Les contractions se sont espacées depuis qu'elle ne va plus aux champs, mais elles sont encore présentes et parfois la cueillent en pleine activité, l'arrêtant net alors qu'elle coupe des choux ou des carottes, et devant alors poser le couteau de cuisine et s'asseoir sur la chaise en paille, elle s'accroche à la table comme si elle était sur le pont d'un navire tanguant en pleine tempête. La neige envahit bientôt la cour de la ferme, au point qu'elle n'a plus la force de se battre contre le sol gelé et risquer de tomber en allant au poulailler. Sa mère la rejoint la veille de Noël pour l'aider à préparer le repas de réveillon. Elle vient les bras chargés, expliquant à Antoinette que cette année est exceptionnelle avec la naissance à venir, et qu'il faut fêter cela comme il se doit. Elle ajoute aussi, qu'au regard de son état, il sera difficile d'aller à la messe de minuit comme de coutume ; elle a donc prévu, non pas le simple repas maigre habituel, mais d'agrémenter le dîner avec un beau morceau de porc rôti accompagné de pommes de terre, lequel fera suite à la soupe au fromage, et son père a même déniché une bonne bouteille de vin blanc. Le soir de Noël, elle trempe ses lèvres dans le vin et a droit d'en goûter une gorgée, mais malgré sa faim, elle quitte bientôt la table, secouée de nouveau par des contractions violentes. Sa mère l'accompagne dans sa chambre et reste dormir avec elle, avant de décider de s'installer pour quelques jours, contraignant Jean à coucher dans l'étable. Le lendemain, les contractions n'ont pas cessé et semblent ne plus vouloir s'arrêter, au point qu'Antoinette ne trouve plus le sommeil et ne parvient pas à quitter sa couche. Le 26 décembre au matin, Jean va chercher le médecin à Abrest, son épouse haletant et geignant, en sueur, allongée dans le lit. Mais il met du temps à le dénicher. Quand il arrive à son cabinet, il trouve porte close, et un écriteau indiquant qu'il est parti en consultations à Vichy. Il poireaute près de deux heures devant la porte, bourrant sa pipe de tabac gris pour faire passer le temps, et faisant les cent pas pour se réchauffer, sa vareuse et son écharpe ne suffisant pas à lui tenir chaud. Le médecin arrive enfin, mais quand bien même n'a-t-il pas de temps à perdre, il va garer sa voiture et décide de récupérer sa calèche. Jean lui a indiqué que sa femme était sur le point d'accoucher et il ne veut pas risquer de salir ses sièges si elle venait à perdre les eaux dans la belle Renault Type L dont il a fait l'acquisition récemment. Ensemble, ils repartent à la ferme, et après auscultation, le médecin juge que le risque d'un accouchement à la maison serait trop grand pour Antoinette :

– Elle n'a pas la force suffisante. On doit l'emmener… assène-t-il, avant de demander à Jean de l'aider à la sortir du lit.

Jean et le médecin parviennent à la mettre debout, lui passer son manteau au-dessus de sa robe de chambre, un châle autour des épaules, un autre autour de sa tête pour la protéger du froid, et ils l'amènent ainsi, à petits pas comptés sur le sol gelé, jusqu'à la calèche. Ils font ensuite route vers Vichy jusqu'à l'hôpital militaire, le bâtiment médical le plus proche de chez eux, et lorsqu'ils y parviennent enfin, Antoinette n'en peut déjà plus. À douze jours du terme prévu, elle entre en salle d'accouchement en urgence, accompagnée par une infirmière en guise de sage-femme de fortune, et le travail commence aussitôt. Antoinette est épuisée au bout de quatre heures à pousser en vain, jusqu'à ce que la sage-femme improvisée comprenne que le bébé se présente par le siège. Un médecin accoucheur est appelé à la rescousse et tente alors une manœuvre pour retourner l'enfant et espérer un accouchement par voie basse malgré tout. Lentement, il essaie de le déplacer et de le faire pivoter pour qu'il se positionne tête en bas, appuyant sur le ventre d'Antoinette. Après de longs efforts, l'enfant semble avoir changé de position, et il parvient à extraire le petit corps qui, grisâtre de peau, reste inerte quelque secondes, jusqu'à ce qu'il le saisisse par les chevilles, le suspende tête en bas, et lui donne une tape sur les fesses. Dans un cri vomitif, le bébé expulse un peu de liquide gluant qui lui obstruait la gorge. Il reprend alors peu à peu des couleurs, tout en criant de plus belle, son visage de bambin ensanglanté déformé par son impérieux désir de vivre. Antoinette a perdu beaucoup de sang, et elle devra rester encore quelques jours alitée avant de pouvoir retrouver la ferme et le travail dans les champs. Quant à l'enfant, Jean a souhaité qu'il porte le même prénom que son père, et en second celui de son autre grand-père décédé. À l'hôpital militaire de Vichy, le 27 décembre 1903, à deux heures dix du matin, Louis-Marius Rambert vient de naître.

12 février 1910 – *Bulletin de situation, 1910: l'année est parmi les plus pluvieuses jamais enregistrées en France, avec des successions de perturbations et d'énormes pluies dans les bassins de la Seine et de la Saône, au point qu'en janvier d'importantes* *crues provoquent l'inondation partielle de Nantes, mais aussi celle de Paris ; la tour Eiffel a les pieds dans l'eau, et on circule en barque dans certains quartiers de la capitale.*

Jean Rambert parcourt *Le Matin*, incrédule, deux photos en pleine page du journal le stupéfiant. Sur la première, on aperçoit le zouave du pont de l'Alma qui a de l'eau jusqu'au menton, quelques passants penchant la tête par-dessus le garde-corps de pierre pour regarder les flots tumultueux de la Seine, quand sur la seconde se distingue une barque emportant cinq personnes, deux hommes à chapeau melon, le président du conseil et le préfet, ainsi qu'une femme en long manteau, et deux bateliers aux extrémités, jouant chacun de leur grande gaffe pour faire avancer l'embarcation sur la place de Rome, face à la gare Saint-Lazare, qui s'est transformée en lac. Il n'en revient pas de voir ainsi Paris sous les eaux, nouvelle Venise improbable. La semaine passée, c'est une carrière de blanc d'Espagne qui s'est effondrée dans le hameau de Lorry, en Seine-et-Marne, minée par les eaux s'y étant infiltrées, et emportant avec elle une dizaine de personnes. Un peu partout en France on compte les noyés et Jean n'est pas en reste, ça l'occupe de lire ainsi les nouvelles, d'autant qu'il peine à finir les phrases trop longues de certains journalistes. Toute cette eau l'inquiète évidemment, non pas tant pour la vie des Parisiens ou des Nantais, qui ne le concerne pas vraiment et dont il n'a cure, mais pour l'état de ses terres que les pluies incessantes ont rendues impraticables, véritables champs de boue à perte de vue et qui le contraignent à rester à la ferme bien plus que d'habitude.

Le petit Louis l'aide un peu dans les tâches quotidiennes à l'étable, mais il n'est pas bien vaillant et préfère passer son temps dans les jupes de sa mère. Antoinette s'est vite remise après la naissance de Louis, et les premières années furent fastes pour leur famille, le gamin n'étant que très peu malade. Mais depuis l'automne précédent, elle s'est mise à tousser assez régulièrement et paraît plus fatiguée qu'à l'accoutumée. Elle prend sur elle en silence, pense que c'est une mauvaise bronchite qu'elle traîne et dont elle ne parvient pas à se débarrasser à cause du froid et de l'humidité récurrente de ces derniers mois. Mais quand les quintes de toux la rattrapent, elle n'a d'autre choix que de cesser ses activités, se plier en deux, et attendre que ça passe avant de reprendre sa tâche. Ce 28 janvier, tandis que Jean lit le journal et marmonne devant un jus noir et fumant à la table de la cuisine, la pluie battante encore ruisselante sur les vitres de la maisonnée, et Louis découpant un morceau de bois dont il espère faire une fronde, Antoinette est à nouveau prise d'une première quinte de toux, qui s'arrête après quelques secondes et elle reprend son souffle, avant qu'une nouvelle ne la reprenne, plus puissante que la précédente cette fois. Elle s'accroche à l'évier de la cuisine, frisonne, se tord d'avant en arrière, essaie de respirer à pleins poumons, mais sa cage thoracique semble comme compressée vers l'intérieur et la toux augmente encore. Jean finit par se lever, déposer son journal et s'approcher d'elle. Il ne sait pas quoi faire, la tient un instant par le bras, avant d'abandonner tant elle est secouée, la toux se mélangeant avec des râles et des bruits de fond de gorge. Elle finit par se replier sur l'évier et cracher des glaires tout au fond, un liquide épais et muqueux mêlé de sang. Quand elle a terminé, elle se redresse enfin, halète comme un petit chien, puis se calme, une main sur la poitrine, l'autre tenant fermement l'épaule de Jean. Elle se tourne vers lui, esquisse un sourire, comme si, la crise passée, tout allait reprendre un cours normal.

– C'est passé, ça va aller maintenant... je t'assure, lui dit-elle en hochant la tête doucement.

Elle se veut rassurante, boit un verre d'eau, s'assoit sur une chaise près de l'âtre et prend son nécessaire de couture pour rapiécer un caleçon long que Jean a troué on ne sait comment au niveau du genou. Mais cette première quinte violente n'est qu'une alerte, restée sans réponse de la part de Jean qui y a assisté pourtant, sans s'alarmer outre mesure. Deux heures plus tard, alors que la pluie a cessé et qu'il est parti traire les vaches à l'étable, Louis a trouvé un nouveau jeu en cherchant à piquer le chat avec le tison de la cheminée.

– Louis, ça suffit ! Arrête tes bêtises. Laisse ce chat tranquille, tu vas lui faire mal à force ! s'emporte Antoinette en haussant le ton.

Mais Louis ne l'écoute pas, et c'est alors qu'une nouvelle quinte la saisit à nouveau, avec la même force et les mêmes résultats, comme si ses poumons se liquéfiaient dans son thorax et qu'ils se vidaient peu à peu par sa bouche, terminant au fond de l'évier, amenuisant sa capacité respiratoire après chaque crise. La nuit qui suit n'est pas plus brillante, et plus les quintes la réveillent et l'étouffent, et plus elle paraît s'épuiser. Au petit matin, elle se lève, livide, pour préparer le café mais éprouve des difficultés à se tenir debout. Jean aussi a mal dormi, chaque crise de toux de sa femme l'ayant réveillé, il n'est pas parvenu à trouver un sommeil réparateur et il est de mauvaise humeur. Après avoir bu son café, grommelant tout en enfilant son manteau et ses bottes, il annonce à Antoinette toujours toussotant :

– J'vais à Abrest, chercher le médecin. J'en ai pas pour longtemps. Louis, viens là… tu vas t'occuper des bêtes en mon absence. Allez…

Et il le pousse dehors sans ménagement, énervé de voir son fils traîner des pieds comme à son habitude. À son retour, Louis entend le bruit du moteur de la voiture au loin et sort de l'étable en courant pour la voir arriver et se garer dans la cour. Il reste devant elle, émerveillé par le véhicule, tandis que le médecin entre dans la bâtisse et trouve Antoinette allongée tout habillée sur le lit, toussant toujours de plus belle. Il lui fait boire un sirop, l'ausculte, lui pose quelques questions sur son poids qui a diminué, sur son appétit, lui demande si elle a craché beaucoup de sang ces dernières semaines et depuis combien de temps elle a des poussées de fièvre et des sueurs nocturnes, mais ne dit rien dans la chambre et attend d'être retourné dans la cuisine, porte fermée, pour parler à Jean.

– Votre femme est atteinte de la tuberculose…

– Mais comment ?…

– C'est comme ça… Elle est à un stade déjà très avancé. Ce n'est pas simple. Il faudrait l'envoyer tout de suite dans un sanatorium. Mais même ainsi, je ne peux pas vous assurer une guérison…

– Mais alors… quoi ? s'inquiète Jean qui paraît ne pas comprendre ce que vient de lui annoncer le médecin.

– Je ne sais pas quoi vous dire d'autre. Il n'y a pas grand-chose à faire… Je suis vraiment navré, lâche le médecin en lui posant la main sur l'épaule.

Quand, après le départ du praticien, Louis toujours dehors à observer la voiture s'éloigner, Jean demande à Antoinette si elle veut bien aller dans un sanatorium, celle-ci refuse catégoriquement de quitter son foyer et son fils.

Elle mettra treize jours à agoniser, avant que le dernier petit souffle de vie ne traverse ses lèvres entrouvertes. Le 12 février, Antoinette n'est enfin qu'un corps immobile qui ne connaîtra jamais plus les soubresauts tonitruants de la toux le tordant en tous sens comme une poupée malmenée par un enfant fou. Jean l'enterre aux Bartins, à Vichy, non loin de la grande croix en fonte qui marque le centre du cimetière.

À la fin du mois, alors que la pluie n'a pas cessé de faire son retour par intermittence, ne lui laissant que quelques jours de répit pour tenter de travailler la terre et faire paître les vaches, il découvre que Louis, qu'il laisse désormais seul dans la maison quand il est aux champs, est parvenu à éborgner le chat en jouant avec lui. L'œil gauche du félin est devenu tout vitreux, et des croûtes de sang l'entourent. Livré à lui-même, le gamin n'est pas capable de se tenir tranquille et Jean s'aperçoit qu'il n'a pas les clés pour s'en occuper, d'autant qu'il est encore trop jeune pour tenir une journée de travail avec lui. Il écrit à sa sœur pour lui demander de bien vouloir prendre en charge Louis chez elle, le temps qu'il grandisse, mais quand la réponse lui parvient au courrier début mars, cette dernière décline sa requête, expliquant qu'elle est trop âgée pour éduquer un garçon de sept ans et qu'elle n'en a plus la force, d'autant que la dernière de ses neuf enfants n'a alors pas plus de cinq ans, et qu'elle est malade. Mais lui non plus ne peut pas s'en charger, bien incapable de savoir quoi faire, et persuadé que seule une femme est en mesure de gérer un enfant comme Louis. Et puis, après quelques mois, Jean finit par réfléchir à l'avenir. À quarante-deux ans, il n'est pas si vieux encore pour rester veuf, et il lui faudra bien songer un jour à retrouver une femme. Le petit n'est pas facile, il risquerait de devenir un problème pour une future épouse, réticente à le prendre sous son aile. Aux premiers jours de l'automne, il s'est résolu à placer Louis dans un établissement pour orphelins, à la fois pour qu'il puisse y bénéficier d'un cadre et pour qu'il y fasse sa formation scolaire, n'ayant jusque-là pu participer que de manière aléatoire à l'école communale. Antoinette se chargeait d'aller le chercher quand le temps était vraiment trop mauvais, et parfois il devait manquer la classe, lorsque les chemins étaient pris par la neige et le gel ou qu'ils avaient besoin de lui à la ferme. Mais depuis la mort de sa mère, le petit n'en fait qu'à sa tête, partant à l'école le matin, mais sans jamais y mettre les pieds, l'instituteur s'étant plaint de ses absences. Il a trouvé où le caser grâce au médecin, lequel s'est renseigné auprès du curé d'Abrest qui lui a conseillé un établissement créé une dizaine d'années auparavant et qui a fait ses preuves : l'Œuvre des petits garçons orphelins de Villeurbanne. Les conditions d'admission correspondent parfaitement aux besoins de Jean, l'orphelinat n'acceptant que les garçons au-delà de six ans, et jusqu'à treize ans, âge légal à partir duquel ils partent en apprentissage d'un métier. Louis devra y suivre une double instruction, avec une éducation laïque et une religieuse, pour y préparer son certificat d'études et sa première communion. Seule contrainte, Jean bénéficiera d'un droit de visite au parloir une fois par mois, mais doit s'engager à ne pas retirer son fils de l'établissement pour les vacances scolaires que le petit devra passer sur place.

14 mars 1913 – *Bulletin de situation, 1913 : l'année est marquée par un retour des pluies diluviennes et le traumatisme de 1910 resurgit. Dès janvier, la montée des eaux provoque des crues conséquentes. En avril, de violents orages et torrents de boue dévastent la Touraine et le Lot-et-Garonne. À la mi-mai, cela se reproduit dans le midi, notamment à Arles, Beaucaire et Tarascon. Début juin, c'est la vallée de la Nive (Pays basque) qui est touchée, et à l'Est, la ville de Toul se retrouve sous 1,50 mètre d'eau – toutes les récoltes de la région sont détruites. En septembre, dans le Roussillon, les inondations provoquent l'explosion d'un dépôt de carbure de calcium et la mort de 14 personnes.*

Jusqu'à ses dix ans, Gustave bénéficie d'une certaine mansuétude de la part de son père, Ferdinand se reposant surtout sur ses deux frères aînés, Alfred et Étienne. Mais en 1912, Alfred, alors âgé de seize ans, a décidé de partir en ville pour y trouver un poste de commis dans une épicerie, et Étienne, qui a quitté les bancs de l'école l'année précédente pour rejoindre son père, a exprimé clairement à ses parents qu'il ne comptait pas s'éterniser à la ferme. Marie-Louise, qui a gardé Gustave à ses côtés le plus possible, doit se faire une raison et le laisser assumer toutes ses corvées en rentrant de la communale. D'autant que plus le temps passe et plus Ferdinand devient difficile avec elle comme avec ses fils. Sa gestion des terres est catastrophique, et il a perdu trop de temps dans ses semis, à quoi s'ajoutent une mauvaise récolte l'année précédente et la maladie qui a touché leur troupeau de vaches. Le 14 mars 1913, les finances du couple, que Marie-Louise comptabilise, sont au plus bas, tandis que l'humeur de Ferdinand s'obscurcit et qu'il impose une discipline de fer à ses fils à coups de trique. Aux yeux de son épouse, le départ de son aîné pour la ville, et la volonté d'en faire de même de son cadet, ne sont pas étrangers à la façon dont leur père les traite depuis deux ans, Alfred en particulier n'en pouvant plus de supporter les réprimandes et les coups de ceinture à répétition. Marie-Louise essaie régulièrement de le calmer, mais elle craint qu'un jour cela aille trop loin et qu'ils en viennent aux mains, et à ce jeu-là il n'est pas certain que Ferdinand, qui vient de passer les cinquante-neuf ans, gagne la partie face à son fils aîné. Gustave de son côté vit un peu à l'écart, n'ayant jamais vraiment réussi à se souder à ses deux frères plus âgés. Les cinq et sept ans de différence pèsent dans la balance, et ils ont toujours jugé inutile de s'encombrer d'un petit venant se coller à leurs basques, aussi s'est-il construit dans la proximité avec sa mère, et dans une affection prononcée pour les bêtes, le chien de la maison, mais aussi les deux chevaux de labour et l'âne qu'il visite régulièrement. Là où les aînés voient en eux des outils vivants pour les travaux de la ferme, Gustave voit des êtres attachants et dépourvus de malignité. Aussi, quand le 21 mars, veille de son anniversaire, son père lui confie la charge de s'occuper de l'âne, il s'exécute de bon cœur, souriant et heureux de cette tâche à accomplir. Il ne comprend pas alors pourquoi, au retour de l'étable, Ferdinand lui cherche des noises et finit par lui crier dessus. Comme s'il ne supportait pas qu'un de ses fils se prête de bonne grâce à des activités agricoles que lui vit en les subissant chaque jour depuis qu'il a hérité de cette ferme. Pour le punir d'une faute imaginaire, il lui annonce que le lendemain, qui est un samedi mais aussi le jour de sa fête, il sera de corvée toute la journée et se passera de goûter. À la fin juin, la plupart de leurs vaches sont prises de diarrhées et présentent d'affreuses lésions au niveau de la bouche. Leur situation financière empire, l'essentiel du troupeau disparaissant des suites de cette maladie subite et leur ôtant les ressources apportées par le lait et la vente de viande. Marie-Louise ne sait plus comment résoudre l'équation comptable, les petits salaires ramenés par ses deux grands fils ne suffisant pas à combler les dettes accumulées. En sortant de l'école, Gustave croise ses frères en ville, et les voit partir en courant avec une bande d'autres jeunes garçons, s'engouffrant dans une ruelle, poursuivis par un policier. Quand il arrive à la ferme, l'ambiance est si tendue dans la cuisine, qu'il pense qu'il a dû se passer quelque chose de grave et qu'Alfred et Étienne ont sans doute fait une grosse bêtise, mais ce n'est rien de tout ça. Sans qu'il s'explique pourquoi, son père l'informe qu'ils vont devoir quitter leur maison et vendre l'exploitation. Étrangement, Ferdinand paraît presque soulagé d'avoir pris cette décision, comme si après toutes ces années de labeur dans les champs, son rêve de partir vivre en ville se concrétisait un peu malgré lui, ses créanciers le contraignant à agir.

En juillet 1913, l'acte de vente de la propriété est signé. La famille Mailly laisse derrière elle une bonne part de ses possessions, les bâtiments, une partie des meubles, les champs, mais aussi les bêtes restantes, à l'exception du chien qui les accompagne. Ils s'installent à Saint-Didier-au-Mont-d'Or, dans un appartement au-dessus d'un bougnat dont Ferdinand a négocié de reprendre la gérance, avant d'en envisager le rachat. Gustave se souvient très bien de sa première impression, leur arrivée en descendant une ruelle en pente, puis un virage à partir duquel il a pu voir l'église bâtie sur la colline, sans conteste la construction la plus élevée de Saint-Didier et qui lui fournira toujours un repère précieux, surtout lors des circulations du soir, entre chien et loup, quand il n'y a pas encore de lumière dans quelques maisons pour retrouver son chemin ou que l'unique poteau d'éclairage public n'est pas encore allumé. Ils ont pris le virage sur la gauche, poursuivi leur route en passant devant une grande maison sur trois étages, une des rares de cette hauteur dans le centre du bourg, et fini par rejoindre l'avenue et la remonter pour parvenir jusqu'au bougnat, lequel jouxte l'Hôtel de la Terrasse. Ils disposent d'un jardinet à l'arrière du bâtiment, mais il n'y a pas assez de chambres pour loger tout le monde, Alfred doit se trouver un logis chez l'habitant dans la même rue, et Étienne partager une chambre avec Gustave, ce qui le met en rogne. Marie-Louise ne sait pas encore très bien ce qu'elle va devenir en n'ayant plus que cet appartement à tenir propre et la cuisine à préparer pour eux-mêmes et les rares clients qui déjeunent sur place, l'estaminet recevant principalement des buveurs, habitués ou occasionnels. Malgré ce changement de vie radical, chacun semble peu à peu trouver ses marques dans leur nouvelle existence durant les premiers temps. Ils ont conservé un petit terrain, acquis à proximité des faubourgs, qui possède quelques arbres fruitiers, deux pommiers, trois poiriers, deux cerisiers, et que Marie-Louise investit bientôt pour y planter un potager sur deux longues rangées de terre. Très vite, Alfred n'apparaît plus que par intermittence pour les repas, et Étienne semble toujours fourré dehors, à la suite d'un ami ferronnier qui propose ses services un peu partout dans la région. Seul Gustave ne paraît pas s'acclimater à cet environnement, regrettant les animaux de la ferme, et encaissant mal les coups de son père qui, s'il a fini par quitter cette paysannerie qu'il détestait pour devenir le cafetier qu'il rêvait d'être, a conservé les manières brutales acquises avant la vente de la ferme, en particulier s'agissant de l'éducation du petit dernier à qui il ne laisse plus rien passer. Après la rentrée des classes, Gustave ne s'intéresse qu'assez peu à l'école, la rate régulièrement et se met à traîner avec le chien dans les rues. Il erre le long de l'avenue qu'il remonte jusqu'à la place de l'Église, et là les deux arbres plantés à droite des marches de l'entrée l'accueillent en silence, dénudés par l'automne, comme perdus sur cette place vide et sèche où il n'y a pas un chat à la ronde, ni enfants y jouant, ni charretier livrant ses produits, ni véhicule d'aucune sorte. Saint-Didier est comme pétrifiée par la grisaille, mais Gustave ne cherche pas de compagnie, ni même un rayon de soleil, il aime être ainsi seul avec le chien, à simplement parcourir les ruelles. Son école buissonnière revient cependant aux oreilles de son père et ce n'est pas pour lui plaire. Après une convocation par l'instituteur, Ferdinand finit par prendre une décision définitive le concernant, s'emportant devant sa femme :

– S'il ne veut pas étudier, alors qu'il apprenne un métier ! Et puisqu'il aime tant que ça les bêtes, j'vais le placer comme berger.

– Il est encore trop jeune pour ça... Réfléchis, argue-t-elle.

– Rien du tout. Je sais déjà où il va aller. C'est comme ça et pas autrement.

Ferdinand reste sur sa résolution et Marie-Louise finit par abdiquer. En octobre, Gustave n'a pas plus de dix ans quand il part vivre chez un certain Maureillon à Cressie-la-Varenne, pour s'occuper des moutons avec ce dernier. Le lendemain du départ de Gustave, Alfred et Étienne se retrouvent tous les deux au poste de police, accusés de vol à l'étalage. Faute de preuves suffisantes, ils sont cependant libérés après plusieurs heures enfermés en cellule, et quand ils rentrent à la maison, Ferdinand les attend de pied ferme. Il s'en prend d'abord à Étienne, le plus jeune, qu'il embarque dans la chambre et à qui il inflige vingt coups de ceinture, avant de ressortir, en sueur, et de s'avancer vers Alfred. Mais face à son aîné, il se heurte à une résistance qu'il n'avait pas anticipée. Ce dernier se plante devant lui, le fixant droit dans les yeux, les poings fermés, prêt à rendre les coups. Ferdinand le jauge quelques instants en silence, avant de lui crier dessus de prendre la porte immédiatement. Alfred s'exécute sans rien ajouter, s'arrêtant seulement quelques secondes pour déposer un baiser sur la joue de sa mère qui a assisté à toute la scène depuis le seuil de sa cuisine.

ACTUALITES

Le Temps, 12 février 1910

L'assassinat de la petite bonne – Reconnue coupable, sans circonstances atténuantes, de l'assassinat de Germaine Bichon, la jeune domestique de M. Oursel, directeur d'un bureau de placement du boulevard Voltaire, et de vol qualifié, Rosella Bosch qu'avait, on le sait, défendu Me André Hesse, a été condamnée à la peine de mort. Impassible pendant l'interrogatoire et les débats, Rosella Bosch a écouté la lecture de l'arrêt de condamnation, et c'est d'une main ferme qu'elle a aussitôt signé son pourvoi en cassation. Les jurés doivent rédiger aujourd'hui un recours en grâce en sa faveur. Quant à Martin, son ami, poursuivi pour complicité de vol qualifié par recel, il a été acquitté après plaidoirie de Me Paul Vivien.

Avant la saisie – Sous le coup d'une saisie ordonnée par le tribunal de Béziers, Mme Renault recevait le 16 octobre dernier la visite du commissaire de police de la localité, qu'accompagnait un huissier. Elle les accueillit un revolver à la main et il fallut pour la désarmer recourir à la force.
La 11e chambre correctionnelle vient de condamner à six mois de prison avec sursis Mme Renault, qui dans la circonstance avait commis le délit d'injures et menaces à l'égard d'officiers ministériels dans l'exercice de leurs fonctions.
– Je ne voulais pas me servir de mon arme contre le commissaire de police, avait pourtant dit Mme Renault à l'audience ; je voulais, si l'huissier avait opéré la saisie de mes meubles, me brûler la cervelle !

Le Petit Journal, 12 février 1910

Un coup de couteau – Un garçon de café, Jules Jarrot, âgé de vingt-six ans, comparaissait, hier, devant la cour d'assises de la Seine sous l'inculpation de coups mortels. Dans la nuit du 1er au 2 août dernier, Jarrot avait frappé d'un coup de couteau derrière l'oreille droite un nommé Gérardi qui succomba le vendredi suivant. La lame qui s'était brisée était restée fixée dans les os du crâne et avait pénétré de sept centimètres dans le cerveau. Jarrot affirmait qu'il n'avait frappé que pour repousser des agresseurs qui le poursuivaient.
Il est établi qu'en effet il avait été poursuivi par plusieurs rôdeurs. Après plaidoirie de Me Paul Vivien, le jury a rapporté un verdict d'acquittement.

Auxerre – A Saint-Florentin, hier, Mme veuve Aubert, 86 ans, habitant seule, a été retrouvée carbonisée par son fils. On suppose qu'une étincelle, jaillie du foyer, aura enflammé ses vêtements…

***Le Matin*, 12 février 1910**

M. Anatole a de la chance – M. L'exécuteur des hautes œuvres est un amoureux passionné des bords fleuris qu'arrose la Seine. Cette douce et bénigne passion qui devait causer la ruine de tant d'autres, ne lui a jusqu'à ce jour procuré que de l'agrément. Il a toujours habité auprès de l'eau. Naguère encore, son logis était à Billancourt. Billancourt a été envahi par l'inondation. Des maisons riveraines ont été dévastées mais M. Deibler[3], malin, n'y habitait plus.

Il s'est fait construire, avenue de Versailles, un petit hôtel fort coquet, à la fois pimpant et cossu, comme beaucoup d'honnêtes bourgeois voudraient en avoir un, et c'est là que depuis il ne reçoit pas. Car c'est un principe rigoureux chez cet excellent fonctionnaire : il ne reçoit jamais. M. Anatole Deibler se tient obstinément caché ; il est, pourrait-on dire, comme la violette du fonctionnarisme. Les gens, d'ailleurs, avec qui il est quelquefois forcé d'entrer en relation, sont par lui traités de telle façon qu'ils n'y reviennent plus.

Aussi vient-on rarement heurter à son huis. On se contente, en passant rapidement, d'admirer la riante demeure dont la façade claire est égayée de briques roses et de ferronnerie vert d'eau.

De temps en temps, il disparaît pendant deux ou trois jours. Puis il revient, placide, bon enfant, s'asseoir à la table de marbre, aux côtés des clients assidus de la brasserie. Ses partenaires ne lui demandent pas d'où il vient : ils ont lu dans les journaux le récit d'une exécution capitale. L'absence s'explique.

Et voyez si M. Anatole a de la chance. Une partie de l'avenue de Versailles et les rues avoisinantes ont été complètement noyées ; actuellement on pompe, on répare, on désinfecte ; une vaillante activité anime tout le quartier, c'est le retour à la vie, à l'espérance, après le désastre. Ce n'est pas ce qui le dérange, allez ! L'envahissement s'est arrêté à quelques maisons au-dessous de la sienne. La Seine n'a pas osé monter jusqu'à lui !

Petits fait divers – Le service de la Sûreté a arrêté hier un trio composé de : Emile Leroy, dix-sept ans ; Georges Chatellard, vingt-trois ans, dit « Lève-le-Patte », et Auguste Schoenerstedt. Non contents de se livrer à des vols de toutes sortes, ils avaient tenté récemment d'assassiner, rue des Envierges, une marchande de reconnaissances du mont-de-piété, et projetaient un autre meurtre rue de la Mare. Ils ont été écroués à la Santé, ainsi que leur receleuse, la veuve Bastia.

Tempête de neige : deux morts

Moulins. Une terrible tempête de neige s'est abattue sur la montagne bourbonnaise. A Saint-Nicolas-des-Biefs et aux environs, la couche glacée dépasse deux mètres d'épaisseur. Aucun courrier n'est parvenu depuis plusieurs jours dans cette localité. Les routes ont disparu et les communications sont totalement interrompues.

M. Roche, âgé de soixante-dix ans, cultivateur à Fayot, ayant tenté d'aller chercher du pain au bourg Saint-Nicolas, fut surpris par la tourmente et périt. Son cadavre a été retrouvé sous une épaisse couche de neige. Deux habitants du village de Mosnier, étant allés également chercher des provisions, s'enivrèrent, tombèrent en chemin et s'endormirent. Quand l'un d'eux se réveilla, il vit que son compagnon, Duverger, âgé de cinquante-sept ans, était mort de froid dans le linceul blanc.

* * *

Le Petit Journal, 14 mars 1913

Dans une petite commune du lot

Une lettre anonyme récemment parvenue au parquet de Cahors accusait une femme nommée Victorine Rajaud, âgée de 29 ans, de Montcléra, d'avoir commis un infanticide. Une enquête rapidement menée permit d'obtenir des aveux de la mère coupable. Elle affirma, d'abord avoir jeté son enfant dans un lac ; mais au moment où les recherches allaient commencer, elle se reprit et déclara qu'elle avait découpé le petit être et l'avait fait ensuite dévorer par les porcs. Victorine Rajaud a été écrouée à la prison de Cahors.

Nouvelle judiciaire

M. Richard Lepouzé est chauffeur d'automobile et, souvent, il travaille toute la nuit. Le 30 novembre dernier, en rentrant chez lui, rue Alibert, à six heures du matin, il ne trouva plus sa femme. Il l'attendit jusqu'à trois heures de l'après-midi, heure à laquelle elle revint, sans méfiance, et fut reçue à coups de revolver. La cour d'assises de la Seine a condamné, hier, Lepouzé à trois ans de prison.

Effroyable drame à Lyon

Joseph Barbier, marbrier, domicilié à Saint-Just, envoyait sa femme, ce soir, vers 8 heures, faire une course au bureau de tabac. Aussitôt sa femme partie, il s'enferma à clef avec ses deux jeunes enfants qui mangeaient la soupe. Il tira une balle de revolver dans la tempe droite de son fils Maurice, âgé de 3 ans. La sœur du pauvre petit, France, se sauva dans un coin de la salle à manger, mais son père la poursuivit et la tua net d'une deuxième balle. Le meurtrier s'assit alors près

de la table et se tira une balle de revolver d'ordonnance dans la bouche. Le projectile traversa la tête, et alla se loger dans un volet. En rentrant, la pauvre femme trouva les trois cadavres.
Joseph Barbier, qui avait été à la tête d'un négoce important à Villefranche, n'était établi à Lyon que depuis huit mois. Il était très estimé. Mais il jouait en Bourse et, ces jours-ci, il avait perdu une grosse somme.

Le Petit Journal, 21 mars 1913

L'assassinat de la petite Maria Roumeau

Le docteur Paul a pratiqué, hier dans la soirée, à la morgue, l'autopsie du cadavre de la petite Maria Roumeau, assassinée rue Montgallet par sa belle-mère, dans les circonstances que nous avons relatées. L'autopsie a démontré que la criminelle s'était acharnée sur sa victime. Le médecin légiste a constaté qu'un premier projectile, après avoir atteint la fillette à la tempe droite, avait pénétré dans la base du crâne. Trois autres coups de revolver, tirés à bout portant, avaient traversé en séton le visage et s'étaient logés le premier dans la joue gauche, le deuxième dans l'œil gauche et le dernier dans l'oreille droite.

Un homme s'est accusé de plusieurs tentatives de meurtre

Cet après-midi, un passementier de Saint-Didier-la-Seauve, nommé Lucien Hyvert, âgé de 40 ans, se présentait à la gendarmerie de Firminy et déclarait :
– C'est moi qui ai tiré un coup de canne-fusil sur les époux Montmeat, cultivateurs à Saint-Just-Malmont, sans les atteindre. J'ai, en outre, fait feu, ce matin, sur la femme Boudarel, qui se trouvait dans une de mes propriétés. Je suis ensuite venu au marché de Firminy pour tuer la femme Dantony. Tous ces gens m'ont causé un préjudice considérable et il faut que je m'en débarrasse.
Hyvert, qui était armé de sa canne-fusil, est gardé à vue et la gendarmerie enquête.

II

1er août 1914 – *Bulletin de situation, 1914 : Après un hiver rude, qui a vu s'accumuler des quantités de neige impressionnantes sur l'ensemble du territoire français, gelées et tempêtes verglaçantes se succèdent, y compris en mai, la neige revenant sur le Massif central. L'été s'annonce pluvieux et orageux, des inondations ont lieu dans le Vercors, en juillet les températures sont très basses pour la saison, et en août les variations sont extrêmes, passant de 31 à 17 degrés en quelques jours à peine.*

Pendant plusieurs mois, Gustave n'a guère de nouvelles de ses frères, sinon pour les fêtes de Noël lorsqu'il regagne le foyer familial et retrouve sa mère quelques jours avant le réveillon. Maureillon, son patron, ancien berger devenu éleveur, n'est pas un mauvais bougre, et la fin de l'automne et l'hiver n'étant pas des périodes qui nécessitent le plus le recours à un jeune apprenti, il l'a libéré en avance. Depuis octobre, le troupeau de moutons est resté à l'abri dans trois grandes étables qu'il faut néanmoins surveiller : s'assurer que les bêtes ont de quoi boire et manger, vérifier leur état de santé, et trier celles qui semblent malades pour les mettre à part, parfois en marquer certaines. Gustave a surtout passé du temps à suivre les ordres reçus et à observer les manières de s'occuper des animaux, à s'accoutumer à la présence des moutons au quotidien, à la façon de s'attacher les chiens en charge du troupeau et de les commander. Malgré son âge, la longueur des journées et l'absence d'un repère maternel, il s'est acclimaté aux besognes qu'on lui confiait et à la vie sur l'exploitation avec les autres ouvriers agricoles et la famille de l'éleveur. Il est de retour à Saint-Didier-au-Mont-d'Or, alors que la neige a fait son apparition et commence à gêner les déplacements dans la petite ville. L'avenue de l'Église en hiver est d'une tristesse sans nom, ses arbres nus et sombres, les maisons d'un ou deux étages alignées avec leurs volets fermés pour la plupart, trottoirs ternes et gris, quelques boutiques obscures, un passant isolé qui rentre chez lui, pas un chat alentour, et si le tramway ne passait pas ici au milieu de la route en faisant crisser les rails de temps à autre, on pourrait presque penser que la ville est morte, abandonnée. Pourtant, les grilles du portail de l'Hôtel de la Terrasse sont grandes ouvertes, comme si elles appelaient le chaland et lui proposaient de s'arrêter là pour la nuit. Et juste à côté, les deux grandes fenêtres du bougnat de Ferdinand qui donnent sur la rue sont éclairées, des ombres passent devant, des gens s'agitent à l'intérieur. En soirée, les buveurs au comptoir semblent être les seules âmes qui vivent par ici. En entrant, Gustave ne peut retenir ses larmes quand sa mère le prend dans ses bras et le garde serré quelques minutes contre sa poitrine chaleureuse.

– Mon Gustave, te voilà rentré. C'est bien que tu sois là, lui lâche-t-elle dans le creux de l'oreille.

Une marque d'affection qui n'est pas fréquente chez elle, n'ayant jamais montré beaucoup de gestes de tendresse envers ses fils. Mais Gustave est parti depuis près de trois mois, et elle ne peut s'empêcher de le retenir contre elle. Ferdinand, le père de Gustave, est moins volubile et cajoleur :

– Tout va bien chez ton patron ? Tu apprends le métier, j'espère...

Il se contente d'une question qui n'attend pas de réponse, non sans se départir d'un petit sourire en coin, narquois. Gustave ne lui fait pas le plaisir de se plaindre de quoi que ce soit, et répond qu'il aime bien vivre au contact des moutons. Ses frères, Alfred et Étienne, sont absents de l'appartement, le premier au travail dans son épicerie, le second ayant trouvé, lui annonce sa mère, une place à l'usine de moulinage de la soie, celle qui se situe à la sortie de Saint-Didier-au-Mont-d'Or, sur la route qui mène à la vallée de Rochecardon et serpente entre les collines. Trois corps de bâtiments s'agencent en contrebas de cette route, avec une grande bâtisse rectangulaire assez élevée dont même les combles ont été emménagés par l'entreprise, et Étienne travaille là désormais, chaque jour derrière une machine. Ce qui fait s'esclaffer son père, calculant que ce n'est pas un travail d'homme et qu'à quinze ans passés Étienne se fourvoie et ne tiendra pas longtemps à son poste. Le réveillon et les fêtes de la fin d'année 1913 s'avèrent bien différents de ce que Gustave avait projeté avant de rentrer ; son frère aîné toujours en froid avec le paternel est écarté du repas de Noël, et le second, Étienne, lui adresse à peine la parole, le reléguant à un rôle d'enfant qu'il se croit ne plus être tout à fait. Ferdinand, son père, est aussi absent du foyer la plupart du temps, se consacrant à sa clientèle du café, parfois tardivement, et ramenant fréquemment à table de nouveaux amis qu'il a puisés parmi les habitués du comptoir. Marie-Louise, sa mère, ne semble pas s'en offusquer, à tout le moins y trouve-t-elle son compte, puisque certains de ces hommes apportent avec eux des étoffes, ou parfois des objets, des chandeliers, des boîtes à couture, ou des vêtements de femme, qui parviennent ainsi chez eux et qu'elle paraît estimer avant de les remiser dans un grand coffre près de la porte d'entrée. Gustave observe ce petit manège sans bien saisir ce qui se trame, mais comprend que ses parents ont tourné la page de la ferme, et que le bougnat et l'appartement situé au-dessus sont définitivement devenus leur nouvelle demeure. Il retourne chez son patron dès que les routes enneigées lui permettent de circuler à nouveau et il retrouve ses moutons jusqu'à la fin avril. Il est surpris alors quand Maureillon vient lui parler.

– Tu ne partiras pas avec le troupeau en estive, Gustave. Tu vas participer à une petite transhumance, ne t'inquiète pas. Mais tu es encore trop jeune pour t'embarquer deux à trois semaines sur les routes. Avec l'ensemble des bêtes… non. Tu vas rester pas très loin de l'élevage, avec une petite partie du troupeau. Et tu pourras accompagner ce groupe-là.

Début mai, il suit donc un jeune berger de seize ans à qui on a confié la tâche de déplacer une trentaine de bêtes à l'est du département, dans un pâturage qui appartient à l'éleveur, tandis que le gros des moutons s'est engagé sur les routes pour la grande transhumance qui va les amener jusqu'aux contreforts alpins. Au premier jour du mois d'août, Maureillon vient le chercher.

– Ta période d'apprentissage avec moi est terminée. Je n'ai plus de tâche à te confier. T'es une bouche inutile à nourrir maintenant, alors, tu dois rentrer chez toi, lui explique-t-il.

Un vieux métayer est dégagé de son travail pour le faire monter dans une charrette et le ramener chez ses parents. En chemin, dans le crépuscule du jour finissant, ce dernier n'a de cesse de lui parler d'un certain Jaurès qu'on vient d'assassiner la veille, sans que Gustave comprenne de qui ce vieil homme peut bien parler et il s'en fiche éperdument. La seule chose qui compte pour lui, c'est qu'il n'a pas pu participer à la grande transhumance qu'il avait fantasmée des nuits durant, et qu'à la place on l'a envoyé dans un pâturage à quelques kilomètres de l'étable principale, pour gérer des bêtes de race spéciale, les ravas, des moutons rustiques réunis en deux petits groupes d'une douzaine d'animaux chacun. Gustave n'a aucune idée de la spécificité de cet élevage comparativement aux races communes parties en estive. Il ne sait pas que ces moutons ravas sont conduits en plaine, dans des zones sèches qu'ils vont fertiliser par le fumier qu'ils produisent, et il n'écoute qu'à moitié les explications du vieux métayer. À cet instant-là, Gustave n'a aucune envie d'apprendre quoi que ce soit sur les moutons, il est seulement en rogne contre ces adultes dont il doit subir les règles et les décisions, sans jamais avoir son mot à dire. Et cependant, il sait qu'il n'a d'autre choix que de s'y plier.

Ce 1er août 1914, deux jours avant que la Grande Guerre qui va broyer des millions de vies ne soit déclarée, et alors que la mobilisation générale est déjà mise en branle dans le pays, Gustave vit le premier drame de son existence, celui d'être ainsi renvoyé chez lui au moment même où il commençait à prendre confiance en lui et en sa capacité à suivre le troupeau de moutons, laissant en gestation une possible vocation de berger. Même les retrouvailles avec sa mère, qui auraient pu le réjouir, sont de courte durée, Ferdinand ayant déjà préparé l'étape suivante. Il lui annonce qu'un certain Bador, fermier à Yzeron, et qui vient régulièrement vendre de la volaille ou du bétail à Saint-Didier-au-Mont-d'Or, s'est proposé de le prendre dans son exploitation de poulets, et son père l'a aussitôt placé chez cet homme. Gustave a tout de même le loisir de rester trois semaines d'été. Il fait son possible pour aider sa mère dans le potager, et se fait une joie de participer à la fête d'anniversaire de son frère Alfred qui, à dix-huit ans, échappe encore au recensement. Ni lui, ni Gustave et Étienne, ni même leurs parents n'ont alors conscience qu'une loi d'août 1913 a abaissé l'âge d'incorporation du service militaire de vingt et un ans, la majorité légale, à vingt ans, et qu'Alfred sera recensé l'année suivante, avant d'être appelé en 1916. Pour l'heure, tous jouissent d'un 15 août qui s'avère être une belle journée d'été, ensoleillée et chaleureuse, autour d'une grande table qu'ils ont dressée dans leur verger, à deux pas du potager, profitant à la fois de ce jour férié et de la fête en l'honneur d'Alfred pour goûter un succulent ragoût de porc cuisiné par Marie-Louise et vider quelques bouteilles de vin. Ces moments de partage sont aussi intenses qu'exceptionnels et pour l'occasion Ferdinand et Alfred ont fait la paix temporairement, par respect pour la cuisine concoctée pour eux tous et pour ne pas gâcher l'ambiance bon enfant de cette réunion de famille. Ce n'est qu'un répit dans la bataille qui oppose père et fils aîné, mais elle est appréciée de tous, en particulier de Marie-Louise qui, ce jour-là, laissera dans la mémoire de Gustave l'image d'une mère détendue, attentionnée et souriante, ce qu'elle n'était pourtant quasiment jamais. Étienne, le cadet qui fêtera ses seize ans en septembre, reste cependant en retrait, comme s'il avait du mal à se réjouir avec son frère ou qu'il lui en voulait pour une raison inconnue.

À la fin août, c'est donc à Yzeron que Gustave pose sa valise légère et son sac de toile, dans une cour de ferme comme il en a connu dans sa petite enfance. Il découvre bien vite deux grands bâtiments, sur l'arrière du corps principal de la bâtisse, où sont rassemblés des dizaines de poulets, quelques chèvres et des vaches. C'est là qu'il va officier des mois durant, nettoyant les auges, distribuant l'eau et le grain aux volailles, changeant la paille sale, jaugeant la survie des poussins, sous la férule stricte de monsieur Bador qui a vu deux de ses garçons de ferme partir sous les drapeaux. Les mois s'égrènent et on lui confie de plus en plus de tâches qui étaient autrefois de la responsabilité de ces deux absents dont on lui apprend la mort du premier le 29 janvier 1915, tué trois jours plus tôt sur le plateau du chemin des Dames où il avait été mobilisé depuis tout juste une semaine. Le second est porté disparu en avril, en Belgique, lors de la deuxième bataille d'Ypres. Bador, cheveux grisonnants, la cinquantaine moustachue, le regard toujours un peu fou et la voix forte, fait à Gustave la lecture des messages reçus de l'armée, comme s'il devait le convaincre de l'utilité de l'avoir pris en apprentissage pour contrebalancer la perte de ses employés. Et Gustave, qui a tout juste douze ans, en convient tout à fait, il faut bien que le travail de la ferme se poursuive, qu'on nourrisse les animaux et qu'on s'occupe d'eux, mais il fait des journées harassantes et sans guère de pauses et commence à fatiguer de récupérer les tâches des adultes partis au front. Pendant près d'un mois, à partir de début juin et quand le temps est assez sec pour cela, il fait les foins, dix heures durant à réunir le fourrage en bottes tandis que les plus grands fauchent devant lui. Il revient épuisé chaque soir à la ferme. Ce n'est, malheureusement pour lui, qu'un début, étant dégagé de ses obligations chez Bador en juillet, quand ce dernier prend deux nouveaux apprentis de quatorze et quinze ans, et sans connaître de répit, puisque son père trouve à le placer chez un nouveau patron, une autre ferme à Yzeron, celle d'un monsieur Laval qui a, lui aussi, vu disparaître une partie de son personnel mobilisé au printemps. Cette fois-ci, Gustave n'est pas seul, il rejoint deux autres garçons de son âge, Victor-Marie, treize ans, et François, douze ans qui, comme lui, ont suivi les directives de leur père. Ils se retrouvent tous trois dès septembre dans les vignes pour les vendanges, puis dans les champs à s'occuper du blé et du froment ou à disperser le fumier. À la Noël 1915, de retour chez lui pour les fêtes, il apprend que son frère Alfred a effectué son recensement quelques semaines après son dix-neuvième anniversaire et qu'il devrait recevoir son appel avant l'été suivant. Ça ne semble pas l'effrayer le moins du monde, et il continue de tenir tête à Ferdinand, tout en embarquant désormais son cadet,

Étienne, à sa suite dans des virées arrosées qui leur ont déjà coûté de passer la nuit au poste de police pour tapage et bris de glace. À trois jours du réveillon, Alfred est cueilli par les gendarmes, fin saoul, dans le jardin de l'hôtel, après y avoir dérobé deux bouteilles de vin. L'hôtel est un des bâtiments importants de la ville, neuf fenêtres en façade sur deux étages, avec une plaque où est inscrit en lettres capitales de bonne taille *HÔTEL BARIOT*. Il dispose d'une petite cour extérieure sous des chênes qui, l'été, fait restaurant et bistrot et accueille la petite bourgeoisie locale qui aime à se retrouver entre gens de bonne compagnie, à l'ombre, pour siroter un verre, tandis que les enfants jouent dans la rue. Le directeur de l'établissement, Hubert Bariot, est un des notables de la ville, le maire déjeune régulièrement à sa table, tout comme le médecin et le notaire. On ne peut impunément voler un homme de cette envergure, et si Alfred avait jeté son dévolu sur un paysan quelconque, les gendarmes auraient été plus aimables et cléments avec lui… Bien que des doutes subsistent sur le fait qu'il ait agi seul, après trois jours en cellule, il passe devant un juge qui, le sachant encadré par la conscription, le relâche non sans l'informer qu'il fera suivre à l'armée les éléments du dossier, afin qu'ils sachent à quel gaillard ils vont avoir affaire et qu'ils prennent les dispositions nécessaires pour l'accueillir comme il se doit dans leurs rangs. Ferdinand est par ailleurs contraint de rembourser les deux bouteilles volées par son fils et de régler une indemnité au directeur de l'hôtel, ce qui a le don d'aiguiser sa colère. Non seulement il estime que cela jette l'opprobre sur l'ensemble de la famille, mais depuis qu'il a emprunté pour racheter le bougnat et en devenir le digne propriétaire, les fins de mois sont difficiles et l'amende va vider ses comptes des maigres économies qui y restaient. À peine Alfred sorti de prison, son père lui jette aux pieds ses affaires, réunies dans deux sacs de toile.

– Va-t'en rejoindre la caserne. Et dépêche-toi ! Et surtout, n'espère rien de moi, aucun soutien pour quoi que ce soit, t'as compris ? lui lance-t-il.

La dernière image que Gustave conservera de son frère aîné sera celle d'un garçon engoncé dans une veste devenue trop petite pour lui et dont les poignets dépassaient allègrement des manches, balançant ses baluchons sur l'épaule droite, tournant les talons sur la route enneigée et quittant la ville à pied dans un froid glacial, ses expirations créant un halo de brume autour de sa tête. Sa mère lui donnera des nouvelles de lui quelques mois plus tard, après avoir reçu une carte où il indiquait qu'il avait été affecté au sein de la dixième armée et envoyé en Picardie, du côté d'Amiens, et qu'il devait bientôt rejoindre le front. Début septembre 1916, Gustave retrouve l'appartement familial, ayant quitté monsieur Laval et Yzeron pour être placé chez un nouvel employeur, monsieur Rottet, dont la ferme est située à Saint-Didier-au-Mont-d'Or, ce qui lui laisse ainsi le loisir de travailler à proximité de sa famille. C'est là que vers le 20 du mois, une ultime information est transmise à la famille Mailly, une lettre qui termine sur la table de la cuisine, entre les mains tremblantes de Marie-Louise. L'administration militaire leur indique qu'Alfred a probablement perdu la vie du côté de Péronne, lors de la bataille de la Somme, mais que son corps n'a pas encore été retrouvé.

18 novembre 1916 – *Bulletin de situation, 1916 : le début d'année est extrêmement doux, au point que les arbres sont en fleur dès janvier dans certaines régions. Le redoux survient en février, avec d'abondantes chutes de neige qui paralysent Paris, et en mars des baisses de température impressionnantes, jusqu'à -14 degrés à Pontarlier. Le froid se poursuit jusqu'en juin, puis la canicule survient en août avec 37 degrés à Bordeaux. La fin de l'année est marquée par des inondations et le retour de la neige qui complique sensiblement les opérations militaires sur le front, notamment à Verdun.*

En janvier 1911, Louis a fêté ses sept ans depuis une semaine quand son père l'amène dans le quartier de la Cité Lafayette, au 46 rue de Richelieu, à Villeurbanne, et qu'il découvre un long mur blanchi à la chaux qui entoure tout un bâtiment que tous deux longent jusqu'au portail de l'entrée principale. Après avoir averti de leur présence en tirant le carillon actionné par une chaînette, une religieuse vient ouvrir et les fait entrer dans une petite cour intérieure, où ils trouvent, sur la gauche, un bâtiment blanc de deux étages où vivent le directeur de l'établissement, l'abbé Liaud, ainsi qu'une partie du personnel permanent, le jardinier et le cuisinier, et en face d'eux, une grande bâtisse sur trois étages, surmontée d'une sorte de petit clocher en bois accroché à la toiture et dont la pointe dépasse bien au-dessus des cheminées. Si l'orphelinat ne comptait qu'une trentaine d'enfants dans les premières années, il accueille aujourd'hui près d'une cinquantaine de garçons. Les enfants de cet âge, entre six et treize ans, étant considérés comme des bouches inutiles à nourrir, ne pouvant servir la société par leur travail, ils n'ont que deux choix, soit rester vivre chez leurs parents, soit, quand cela n'est plus possible, être recueillis en orphelinat ou être livrés à eux-mêmes. L'abbé Liaud a fait un constat : la plupart des institutions lyonnaises recueillent des orphelines, laissant l'essentiel des garçons à la rue, lesquels finissent par créer de véritables bandes d'enfants qui n'ont d'autres ressources que la mendicité et le vol pour survivre. Pour apaiser les rues, il fallait repenser l'accueil des orphelins, et le prêtre espère que son initiative fera bientôt des émules et qu'il ne sera pas l'un des seuls à s'inquiéter du devenir de tous ces gamins. En principe, la plupart de ces garçons n'ayant perdu qu'une mère ou qu'un père, le parent survivant qui confie son fils à l'institution se doit de régler une modeste mensualité, mais dans la pratique cette contribution est régulièrement oubliée. L'orphelinat fait donc appel principalement aux dons et à la charité publique pour subvenir aux besoins des enfants, les vêtir, les nourrir et les éduquer. Si l'évêché a désigné un prêtre dévoué comme aumônier pour l'éducation religieuse, l'abbé Liaud doit se débrouiller pour payer le salaire des maîtres officiant dans certaines disciplines, tandis que l'académie, dans sa grande mansuétude, à agréé un instituteur laïque qui fournit l'instruction primaire, avec pour objectif d'amener le plus possible de garçons jusqu'au certificat d'études, avant leur départ en apprentissage. Louis fait ses premiers pas entre ses murs et il est impressionné par tout ce qui l'entoure. Il n'a aucune idée de la vie qui se profile devant lui, en revanche il comprend dès le premier jour que son père le dépose dans cet endroit comme on se débarrasserait d'un paquet indélicat. Pendant toute la visite, Jean le tient par la nuque, et à chaque fois que la religieuse détaille telle pièce, il se penche vers son fils et lui répète sans cesse « Tu vas être bien là », en hochant la tête, peut-être plus pour s'en convaincre lui-même que pour faire valider son choix par son rejeton. De toute manière, Louis n'est pas considéré comme un individu à part entière, ce n'est qu'un gamin de sept ans qui n'a pas droit à la parole, à tout le moins à exprimer un choix personnel ; il doit faire ce qu'on lui dit, pas d'alternative. Il découvre les lieux au fil de la visite, le rez-de-chaussée où il croise plusieurs femmes en train de faire de la couture et qui le regardent une seconde avant de se remettre à leur ouvrage, et où il assiste à la rencontre entre un parent et un orphelin qui sont en train de discuter au parloir. Puis il emprunte l'escalier central jusqu'à l'entresol où la religieuse indique que se trouvent le réfectoire, les cuisines et dépendances, ainsi que la lingerie, avant de poursuivre leur ascension jusqu'à l'étage où il traverse les dortoirs des enfants, les salles d'études et de classe, et où il voit les portes des chambres des maîtres et surveillants, avant de redescendre par un escalier de service jusqu'aux sous-sols où se situe une grande salle, qui sert de cour de récréation en hiver ou quand il pleut, et où il aperçoit plusieurs autres enfants, puis de remonter et ressortir enfin à l'extérieur. La religieuse termine la visite par le jardin, et une grande cour qui est utilisée pour les beaux jours, ainsi qu'un autre espace plus vaste encore, ceint par plusieurs platanes qui doivent produire assez d'ombrage l'été, ce que son père traduit à nouveau par un définitif « Ah oui, tu vas être bien ici ». Louis ne l'a pas encore remarqué, mais si les dortoirs sont munis de lits et de vestiaires attenants, les classes de tables et de chaises, comme tout le réfectoire, dans chaque pièce, à l'exception des douches, un crucifix de taille plus ou moins importante trône sur un mur, en général face à la porte pour être bien visible de tous. Et il va vite en comprendre l'importance. Dès que son père le quitte, après lui avoir lâché un au revoir du bout des lèvres et ébouriffé les cheveux brièvement, il a tout juste le temps de poser son balluchon près d'un lit qu'il est convoqué dans la chapelle, pour assister à l'une des prières journalières avec ses camarades. Ce sera la première d'une longue série, puisque le second objectif de l'institution, outre le certificat d'études, consiste à ce que l'ensemble des garçons fasse leur première communion et qu'ils s'imprègnent le plus profondément possible de chrétienté avant de quitter l'établissement. L'abbé Liaud est persuadé que l'âme humaine est ainsi faite que le soutien du Christ empêchera ces gamins de mal tourner et leur permettra de s'insérer dans la société comme il se doit. À ses yeux, et comme il le leur répète à chaque sermon en reprenant les mots de Sirech, un autre abbé venu visiter l'établissement en 1904 et qui fit forte impression, cela signifie faire de ces jeunes garçons de bons ouvriers ou de bons soldats, disciplinés, respectueux de la France, et bons chrétiens. Il est tellement sûr de son fait qu'il a ajouté une condition à l'accueil des enfants, non seulement ces derniers ne peuvent pas passer de vacances chez leurs ascendants, mais si jamais un parent vient retirer l'enfant à l'institution avant l'âge de treize ans, alors ce dernier devra payer une indemnité conséquente à l'orphelinat. Liaud prône une thèse selon laquelle il est nécessaire de passer un certain temps entre les mains de l'établissement pour être modelé de telle manière qu'il fera de l'enfant un croyant et un jeune homme droit, prêt à donner sa vie pour la patrie. Mais pour cela, il faut des moyens, aussi les cérémonies de première communion, tout comme les sermons de charité, proférés par des personnalités invitées à venir discourir à l'orphelinat, sont utilisés comme événements pour réunir des donateurs, actuels ou futurs, et faire appel à leur soutien financier.

Pendant trois ans, Louis suit la discipline imposée par l'orphelinat. Il bénéficie d'une alphabétisation forcée à laquelle il résiste un temps avant de se laisser faire, sans parvenir cependant à être un élève méritant. Et il écoute les préceptes de l'abbé et se plie aux trois prières journalières, au cours desquelles il apprend à répéter les noms des bienfaiteurs et bienfaitrices en les louant pour leurs dons à l'Œuvre. La plus contraignante d'entre elles est sans nul doute la prière du soir, le prêtre les obligeant à rester à genoux et silencieux pendant toute la durée de son prêche avant de leur permettre d'aller au lit. Il suit aussi chaque jour les leçons de catéchisme pour préparer sa communion, puis, avec ses camarades, tous partent en rangs serrés dans des processions accompagnant la moindre fête religieuse qui rythme l'année. Il souffre régulièrement d'engelures, le bâtiment n'étant que très peu chauffé, les couvertures de leur lit ne suffisant pas à les protéger de l'humidité glacée de l'hiver, et quant à la faible nourriture proposée, il finit par comprendre d'où elle provient quand, à neuf ans, il doit accompagner un groupe d'enfants et un surveillant pour aller jusqu'au lycée de Villeurbanne et attendre dans le froid, dans une petite rue donnant sur l'arrière du bâtiment, qu'une porte s'ouvre. Là, on leur demande d'emporter des sacs en toile grisâtres dont certains sont encore tièdes. Ce sont les restes des lycéens, ce qu'ils n'ont pas fini de manger la veille ou le jour même et qu'eux récupèrent pour agrémenter l'ordinaire de leurs cuisines. L'Œuvre vivote ainsi, entre donations, récupérations, échanges, et organisation de sermons en public pour apitoyer quelques donatrices, religieusement touchées par la grâce de toutes ces petites voix de garçonnets chantant en chœur. Si l'abbé Liaud a seul la responsabilité du placement des enfants en apprentissage chez des patrons, quand ils atteignent leurs treize ans, il n'est pas rare que dès l'âge de dix ans certains disparaissent un ou deux jours par semaine et expliquent à leurs camarades en rentrant qu'ils ont transporté des caisses dans un entrepôt, participé aux vendanges ou à une récolte de légumes. Ces petites mains corvéables servent ainsi à rendre service aux bienfaiteurs de l'Œuvre et apportent leur maigre force de travail pour participer au grand dessein de l'abbé Liaud. Louis n'a plus aucune nouvelle de son père dès la fin des six premiers mois. Il sait qu'il ne règle plus sa pension, et après être venu le voir au parloir à trois reprises, il n'a plus jamais donné signe de vie depuis 1912. En novembre 1913, il n'en peut plus de la répétition des jours, des sermons, des prières, des leçons, des coups de baguette en bois sur les reins ou sur les doigts, des confessions et des repentirs. À dix ans révolus, il fait un rêve :

s'enfuir et devenir berger. Avec l'aide d'un camarade en qui il a toute confiance, un de ceux qui comme lui a perdu sa mère de la tuberculose, mais aussi son père pour ce qui le concerne, il parvient à faire le mur une nuit. Il n'emporte que peu de choses avec lui, ses affaires d'hiver qu'il porte presque entièrement sur lui, une couverture, un sac avec des gâteaux, un morceau de pain et un autre de fromage volés aux cuisines, deux bougies et des allumettes. Il est persuadé qu'il lui suffit de sortir de la ville, d'aller vers la campagne et de se fondre dans les bois pour disparaître. Pendant trois jours, après avoir quitté Villeurbanne, il marche le long des routes, quémande un peu de nourriture dans des fermes, et pense qu'en se dirigeant vers les montagnes il finira par trouver un troupeau de moutons, et un berger avec eux, et qu'alors il lui suffira de demander à les accompagner. Au quatrième jour, ses souliers fatigués gorgés d'eau, et la pluie qui tombe en rideaux renouvelés le font se réfugier dans une étable où il reste calfeutré toute la journée. Il n'ose pas en sortir à la nuit tombée quand enfin il cesse de pleuvoir, de peur de se perdre dans le noir. Le paysan qui vient traire ses vaches au matin le trouve là, endormi dans un tas de foin, le réveille en lui tirant l'oreille et le secoue un peu jusqu'à le faire se lever et l'amener jusqu'à sa maison, puis l'enfermer dans la cave. Des gendarmes le récupèrent quelques heures plus tard, et il finit par craquer quand ils l'interrogent. Il donne son nom, Louis-Marius Rambert, son âge, dix ans, son adresse, la seule qu'il connaisse, 46 rue de Richelieu à Villerbanne. Quand il retrouve l'orphelinat, il est aux prises avec un paradoxe : il a échoué dans sa quête fantasmée, il s'est fait reprendre par les gendarmes, mais pour ses camarades restés derrière lui, il a vécu une aventure, il est parvenu à s'enfuir, il a des choses à raconter, il est devenu le plus grand parmi les petits. Même les plus âgés, ceux qui ont douze ans ou qui, à treize, sont sur le point de partir, et qui jusqu'alors ne lui prêtaient aucune attention, viennent le voir pour lui demander ce qu'il a vu, ce qu'il a fait, s'il n'a pas eu peur des gendarmes. Louis prend alors conscience que, s'il n'est pas parvenu à s'évader, il a réussi à acquérir autre chose, le respect de ses camarades, l'éveil de leur intérêt, et même, chez certains, une forme de déférence à son égard. C'est ce qui le fait tenir quand il est mis à l'isolement pendant un mois, avec une ration de nourriture réduite au minimum, pour le punir de son escapade. Et il comprend aussi autre chose ; qu'il ne peut sans doute rien faire contre l'institution pour l'instant, que fuguer est vain, mais qu'il lui suffit d'être patient, d'attendre son heure pour acquérir une certaine liberté.

À la fin de l'année 1914, les enfants de l'Œuvre sont tous informés qu'une guerre a lieu entre la France et l'Allemagne depuis l'été, et même si la plupart d'entre eux ne comprennent pas bien ce que cela signifie, tous n'ont aucun doute sur l'idée répandue selon laquelle leur pays va de toute manière écraser les forces de l'autre, et que leur vie ne changera pas d'un iota. Ils se trompent, sur ces deux points : la France va s'enferrer longtemps dans cette boucherie, et cette guerre va sensiblement modifier leur monde. Pour certains d'entre eux, dans le courant de l'année 1915, les choses commencent à se gripper. Trois garçons, parmi ceux qui ne sont pas considérés comme des enfants abandonnés tels que Louis, ceux-là étant toujours susceptibles d'être repris par un parent et donc jamais livrés à l'adoption, étaient en cours de discussion pour être candidats auprès de couples sans enfants. La survenue du conflit, et la mobilisation de l'homme dans chacune de ces familles, a immédiatement eu une répercussion pour eux, la femme seule ne pouvant plus envisager de les prendre en charge. On leur signifie donc l'abandon de leur possible adoption, et parmi les trois, l'un d'eux se suicide en se jetant par la fenêtre du dortoir. Ce jour-là, Louis est en bas, dans la cour, quand le petit corps d'Ernest, huit ans, termine sa course dans les airs en s'écrasant dans un parterre de fleurs. Les orphelins s'égaillent à droite et à gauche en criant, mais Louis reste immobile, incapable de bouger, à contempler à ses pieds le soubresaut de son jeune camarade qui lâche son dernier souffle au milieu des jonquilles. La cérémonie en son hommage donnera lieu à une messe et à un nouveau sermon appelant à faire encore plus de dons pour éviter que ce genre de drame ne se reproduise. À compter de ce jour, toutes les adoptions sont mises entre parenthèses, les fenêtres de l'étage sont fermées et certains camarades de Louis voient aussi disparaître le seul lien qu'ils possédaient encore, une visite de leur père qui a été mobilisé et ne pourra plus venir les voir. Ce n'est pas son cas, Jean Rambert n'a toujours pas refait surface, et quand l'année 1916 débute, et qu'il sait pertinemment qu'il ne lui reste que peu de temps avant de partir chez un patron, Louis ne se fait plus aucune illusion sur l'hypothétique retour d'un père qui viendrait le ramener à la ferme familiale. De fait, l'abbé Liaud le convoque dès le mois de mars, alors que le froid a fait son retour soudain à Lyon et que la plupart des conduites d'eau sont gelées.

– Je t'ai trouvé une bonne place chez un fermier. Tu seras domestique et garçon de ferme, lui annonce-t-il.

Louis ne cherche pas à discuter le choix de l'abbé, espérant seulement manger un peu plus à sa faim en quittant l'orphelinat et ne plus avoir à supporter les trois messes quotidiennes. Cependant, pour sa première affectation chez un patron, il doit encore faire ses preuves, il est donc nécessaire qu'il soit à la fois sous les ordres d'un maître qui lui inculque les usages professionnels, et qu'il conserve la discipline de l'orphelinat, aussi ne se rend-il à la ferme qu'en semaine, et passe ses dimanches à Villeurbanne pour assister aux sermons dominicaux. Pendant trois mois, Louis fait les allers et retours chaque semaine entre la ferme de monsieur Nadarge, qui élève principalement des vaches, et l'institution où il retrouve ses camarades et le prêtre pour la grand-messe du dimanche. Il ne lui faut que quelques semaines pour ne plus supporter de devoir mener les bêtes de l'étable aux champs, les surveiller, les ramener chaque soir et se lever aux aurores pour les traire. Il se prend vite à détester ces animaux pleins de boue et de bouse qu'il ne parvient pas à maîtriser et qui le bousculent régulièrement quand il fait l'erreur de rester trop proche d'eux. Il a treize ans, mais il n'a jamais été charpenté comme un paysan ; il est maigrelet, fragile sur ses jambes droites comme de fins piquets, et doit subir les moqueries régulières de Nadarge sur son manque de force et son incapacité à tirer à lui une vache récalcitrante. Au matin du 18 novembre

1916, en allant aux pâturages, il finit par craquer, s'énerve, saisit son bâton de marche et balance deux grands coups sur le dos d'une vache pour la faire avancer. La colère accumulée depuis des jours explose soudainement. Il se met alors à frapper l'ensemble du troupeau, petitement au début, puis il est comme pris d'une rage sourde qui le fait courir entre les vaches en balançant des coups à droite et à gauche, au milieu des meuglements et des aboiements du chien de ferme qui ne comprend pas ce qui se passe. À cet instant, Louis a atteint un point de non-retour, il ne supporte plus la moindre contrainte avec ces vaches, le moindre ordre que Nadarge lui donne, et crie sur le chien en lui demandant de le laisser tranquille. Il n'a qu'un seul désir : se retrouver isolé, allongé contre un arbre, à écouter le silence alentour, à vider son esprit et à reposer son corps, et qu'enfin hommes et animaux le laissent en paix. Le lendemain il s'est calmé. Mais deux jours après Noël, il remet ça, frappant une vache dans les côtes cette fois, alors qu'il visait plutôt l'arrière-train mais a raté son coup. Le paysan le harangue de cesser immédiatement son manège, et le repousse dans l'étable en l'y consignant. Il n'en faut pas plus pour que Louis, vexé, réagisse aussitôt et tente de donner un nouveau coup de bâton, mais à l'homme cette fois. Nadarge esquive et s'écarte, et d'un geste du bras tendu envoie Louis valser dans la paille, lui interdisant de le suivre aux champs. Le dimanche suivant, l'abbé Liaud le convoque dans son bureau et lui explique que Nadarge ne veut plus de lui sur son exploitation, qu'il est trop brutal avec les bêtes et qu'il est renvoyé. Heureusement pour lui, l'abbé a un autre patron dans sa manche à qui il veut le confier, un homme qui cherche depuis peu un apprenti verrier et qui l'attend pour le premier janvier 1917.

6 avril 1921 – *Bulletin de situation, 1921 : la sécheresse de l'année, qui a commencé à l'automne 1920, s'aggrave en février – pas la plus petite goutte de pluie n'est observée sur la Beauce, le sud de la Champagne et le Jura. Malgré des giboulées qui provoquent des chutes de neige sur toute la France fin avril, cette sécheresse s'installe et devient dramatique en juin, avec une canicule surprenante, jusqu'à 39 degrés à Brive le 28 juin. Juillet poursuit la tendance, jusqu'à 42 degrés à Vesoul, et des incendies se déclarent, ainsi que de violents orages.*

L'année 1917, que Louis commence en rencontrant Bellouche, le verrier chez qui il est placé, va être à l'image de la précédente, mais aussi des suivantes. Chez Bellouche, il est d'abord mis à contribution sur les fours et la préparation à chaud de la pâte de verre, et rapidement il ne supporte pas la chaleur suffocante dans laquelle il doit travailler dix heures par jour. Un autre apprenti est chargé de la partie à froid, et de la réalisation de motifs sur les objets, mais là aussi Louis, quand il y est versé, se montre inefficace, manquant de concentration et de constance dans son travail. Quand il est enfin appelé à apprendre la mise en forme du verre, il multiplie les fautes et les erreurs, ses réalisations étant pleines de bouillons, des bulles d'air laissées dans le verre, d'autres comportant des cheveux d'ange qu'il n'élimine pas comme il le doit, ou de minuscules grains de terre qu'il ne sait pas écarter à temps. Les deux autres jeunes qui officient avec lui éprouvent aussi quelques difficultés, mais progressivement ils finissent par s'adapter, quand Louis se braque sur ses échecs et ne persévère pas dans l'apprentissage. Bien que Bellouche ne soit ni Émile Gallé ni René Lalique et ne réalise pas de grandes œuvres artistiques comme ses maîtres, il tient à assurer une production correcte et des produits commercialisables. Contrairement aux autres apprentis, Louis ne développant aucune prédisposition pour cette activité, rapidement Bellouche le cantonne à des tâches d'intendance et de manutention, jusqu'à la fin de son contrat d'une année. Libéré des fours brûlants, Louis pense qu'il va s'en sortir à bon compte, mais l'abbé lui trouve un nouveau patron, et début 1918 il intègre un atelier de menuiserie. L'entreprise Gomard réalise essentiellement des huisseries, portes et fenêtres, et de temps à autre des parquets, très rarement des meubles. Louis doit donc aller à l'essentiel, et contrairement au verre, il est assez capable avec le bois, trouvant dans l'usage d'une varlope, d'une herminette ou d'une scie, un certain plaisir et un réel désir de mieux en apprendre le maniement. Reste que fabriquer derrière un établi, en suivant des ordres à la lettre, s'avère vite n'avoir aucune fantaisie et Louis s'ennuie à reproduire les mêmes gestes au quotidien. Le contremaître de Gomard s'en aperçoit et lui donne sa chance en lui proposant, puisqu'il ne cesse de râler quant à son rôle de simple exécutant, de se charger d'un chantier. Ils doivent reprendre toutes les fenêtres d'une maison et en profiter pour y poser des volets neufs et remettre en état la porte principale, dont le bas et les montants ont subi l'usure du temps. Malheureusement pour Louis, si dans l'utilisation des outils et la compréhension du bois – la façon dont on peut le travailler, la qualité des différentes essences, le sens des fibres –, il est doué, en revanche, prendre des mesures exactes, tracer à la règle avec rectitude, jouer des équerres à angles et sur place du fil à plomb, s'avère vite au-dessus de ses moyens. Il s'emmêle dans les chiffres, se trompe dans ses repères, s'énerve et le premier entourage de fenêtre réalisé s'avère catastrophique, gaspillant le bois qu'on doit jeter, au point que le contremaître reprend la main pour terminer le chantier. Il n'aura pas de deuxième chance. Louis est alors à nouveau cantonné à ce qu'il semble savoir faire à peu près bien, des découpes, de manière répétitive, et de la manutention de planches, de madriers, de tasseaux variés d'un coin à un autre de l'entrepôt. Il n'a pas encore quinze ans, le 11 novembre, quand pour la première fois de sa vie d'apprenti, il bénéficie d'une journée de repos exceptionnelle, afin de participer, avec ses camarades de la menuiserie, à la liesse populaire fêtant l'armistice. La guerre n'aura été, pour lui, qu'un décor lointain, une source de discussions entendues et de rumeurs propagées parmi les jeunes qui, comme lui, viennent de l'orphelinat, et pour les autres, employés menuisiers ou verriers, un vague moment d'échanges sur le devenir d'un parent ou d'un ami proche. Il a toujours eu des conditions de vie difficiles, celles imposées par la guerre n'ont pas bouleversé son ordinaire. Louis quitte l'entreprise Gomard quelques jours avant Noël et son anniversaire, et explique à l'abbé qu'il souhaite continuer de travailler le bois. Mais ce dernier ne lui laisse pas le temps d'exprimer ses désirs, il a d'autres projets pour lui, et un autre patron chez qui le placer, un cultivateur cette fois, qui a besoin de bras pour ses semences et ses récoltes. C'est à reculons qu'il retrouve les champs et la vie de la ferme, et dès son arrivée chez Vitaud, son nouveau patron, il fait sa mauvaise tête. Il n'en peut plus d'être trimballé d'un endroit à un autre, d'un patron à un autre, corvéable à merci sous le couvert de l'apprentissage d'un métier qu'on finit toujours par lui refuser d'apprendre véritablement, tout au moins est-ce ainsi qu'il voit les choses. À plusieurs reprises les échanges dérapent avec Vitaud et Louis se met dans une colère noire, incapable de se maîtriser et disparaissant dans les bois, en laissant tout en plan, après avoir envoyé paître son patron. Il reste alors des heures, assis au bord de la rivière, à regarder l'eau couler ou à faire des ricochets à la surface avec des pierres ramassées à droite et à gauche. Un matin de juin, alors qu'il doit atteler les chevaux et installer la charrue, il s'emmêle les pinceaux, laisse tomber le cep, s'affale par terre, et un des deux chevaux de trait soulève un sabot et donne un coup vers l'arrière qui l'atteint au niveau du thorax. Par miracle, il n'est pas totalement dans l'angle du cheval et le sabot ne le touche qu'à moitié, suffisamment pour le faire tomber à la renverse mais sans le blesser véritablement. Cependant Louis a eu peur, il s'est senti humilié par un animal et il est furieux. Il s'empare du fouet dans la grange et se met à marteler le dos du cheval de coups redoublés en lui criant dessus. Il faut que Vitaud, sorti d'un appentis en entendant les cris, finisse par intervenir pour qu'il cesse de maltraiter l'animal dont la croupe est déjà en sang. Avant la fin de son contrat, il est renvoyé à l'orphelinat et l'abbé Liaud décide de le placer à l'isolement, deux mois durant cette fois. Mais Louis n'a plus dix ans, et les punitions de l'abbé, si elles l'ont endurci, lui ont aussi permis de supporter ce genre de pénitences dont il ne fait plus aucun cas désormais. Du reste, il ne subit pas son châtiment jusqu'à son terme. L'abbé le convoque bientôt et à sa grande surprise lui donne des nouvelles de sa famille, sur laquelle Liaud a recueilli de nouveaux éléments. Il apprend ainsi que Jean Rambert, son père, est mort subitement, l'année précédente, sans qu'il le sache, personne n'ayant souhaité le retrouver semble-t-il à cette époque-là. Jusqu'à ce que Thérèse, la sœur de Jean, plus âgée que lui, et prise de remords, finisse par s'interroger sur le devenir d'un enfant qu'elle avait refusé de prendre en garde après la disparition de sa mère. Elle a retrouvé les coordonnées de l'abbé Liaud dans les papiers laissés par son frère et l'a contacté. Et l'abbé annonce donc à Louis qu'elle est prête à le recueillir chez elle, à condition qu'il dispose d'un travail, disant pouvoir lui offrir le gîte, mais n'étant pas en mesure de prendre en charge le couvert. À bientôt dix-sept ans, après s'être fait renvoyé de la ferme de Vitaud et avoir passé deux semaines à l'isolement à l'orphelinat, Louis quitte pour la dernière fois le 46 rue de Richelieu, sans regrets, et sans se retourner sur les murs de l'institution quand il se retrouve dans la rue, et accélère le pas. Il sort de Villeurbanne en direction de Lyon et la gare où il doit prendre un train pour Vichy.

Après sept heures de train, parvenu à destination, Thérèse, sa tante, ne l'attend pas sur le quai de la gare. Il est un peu perdu un instant, finit par se repérer, se dirige vers la sortie pour rejoindre le parvis, sous une grande marquise métallique à lanterneau vitré qui lui fait lever les yeux. Quand il porte à nouveau son regard devant lui, les voyageurs ont commencé à s'égailler à droite et à gauche et à s'engouffrer dans des fiacres qui circulent sur la place tout autour de la statue de la Déesse des eaux, et un couple lui fait face et le dévisage. Sa tante est une vieille femme, et son oncle à côté d'elle, appuyé sur sa canne, ne vaut pas mieux, tous deux rabougris et voûtés, la tête comme emportée vers l'avant, le cou fripé et replié, le regard mi-clos, des cernes sous les yeux. Vêtus de sombre, lui avec sa casquette, elle avec son fichu autour de la tête, chacun grisonnant, les yeux noirs de jais, le nez allongé, ils ressemblent à deux vieux vautours déplumés qui attendraient la mort d'une proie pour se repaître de son cadavre. Si leur apparence les dessert aux yeux de Louis, ils lui font pourtant bon accueil, et malgré leurs gestes lents et leurs silences douloureux, ils essaient de le recevoir chez eux du mieux possible. Ils ont perdu leur fils unique pendant la guerre, non pas sur le front, il était employé des postes, mais dans une ville du Nord, pilonnée par l'artillerie allemande, ce dont il ne réchappa pas. Ils ont deux filles mariées depuis longtemps et elles-mêmes déjà mères, et Louis découvre l'existence de cousines dont son père ne lui avait jamais dit un mot. Il finit par comprendre que frère et sœur ont été en froid pendant des années et que le refus de Thérèse de s'occuper de lui, après la disparition de sa mère, n'a pas arrangé les choses entre eux. Leurs six autres filles sont toutes mortes en bas âge, la dernière à l'âge de sept ans, ce qui explique peut-être la gravité morne des traits de leurs visages et leurs gestes empesés. Louis apprend aussi que son père avait refait sa vie en 1910, deux mois tout au plus après l'avoir mis à l'orphelinat, en épousant une femme qui était apparemment sa maîtresse depuis déjà quelque temps. Celle-ci aurait d'ailleurs eu une fille cachée, un peu plus jeune que lui, née en 1907. Il aurait donc une demi-sœur, mais Thérèse ne veut pas s'avancer beaucoup plus sur ce terrain-là, considérant que la femme qui a remplacé sa mère n'est pas d'assez bonne vertu pour être intégrée dans la famille, et ne lui racontant cette histoire que pour soulager sa propre conscience quant aux troubles agissements de feu son frère. Son oncle lui a trouvé une place de maçon sur des chantiers, et chez eux, l'ancienne chambre du fils, inoccupée, devient celle de Louis.

La fin 1919 et l'année 1920 lui offrent sans doute les plus beaux moments de sa jeune existence. Il n'a conservé que peu de souvenirs de sa petite enfance, dispose d'une unique photographie de sa mère, mais peine à se remémorer plus de détails la concernant, les années d'orphelinat ayant effacé l'essentiel de cette vie d'avant. Vivre chez Thérèse et Joseph représente l'accession à un premier véritable foyer, à tout le moins l'idée qu'il s'en était fait, et le changement est tellement sensible au début, que l'intérêt de son travail sur les chantiers lui paraît secondaire alors. Il jouit d'une pièce pour lui seul dans une petite maison, dîne avec son oncle et sa tante chaque soir, déjeune avec ses camarades de chantier et gagne enfin de l'argent. Son salaire est maigre encore, mais pour lui qui n'a connu que l'apprentissage rémunéré par sa propre sueur, disposer de quelques francs en poche est une révolution. C'est aussi, bien sûr, l'heure des découvertes, et entre dix-sept et dix-huit ans, Louis va passer le plus clair de ses nuits, et ses jours de repos, à sortir, au grand désespoir de sa tante qui essaie de réfréner ses échappées tardives. C'est peine perdue, d'autant plus quand, à traîner dans les cafés, les bougnats et les bals populaires, prenant le train jusqu'à Lyon, il finit par y rencontrer d'autres jeunes de son âge. Maurice, Émile et André, tous les trois ont une vingtaine d'années et vivent déjà dans la rue et pour l'un d'eux, de la rue. Louis boit des coups en leur compagnie, passe de bistrot en bistrot, et bientôt est initié aux filles, celles qu'il chasse en bande et tente de ramener dans un lit chez un camarade, ou celles qu'il côtoie dans les bordels et qui le font monter dans leur chambre miteuse. Son salaire est vite englouti en boisson et en chair tendre, et bientôt ne suffit plus à la réalisation de tous ses désirs. Maurice, qui gère trois fleurs de trottoir, lui conseille de faire le barbe[4] comme lui, ce qui a l'avantage de pouvoir se nourrir sur la bête tout en récoltant des sommes parfois rondelettes pour se payer la belle vie par ailleurs. Mais Louis préfère vite se trouver une régulière, une seule fille qu'il met à contribution en l'envoyant au parc pour se trouver un micheton et le dépouiller comme il faut. Marcelle est une amie de Marguerite, cette dernière formant un couple avec André, et elle est ainsi faite qu'elle finit par quitter Émile pour Louis, et se met à son service comme elle le faisait avec son amant précédent. Louis ne considère pas que cet arrangement mêlant sexe et argent le place dans une position de proxénète, puisqu'il s'agit de faire travailler sa propre compagne, pour qui il éprouve de l'affection, ce qui le différencie de Maurice qui fait tapiner trois filles différentes, sans avoir le moindre égard pour elles. Et puis, Louis ne parvient pas à s'imaginer en barbe, il préfère encore mettre au point des stratagèmes avec André et Émile pour dépouiller des bourgeois qui s'égarent dans les mauvais quartiers, les saouler et leur faire les poches, ou détourner l'attention d'un commerçant tandis que les deux autres compères volent des marchandises. C'est ainsi, par petites touches, en participant une première fois, puis une deuxième, à quelques petits larcins et méfaits qu'il met un pied dans le milieu lyonnais. Jusqu'à ce qu'il n'en puisse tellement plus de cette double vie, s'épuisant sur des chantiers le jour, sortant, buvant et baisant la nuit et le dimanche, qu'il finisse par lâcher complètement son travail de maçon, sans pour autant quitter définitivement son oncle et sa tante, mais en découchant régulièrement. Au début de l'année 1921, alors que le gouvernement, en grande pompe, salue l'enterrement d'un soldat inconnu sous l'Arc de triomphe parisien, Thérèse et Joseph le convoquent dans la cuisine, lui demandent de s'asseoir à table et se placent tous les deux devant lui. Avec leur mine renfrognée et leur tristesse incommensurable, ils ont des choses à lui dire :

– Louis, ça ne peut pas durer. Nous sommes vieux, mais pas aveugles.

– Quoi ?

– Tu as quitté le chantier, le contremaître que connaît Joseph lui a dit. Hein, Joseph ?

– Oui, ça fait une semaine qu'il n'y va plus… confirme l'oncle.

– Et alors ? J'en peux plus d'être maçon, de porter des briques comme un âne… C'est pas pour moi. Je suis pas fait pour ça.

– Louis, on a entendu des bruits sur toi… dit Thérèse. Et pas du bien. Tu en fais des choses à Lyon, il paraît…

– De quoi tu parles ? Je sors. J'ai des amis, voilà tout.

– Mais tu ne travailles plus ! Je t'avais dit qu'il fallait que tu travailles, sans quoi… on ne pourrait pas te garder. Tu me donnais encore quelques francs le mois dernier, mais ce mois-ci, rien.

– Alors, c'est ça ? C'est pour ton argent que tu t'inquiètes ?

– Non. Je dis juste que tu ne travailles plus, et donc comment fais-tu pour voir tes amis et sortir, et boire, et manger avec eux ? Tu as dépensé tout ce que tu avais gagné…

– Je fais ce que je veux avec ce que je rapporte.

– Non, tu ne fais pas ce que tu veux, Louis. Tu n'as pas encore vingt et un an, je te le rappelle… Et tu vis chez nous, tu dois respecter ça. Si tu veux t'en aller, dis-le.

– Je suis bien ici. J'ai ma chambre. J'ai pas envie de partir.

– Alors, si tu veux rester, reprends le travail, et arrête de faire n'importe quoi à Lyon. Tu peux faire ça pour ta tante, oui ?

Louis finit par acquiescer, rendant temporairement les armes devant le discours de sa tante et le silence inquisiteur de son oncle, lequel a soudain retrouvé toute sa stature de vieil oiseau de proie malsain. En février, Louis retourne ainsi travailler sur les chantiers et met de la distance avec ses amis lyonnais. Pendant trois semaines, il fait même en sorte de les éviter autant que possible, ne frayant plus dans leurs repaires habituels, et cherchant à voir Marcelle sans qu'elle vende la mèche à ses anciens camarades. Mais au bout de deux mois, ce manège s'avère intenable. Marcelle finit par se moquer de lui et de ses précautions pour ne pas croiser

Maurice, Émile ou André et il comprend vite qu'il ne va pas tarder à la perdre. À la mi-mars, il a des mots avec un contremaître sur un chantier et l'altercation dégénère rapidement, au point que Louis gifle son interlocuteur avant de quitter les lieux. Le patron qui l'employait le renvoie sans autre procès, et il retourne immédiatement à Lyon noyer sa colère dans le vin et entre les cuisses de Marcelle. Le soir même il renoue avec Maurice, et après avoir fêté leurs retrouvailles, tous deux retrouvent Émile et André et échafaudent un plan pour le cambriolage d'un bougnat le lendemain. Pendant quarante-huit heures après leur méfait, il fait la fête avec ses amis. À demi saoul, il passe une soirée chez un tatoueur qui lui grave sur l'épaule droite un portrait de Marcelle, portant un chapeau et un foulard, premier tatouage d'une future longue série. Et quand Louis réintègre la maison de sa tante et son oncle, quatre jours se sont écoulés. Il ne s'est pas changé et vient déposer son linge sale et passer la nuit, mais l'accueil qu'on lui réserve n'est pas à la hauteur de ses attentes. Il s'endort dans sa chambre, après avoir regagné la maison nuitamment, et n'imagine pas être réveillé par deux hommes qui le sortent du lit sans ménagement et le font s'habiller en lui criant dessus. Joseph a fait appel aux fils de deux de ses amis, des trentenaires trapus avec qui Louis n'a pas intérêt à tenter de discuter. Thérèse lui explique alors calmement qu'il n'a pas été capable de revenir dans le droit chemin et que la sanction promise doit tomber en conséquence : il n'est plus le bienvenu chez eux, et s'il veut retrouver une conduite respectable, il n'a d'autre choix que de devancer l'appel et de partir à l'armée. Les deux hommes présents sont d'ailleurs là pour l'accompagner jusqu'à la caserne. Mal réveillé, cuvant encore de la soirée passée la veille à Lyon, Louis est tout simplement poussé dehors au petit matin. Puis il est escorté par les deux gaillards qui le font monter dans une voiture et le transportent jusqu'à la porte du bureau de recrutement. Le 6 avril 1921, Louis passe le seuil de la caserne, un maigre sac sur l'épaule, sans savoir encore ce qu'impliquent les papiers qu'il vient de signer : un engagement de cinq ans dans la marine française.

Il a deux jours devant lui avant d'intégrer l'armée à Toulon où il est attendu au 5e Dépôt pour effectuer sa formation initiale. Il ne repasse pas chez son oncle et sa tante, mais file rejoindre Marcelle, qu'il trouve dans les bras d'un autre homme. Un inconnu qu'il se met à invectiver, réclamant sa place et sa femme. Mais il ne sait pas à qui il s'adresse, et il paye d'un beau coquard sur l'œil et de plusieurs hématomes sa revendication possessive, tout en étant jeté sur le trottoir. Réfugié chez Maurice, il s'enivre et se rend chez le tatoueur pour faire inscrire sous le portrait de Marcelle, sur son épaule, une petite étoile accompagnée de la mention : « Du Malheur ». Le lendemain, il emprunte la compagnie ferroviaire PLM jusqu'à Marseille, puis change de train et rejoint sa caserne à Toulon. Après être passé chez le coiffeur et le fourrier, avoir suivi une visite médicale et récupéré son barda, il découvre la vie militaire, la reconnaissance des grades, la marche au pas, les ordres et contre-ordres, et les corvées en tous genres. Il essaie de se faire quelques camarades de chambrée, mais étrangement ses voisins de lit semblent se méfier de lui et le regardent de haut. Il n'a pas ici le prestige du fugueur comme à l'orphelinat et passe pour un gringalet, un peu trop fort en gueule pour paraître honnête. Après deux mois de caserne qu'il traverse comme une punition, il est envoyé dans une école pour mécaniciens à bord d'un navire désarmé, le *Saint Louis,* où pendant six mois on lui apprend les rudiments puis le fonctionnement des machines à vapeur qui entraînent les hélices d'un bateau et dont il va avoir à assurer la maintenance en tant que matelot de 2e classe. Pour fêter la fin de son apprentissage, en permission pour deux jours à Toulon, il ne dessaoule pas et se fait tatouer une tête de soldat sur l'avant-bras droit, et un petit croissant de lune sur le gauche. Début janvier 1922, il embarque sur le *Paris*[5], un cuirassé de l'escadre de Méditerranée qui, après avoir fourni une couverture aux troupes grecques pendant l'occupation d'Izmir, est revenu à Toulon et croise en mer entre la France, le nord de l'Algérie et l'Espagne. Jusqu'à l'automne, Louis y est affecté jusqu'à nouvel ordre et se découvre le pied marin. Cette fois, il s'accommode assez bien de la routine à bord, sans être passionné par la mécanique de la chaufferie du navire où il passe pourtant des heures. Les différentes escales lui font découvrir des villes et des pays dont il n'avait qu'une vague idée jusque-là. L'Espagne le dépayse et il y apprécie les prostituées du port, mais il est véritablement impressionné par la Casbah algérienne, dans les ruelles de laquelle il se perd avec quelques camarades matelots qui, comme lui, apprécient l'art du tatouage, l'occasion d'ajouter de nouveaux dessins sur sa peau : sur son bras gauche, une fleur, une pensée précisément, accompagnée du sigle de son régiment, le 13e et de la mention « Ma femme », et à la base du cou, à la naissance de la gorge, un papillon stylisé sous forme rectangulaire, et la mention « Mon droit, Barca ![6] » en lettres capitales. Louis n'a cependant pas l'occasion de jouir longtemps des plaisirs d'Alger. Début octobre, le *Paris* doit retourner à Toulon, et arrivé au port, ses matelots sont en grande partie renvoyés à terre au 5e dépôt et la plupart de ses camarades sont réaffectés ailleurs. Le 25 du mois, le cuirassé repart avec un équipage réduit pour rejoindre Brest où il doit subir une rénovation qui durera une année complète. Sans affectation, Louis est alors cantonné dans la caserne. Il fait de la maintenance sur quelques navires laissés à quai en attendant un nouvel embarquement, et dès qu'il n'est pas de garde ou de corvée et qu'on l'autorise à sortir en permission, il parcourt les tavernes et les bordels du port.

28 octobre 1922 – *Bulletin de situation, 1922 : après une vague de froid et des gelées importantes en janvier, le printemps est en avance fin février, avec des températures agréables partout. Toutefois, en mai, un orage historique se déclenche sur la région de Montpellier, avec jusqu'à 80 cm de grêle amassée dans les rues et d'importants dégâts, puis en juillet des gelées blanches à Angers et Dijon, des pluies diluviennes en Bretagne et en Normandie, et le retour d'une tempête violente à Agen fin août, avec 70 centimètres de grêle envahissant la ville.*

Au 31 décembre 1916, porté disparu depuis trois mois, Alfred, le frère aîné de Gustave, ne donne plus aucun signe de vie et l'armée ne leur procure aucune autre nouvelle le concernant. Marie-Louise refuse d'envisager, comme l'évoque

Ferdinand qui estime qu'il est temps de s'en préoccuper, une cérémonie d'enterrement. Non pas parce qu'elle espère le voir revenir ou croit en une erreur de l'administration militaire, non, elle s'est fait une raison quant à sa disparition et a déjà dit à Étienne et Gustave qu'elle sentait dans ses chairs avoir perdu son aîné, mais parce qu'elle attend de récupérer un corps, ou quoi que ce soit qui puisse en faire office, avant de porter le deuil et de se recueillir sur une tombe. Il lui faut pourtant renoncer à repousser l'échéance quand, en février 1917, l'armée leur retourne les quelques effets personnels d'Alfred qui ont été récupérés par ses camarades ; une blague à tabac, deux courtes lettres qu'il n'avait pas fini d'écrire, deux paires de chaussettes et un caleçon long qui ne faisaient pas partie de son fourniment, et une sorte de bibelot en laiton ou en cuivre, taillé dans un obus, et représentant un Christ sur la croix, ce qui étonne Marie-Louise, tant elle n'eut jamais de penchant pour la religion et était persuadée que son fils, mécréant comme elle, n'y prêtait guère attention. Peut-être que les quelques mois passés dans les tranchées avaient fini par lui apporter la foi, pensa-t-elle. Gustave, son frère et ses parents assistent donc, un matin pluvieux de mars, à la mise en terre d'un cercueil vide dans le petit cimetière de Saint-Didier-au-Mont-d'Or. Marie-Louise a jugé bon de laisser au curé le soin de dire quelques mots, Ferdinand appréciant ces valeurs religieuses sans qu'elle ait jamais bien compris ce qu'il y trouvait, lui qui avait accepté d'épouser une femme divorcée sans passer devant l'autel. Aucun camarade d'Alfred n'est présent ce jour-là, ils sont passés sous les fourches caudines de la conscription, et Marie-Louise ne les connaissait pas tous, mais elle voit parmi l'assemblée quelques femmes qui portent le deuil, venues par solidarité. L'une d'elle cependant pose sur elle un regard mauvais, le visage tourné de trois quarts, les traits tirés et les cheveux cachés sous un fichu noir, comme si elle l'enviait d'avoir à ses côtés deux fils bien vivants, qui ont grandi vite et font plus vieux que leur âge. Peut-être n'avait-elle, elle, qu'un fils unique.

Dix jours plus tard, Gustave passe à Chantemerle devant le terminus du tramway, se trompe de rue avant de retrouver son chemin et de quitter Saint-Didier-au-Mont-d'Or pour se rendre aux limites de la ville, là où commencement les premiers champs de monsieur Rottet. Il s'apprête à fêter ses quatorze ans et il est vrai qu'il a poussé d'un seul coup, prenant dix bons centimètres en quelques mois, au point que sa mère est contrainte d'aller piocher dans les affaires d'Étienne pour l'habiller. Rottet possède des terres en quantité, et pour les travailler il dispose de plusieurs chevaux qui sont appelés à tirer des charrues et des carrioles. À l'instar de tous les exploitants agricoles de la région, une partie des jeunes paysans a été mobilisée, et il a besoin de main-d'œuvre. Il hésite au début à confier à Gustave le poste de charretier, mais le voyant grandi et prenant de la force, et sachant son appétence pour les animaux, il finit par s'y résoudre. La place n'est d'ailleurs pas pour lui déplaire, et assez rapidement il se fait à ses nouvelles fonctions, soignant les chevaux, les équipant et les attelant aux machines agricoles, s'habituant à les diriger du geste et de la voix. Maladroit dans les premiers temps, Gustave apprend vite et corrige ses erreurs, et Rottet y trouve son compte, les charretiers lui coûtent en général plus cher que ses métayers ou ses valets de ferme ; le petit étant encore en apprentissage, il peut se contenter de lui assurer la nourriture et des gages raisonnablement faibles. En mai, il lui propose même de le loger à la ferme, ce que Gustave refuse, préférant marcher quelques kilomètres chaque jour mais continuer de vivre chez ses parents. Il revient cependant bientôt sur sa décision. En octobre, le frère de Ferdinand et son épouse, qui se sont installés dans l'Est de la France, subissent un bombardement qui détruit leur maison et les contraint à fuir leur village. Réfugiés à Saint-Didier-au-Mont-d'Or, ils prennent leurs quartiers dans la chambre de Gustave et Étienne, avec leur fille Adelaïde, âgée de onze ans. Gustave accepte alors l'offre de Rottet d'être logé à la ferme, et Étienne finit par dormir sur un matelas posé à même le sol dans la cuisine et qu'il relève et range chaque matin. Ce dernier, à vingt ans, vient d'être recensé, et si le conflit se poursuit, il fera partie de la fournée d'appelés de la fin 1918. Pour l'heure, et contrairement aux prédictions de mauvais augure de son père, il continue de travailler à la fabrique de fil à soie, et depuis la disparition de son frère aîné, il semble s'être racheté une conduite et avoir cessé ses virées nocturnes et ses débordements. La guerre se poursuit cependant, et Gustave a beau vivre de loin les annonces de victoires ou de défaites de l'armée française, se concentrant sur le présent et ses tâches de charretier à accomplir, il n'est pas insensible au destin de sa cousine Adelaïde qui a bien du mal à s'acclimater à sa vie de jeune réfugiée, de son oncle et sa tante qui vivent aux crochets de Ferdinand, quand bien même donnent-ils un coup de main au café, et à celui de son frère qui n'échappe pas à sa mobilisation, passe en conseil de révision et finit par les quitter en septembre 1918. Mais Étienne ne connaît pas le sort funeste d'Alfred, il vient de terminer sa formation quand il est envoyé dans une compagnie de réserve en troisième ligne. Après la signature de l'armistice en novembre, il a même droit à une permission et passe cinq jours parmi eux, avant de repartir dans sa caserne. Pendant le reste de son service militaire, il aura pour mission le nettoyage des champs de bataille dans le Nord et l'Est, prenant garde à ne pas se faire sauter sur des obus non éclatés, et relevant aux abords des tranchées des cadavres en charpie à demi enterrés sous des mètres de terre et de boue. À son retour, fin 1920, Étienne se montrera plus taiseux qu'il n'a jamais été, incapable de raconter ce qu'il a fait deux années durant, sinon de répéter en boucle : « C'était moche, c'était moche. » Entre-temps, Gustave a terminé son travail chez monsieur Rottet, lequel a récupéré un de ses ouvriers agricoles en relative bonne santé, et un autre avec une main en moins, mais encore capable de s'occuper des chevaux. Pour remplacer le troisième, disparu, un des jeunes qui étaient en apprentissage reste à la ferme, y étant à son aise, mais ce n'est pas le cas de Gustave qui n'y trouve plus son compte. L'oncle, la tante et la cousine sont repartis dans l'Est reconstruire leur maison, et en l'absence d'Étienne, Gustave a fait le choix de revenir chez ses parents et d'aider à la tenue du bougnat avec son père vieillissant, s'occupant en particulier de gérer l'approvisionnement en charbon pour les clients, tâche qui a pris de l'essor ces dernières années. Il n'a guère le temps de traîner dans les rues comme autrefois, d'autant que sur la place de la Victoire, une grande stèle a été édifiée comme partout après la guerre. On sent bien cependant que Saint-Didier-au-Mont-d'Or n'est pas une ville qui roule sur l'or… Pas de statuaire ici, pas de soldat en marche tenant un drapeau qui flotte au vent, pas de femme recueillie sur un poilu couché dans ses bras, rien de grandiloquent, seulement un carré de pierre blanche sur lequel est posé une sorte de cloche en grès, un anneau de bronze à son sommet, et la liste des morts du village gravée dessus. Sans doute symbolise-t-elle, cette cloche, comme le nom de la place où elle a été installée, la victoire de la France… Mais elle a beau être de pierre, pour Gustave, à chaque fois qu'il passe devant, cette cloche sonne le tocsin de la guerre et lui rappelle la mort d'Alfred. Aussi ne traîne-t-il pas dans la ville, il ne la traverse plus que pour donner un coup de main à sa mère pour ses plantations. Le pré dans lequel Marie-Louise possède quelques arbres fruitiers et où elle a planté son potager jouxte une petite ferme, une bâtisse d'environ cinquante mètres carrés, laissée à l'abandon depuis des années par son propriétaire. Ce dernier, décédé début 1919 et sans descendance, son fils unique n'étant pas revenu de la Marne, la veuve a cédé la bicoque pour une bouchée de pain. La mère de Gustave entreprend alors d'y préparer un logis pour son fils Étienne en prévision de son retour de l'armée. Mais Gustave y passe la nuit de temps en temps, quand il préfère éviter de croiser son père lorsque ce dernier est trop mal luné et qu'il sent bien que la soirée risque de dégénérer en brutalités aussi soudaines qu'inévitables. Il a seize ans passés quand, un soir de septembre 1919, pour un stupide pari qu'il a perdu avec

Valère, un de ses amis, il décide de grimper sur le seul arbre imposant du verger, un chêne adossé à un muret de pierres tout au fond de la parcelle. Gustave parvient bien au sommet de l'arbre et, en cela, il gagne son pari, mais au moment de redescendre il glisse sur une des hautes branches, essaie de se rattraper comme il peut, en vain, et finit sa chute lourdement, dans l'herbe, au pied de l'arbre. Son copain Valère a beau se précipiter, Gustave n'en crie pas moins de douleur, se tordant par terre, le pantalon déchiré et ensanglanté et la jambe droite affreusement tordue. Sa fracture ouverte, tibia et péroné, est assez grave pour que son ami coure chercher du secours et que Ferdinand, son père, se décide à faire appeler le médecin en urgence. Ce dernier se déclare incompétent pour réduire la fracture sur place et préconise immédiatement un transport à l'hôpital. En pleine nuit, Gustave est amené à l'Hôtel-Dieu de Lyon, où tout juste arrivé il est envoyé en salle d'opération. Le jeune chirurgien de service ce soir-là vient de quitter l'armée et de retourner à la vie civile, après deux années à scier des membres dans les hôpitaux militaires, et s'il réduit la fracture sans trop de difficultés, il doit s'y reprendre à deux fois pour refermer la blessure et la recoudre. Le lendemain, quand Gustave s'éveille sur un lit d'hôpital, il sourit en regardant sa jambe bandée, avant de serrer les dents quand la douleur se met à l'assaillir par vagues successives. Lorsque l'infirmière qui change ses pansements lui montre sa jambe mise à nu, Gustave se fait la remarque que la blessure est étrangement boursouflée, et qu'elle paraît gonflée sur un côté. Après quelques jours, alors qu'il se plaint de démangeaisons atroces qu'il ressent le long de la jambe, une odeur nauséabonde se dégage quand on lui enlève le pansement pour ausculter la cicatrice. Non seulement son mollet a doublé de volume, mais en outre sa cuisse droite semble aussi atteinte. Il repart en urgence sur la table d'opération pour une nouvelle intervention chirurgicale et tenter de nettoyer l'infection qui s'est emparée de ses chairs et peut-être aussi de ses os. On s'aperçoit alors que la fracture n'a pas été réduite correctement, que l'os a commencé à se ressouder sous un angle inadéquat, mais faute de pouvoir s'en occuper sur l'instant, les chirurgiens décident d'attendre que l'infection soit stabilisée avant de recasser l'os et le remettre droit. Les semaines s'allongent à l'hôpital et bientôt les mois, Gustave subissant une nouvelle opération, avant d'être gardé en observation car connaissant des épisodes de fièvre irréguliers. Les journées passées au lit sont interminables. Certaines d'entre elles ne sont que linges humides de sueur, endormissements et réveils, quelques périodes d'éveil où il boit un peu d'eau. D'autres sont une patience renouvelée et infinie, les heures se traînant en longueur, Gustave ne sachant plus où poser les yeux, ayant fini par connaître par cœur la plus mince des fissures du plafond, le plus petit défaut du bois de la fenêtre à côté de laquelle est placé son lit, du paravent en tissu gris qui le sépare d'un autre lit, du piquetage des murs dans le coin droit de la chambre, attendant comme une révélation extraordinaire le passage d'une infirmière, quelle qu'en soit la raison. Il se demande alors si l'ennui ne finira pas plus par le tuer que son infection. Si les médecins parviennent à remettre ses os en place correctement, quoiqu'en l'avertissant qu'il aura probablement une défaillance sur cette jambe toute sa vie, le professeur Tixier diagnostique une ostéomyélite[7] qui nécessite un traitement de longue durée. Il est transféré à L'Œuvre de la croix, à Fourvière, un hospice recueillant principalement des incurables, et il doit alterner un traitement et des séances de rééducation pour réapprendre à marcher. Début février 1922, tandis que Ferdinand, venu le voir, lui fait la lecture dans la chambre, lui annonçant qu'un nouveau pape, Pie XI, vient d'être élu, Gustave se lève de son lit et parvient à faire quelques pas pour atteindre la fenêtre et observer la neige qui tombe en gros flocons au-dehors. Il espère pouvoir sortir bientôt et fêter ses dix-neuf ans avec sa mère et son frère dont il a raté le retour au foyer, mais son vœu n'est pas exaucé. Mi-mars, il fait une rechute et on lui découvre une nouvelle infection nécessitant la reprise du traitement, après une opération de drainage du pus et d'excision pour enlever les tissus nécrosés. Ce n'est qu'à l'automne qu'il quitte enfin les médecins et peut retourner à Saint-Didier-au-Mont-d'Or. Le 28 octobre 1922, tandis que Ferdinand annonce à table, journal entre les mains, qu'un certain Mussolini vient de prendre le pouvoir en Italie, Gustave acquiesce en silence bien qu'il n'éprouve aucun intérêt à connaître cette information. Il boit avec délectation un bol de soupe de légumes préparé par sa mère, dans la cuisine de l'appartement familial, heureux de retrouver un environnement familier. Il a passé les trois dernières années en étant le plus souvent allongé sur un lit, à souffrir et à serrer les dents, et il n'a qu'une envie alors, c'est de profiter un peu de la vie. La mésaventure de sa chute, si elle a impacté durablement la fin de son adolescence, et si elle provoque un handicap avec lequel il devra composer le restant de ses jours, a tout de même permis à Gustave d'être exempté de service militaire. Son dossier médical, transmis quand il est recensé, est malheureusement assez épais et suffisant pour que l'armée le laisse en paix. Gustave est cependant assez perplexe à cet égard. D'un côté, il a vu son frère aîné disparaître dans cette guerre qui l'a avalé et jamais recraché, et il n'était pas pressé de participer à la boucherie généralisée, ni d'effectuer son service, et d'un autre côté, la plupart de ses amis s'enorgueillissent d'intégrer les rangs et de marcher au pas, leur père respectif leur ayant expliqué que ce passage obligé faisait partie de leur initiation pour devenir des hommes. Il se demande si, en ratant cette étape, il aura plus de mal que les autres à prendre sa place parmi les adultes. Cependant, il a vu aussi son autre frère, qui n'a pourtant pas participé aux combats, meurtri par ce qu'il a vécu pendant son service et il finit par juger que s'éviter l'armée est une chance. Ce frère, Étienne, s'est installé à son retour dans la petite baraque près de leur verger, il a rencontré une femme qu'il devait épouser, mais qui a fini par le délaisser pour un autre, et depuis il se morfond seul entre ses quatre murs, incapable de reprendre son travail à la fabrique de soie. Gustave ne tarde pas à apprendre, par quelques mauvaises langues au comptoir du bougnat, qu'Étienne trafique du gibier braconné et passe beaucoup de temps avec certaines connaissances de son père qui s'adonnent au jeu. Il remarque aussi que le coffre utilisé par sa mère près de l'entrée de l'appartement a disparu en son absence, mais qu'elle continue de recevoir des objets divers, des sacs de taille variable dont il ne sait pas ce qu'ils contiennent, et qu'elle emporte à la cave et met sous clé. Il n'a pas à savoir, alors il ne pose pas de questions. Il reprend ses fonctions auprès de Ferdinand sans que celui-ci ait à le lui demander, dans une position de soumission tacite à la vie familiale telle qu'elle se doit d'être. Il est principalement de service à table en salle, mais il lui est plus difficile de gérer le charbon désormais, sa jambe le gêne quand il doit porter des charges lourdes. Son père se fait vieux, et il paraît avoir remisé sa cravache et sa ceinture, ne plus vouloir le punir en lui infligeant les habituelles séances de coups sur les reins, comme si son accident et sa jambe atrophiée le diminuant étaient désormais suffisants à ses yeux, que son fils avait enfin sa croix à porter comme tout un chacun, comme lui-même estime en avoir une à supporter peut-être aussi, même si Gustave ne voit pas bien quelle souffrance incommensurable son père pense devoir expier. À nouveau, il se plie, à son destin qui a fait de lui un boiteux, à son âge qui lui impose, tant qu'il n'a pas atteint sa majorité, de suivre les préceptes parentaux et de vivre dans leur ombre. Mais il ne peut s'empêcher de rêver, Gustave, de rêver d'un autre monde dans lequel il serait enfin libre de ses faits et gestes. Un monde qui est nébuleux encore, dans lequel il ne se projette pas vraiment, mais qui constitue pourtant, au fond de lui, comme un but à atteindre.

ACTUALITES

***Le Petit Journal*, 16 mai 1926**

Lucien Huleux, manœuvrier, est condamné à mort

Laon - Le 7 décembre dernier, Huleux, Lucien, manœuvrier, 35 ans, né à Esqueheries, demeurant à Barzy, récemment congédié par son patron Albert Furet, 39 ans, au hameau de Malassise avait résolu de se venger. À quatre heures du matin, il s'embarqua dans une grange où il savait que Furet allait chaque jour chercher du foin pour nourrir ses animaux. Armé d'un fusil de chasse, il se cacha sous des bottes de paille, attendit près d'une heure l'arrivée de Furet. Celui-ci parut, prit du foin, repartit et revint. Ce n'est que quand il eut fait ainsi plusieurs allées et venues que Hulueux fit feu ; Furet tomba, mortellement atteint et expira peu après. L'accusé se réfugia dans une cabane dite « la Hutte » située à environ 500 mètres de l'endroit du crime. Arrêté quelques instants après, il nia tout d'abord, puis finit par avouer. A l'audience, Huleux renouvela ses aveux et regretta son forfait ; il déclara que son patron avait toujours été bon pour lui, mais poussé par le dénuement, il commit son crime parce qu'il avait été mis à la porte. L'accusé, déjà plusieurs fois condamné pour vol et querelles, mal considéré, eut cependant comme ancien soldat dans un bataillon d'Afrique, une belle conduite pendant la guerre. Parmi les sept témoins entendus, Mme Furet réclama la guillotine pour l'assassin de son mari. M. Testut, procureur de la République soutint l'accusation, demandant aux jurés une peine impitoyable. M. Boure, avocat du barreau de Laon, présenta la défense ; il le fit avec acharnement car sa tâche était lourde. Le jury répondit affirmativement aux deux questions qui lui furent posées. Huleux a été condamné à mort.

La peine capitale commuée

A la suite de la requête présentée hier après-midi par Me Jean Beaux et Mlle Geneviève Gillet, défenseurs, le président de la République vient de commuer en travaux forcés à perpétuité la peine de mort prononcée le 19 février dernier contre le jeune Hamard, qui assassina pour la voler une vieille rentière, Mlle Leroy, à Moret-sur-Long.

Drame sauvage dans la Loire.

Saint-Etienne - La gendarmerie de Rive-de-Gier s'est transportée au hameau de Grand Valny, commune de Sainte-Croix, où, en bordure du talus du chemin de fer départemental, a été découvert le cadavre de Mme veuve Louise Foréas, âgée de 60 ans. La pauvre femme avait été littéralement scalpée.

Après enquête, les soupçons se portèrent sur le locataire de la maison la plus proche du lieu où le cadavre fut trouvé, Jean Reymond, 49 ans, originaire de Lapte (Haute-Loire), et depuis un an fermier au Grand Valuy, qui vit avec la femme Marie Masseboeuf. La victime se rendait fréquemment chez lui. Interrogé, Reymond a été arrêté aussitôt, ainsi que sa compagne. Tous les deux ont avoué leur crime.
C'est à la suite d'une discussion d'intérêts, suivant les déclarations de Marie Masseboeuf, que Reymond, d'un coup de hache à la tête, a abattu Mme Foréas. La nuit venue les deux criminels transportèrent leur victime là où elle fut découverte.

Un gendarme tue une jeune fille et se suicide
Parthenay – A Vasles, le gendarme Domineau, d'un peloton mobile détaché à Trèves, avait demandé Mlle Pain en mariage. Celle-ci finalement l'avait éconduit. Au cours d'une scène où Domineau demandait à Mlle Pain de revenir sur sa décision, le gendarme tira deux coups de revolver sur la jeune fille qui fut tuée net. Retournant ensuite l'arme contre lui-même, le meurtrier se fit sauter la cervelle.

La Croix, 16 mai 1926

Des drames
A Marseille, un journalier originaire de Corse, Jean Anarumna, 25 ans, a été tué à coups de revolver, avenue Camille-Pelletan, par un de ses compatriotes, Ignace Gendoni, 22 ans, arrivé il y a quelques jours de l'île. Le meurtrier a été arrêté.
A Monchy-le-Preux, à une dizaine de kilomètres d'Arras, dans un estaminet, un consommateur inconnu, au moment de payer, a fait feu sur le tenancier de l'établissement, M. Godefroy, sa femme et sa belle-mère, Mme Veuve Bouchez, 67 ans. Cette dernière a été tuée sur le coup ; les deux autres victimes, dont l'état est grave, ont été portées à l'hôpital d'Arras. Le meurtrier est en fuite.

Le Matin, 16 mai 1926

Roger Hamard est gracié
Roger Hamard, l'assassin de Moret, condamné à mort par la cour d'assises de Seine-et-Marne, vient d'être gracié par le président de la République qui en a aussitôt avisé son défenseur, Me Jean Baux.

Nord
Dunkerque – Une rixe éclate entre Arabes, à bord du vapeur anglais *Manaor*. L'un d'eux, Tozole Islan Rehammody, 22 ans, est tué d'un coup de couteau. Le meurtrier, Odool Guérin Efratum, est aux fers, à la disposition de la justice française.

A travers Paris

Arguments arabes - Rue de Crimée, le manœuvre Mohamed Michelai, 249, même rue, est blessé de deux coups de feu par son compatriote Filohas, qui a pris la fuite. L'état du blessé n'est pas grave.

Une désespérée - Dans son logement, 3 rue Biot, Arthémyse Gérard, 30 ans, s'est suicidée en se logeant une balle de revolver dans la tête.

* * *

Le Petit Journal, 1er mars 1929

Drame de la jalousie

Un ouvrier jardinier tue d'un coup de revolver celui qu'il tenait pour son rival et blesse sa femme grièvement. Un drame s'est déroulé hier soir, rue des Carmes à Orléans. Un ouvrier jardinier, Etienne Driard, 37 ans, a tué d'un coup de revolver, M. Marcel Bouillon, 28 ans, pâtissier, originaire de Bourges, et blessé grièvement sa femme qu'il soupçonnait d'entretenir des relations coupables avec sa victime. Etienne Driard, après avoir erré toute la nuit, s'est constitué prisonnier ce matin.

Aux assises de Seine-et-Oise

La veuve Jane Polle, 34 ans, ménagère au Tillay, accusée d'avoir tué son ami, Victor Leclerc, manœuvre à la Compagnie des chemins de fer du Nord, a comparu, hier après-midi, devant la cour d'assises de Seine-et-Oise.

La veuve Polle s'était mise en ménage, depuis 1920, avec Victor Leclerc, de qui elle eut trois enfants. Mais Leclerc s'adonnait à la boisson et des scènes violentes éclataient souvent dans le faux ménage. Le 25 septembre, lasse d'être brutalisée par son ami qui était rentré ivre, elle quitta ses enfants, son logis, pour se réfugier chez son père, qui habite à proximité. Dans le courant de la nuit, elle retourna à son domicile et, profitant de ce que son ami dormait, elle le tua d'une balle de revolver à la tête.

La veuve Polle a expliqué son geste du fait qu'elle avait eu peur, en apercevant sur la cheminée, à portée de main de son ami, un couteau grand ouvert. Elle a nié la préméditation bien qu'elle eût acheté quelques jours auparavant un revolver et des cartouches.

L'accusée, qui a manifesté des regrets, était défendue par Me Debrie, avocat à Pontoise. M. Raimbault soutenait l'accusation. Plusieurs témoins, qui ont défilé à la barre, ont donné d'excellents renseignements sur la veuve Polle, travaillant aux soins du ménage avec habileté et soignant ses enfants. Par contre, ils ont établi que Leclerc était un ivrogne. Dans son réquisitoire, le substitut Raimbault s'est efforcé de démontrer que l'accusée n'avait aucune excuse. Il a déclaré aux jurés que la veuve Polle avait prémédité son crime, en achetant quelques jours auparavant un revolver. Il a conclu en demandant une sanction sévère. Me Debrie s'est efforcé de démontrer que cette malheureuse mère de famille n'avait pas prémédité son crime et il a demandé son acquittement. Après une courte délibération, les jurés sont revenus avec un verdict affirmatif sur la première question, mais accordent des circonstances atténuantes à la femme Petit, veuve Polle. En conséquence, cette dernière a été condamnée à un an de prison.

Une femme se noie avec deux de ses enfants

Périgueux - Mme Bontemps, habitant à Poissac, 33 ans, a profité du moment où son mari était dans l'étable en train de traire les vaches, pour aller se jeter dans un réservoir avec deux de ses enfants, âgés respectivement de 3 et 4 ans et demi. Elle avait laissé à la maison son aîné âgé de 8 ans. Quand le mari revint, l'enfant ne put lui fournir que de vagues renseignements sur la disparition de sa mère. S'étant mis à la recherche de sa femme, M. Bontemps la découvrit dans le réservoir. Mais la malheureuse, ainsi que les deux enfants, étaient déjà morts asphyxiés.

La Croix, 1er mars 1929

La Vendetta corse

Le 25 mai 1928, la bande de Perfettini massacra la famille Mancini, de Lava, qu'elle soupçonnait d'avoir participé à l'assassinat du célèbre Romanetti. Les bandits, pénétrant par surprise dans la maison firent sortir tout le monde, séparèrent les femmes des hommes et exercèrent leur terrible vendetta. Antoine Mancini, un vieillard, et ses fils aînés Jean-Marie et Michel, furent impitoyablement fusillés. Le cadet, François, réussit seul à fuir. Le chef des « vengeurs », Perfettini, fut tué quelque temps plus tard par les gendarmes qui voulaient l'arrêter. Le jury de Bastia vient de condamner Dominique Santoni et Madeleine Mancini aux travaux forcés à perpétuité et Jean-Antoine Giuseppi à sept ans de bagne. Les trois autres accusés ont été acquittés.

Le gendre violent

Robert Bisson, électricien, 32 ans, s'était marié contre le gré des parents de sa femme. Il ne tarda pas, d'ailleurs, à maltraiter cette dernière, qui l'abandonna, emmenant son enfant. Un jour qu'il voulait lui faire réintégrer le domicile conjugal, il prit à partie sa belle-mère et tira contre elle trois coups de revolver. Il en résulta pour celle-ci une blessure légère, et pour Bisson les trois ans de prison que lui a infligés le tribunal correctionnel.

Un forçat s'est évadé de la Guyane

On signale de la Guyane l'évasion du nommé François Debure, né à Quimper le 23 juin 1893, condamné le 6 mai 1924 par le conseil de guerre de Taza (Maroc) aux travaux forcés à perpétuité pour assassinat. On ajoute que toutes les recherches entreprises pour retrouver sa trace sont restées jusqu'ici infructueuses.

Une vieille rentière imprudente étranglée chez elle

Eure-et-Loire – On a découvert, à Frétigny, le cadavre de Mme Cartenet, rentière, âgée de 75 ans. La malheureuse, qui fut étranglée au cours de la nuit, avait les jambes attachées à un fourneau, dans sa salle à manger. Le plus grand désordre régnait dans la pièce et le coffre-fort avait été vidé. Mme Cartenet devait connaître son agresseur, car on a retrouvé sur la table une bouteille de vieux vin et un litre d'eau-de-vie, ce qui laisse supposer que la septuagénaire offrit à boire à son nocturne visiteur.

III

16 mai 1926 – *Bulletin de situation, 1926 : le début de l'année est marqué par de nombreuses inondations désastreuses sur une grande partie de la France, en particulier le Nord-Ouest, puis le froid s'empare du pays avec jusqu'à -14 degrés à Toulouse. Retournement de situation en février, avec une douceur jamais atteinte depuis 1874, jusqu'à 25 degrés à Pau. Vague de chaleur que l'on retrouve en avril, contrebalancée par de la neige en mai, jusqu'à 50 centimètres les 16 et 17 mai sur le Massif central. L'automne sera pluvieux, en particulier en novembre, avec le 24 des pluies torrentielles qui provoquent un glissement de terrain dévastateur à Roquebillière, ensevelissant 19 personnes.*

Le *Paris*, le cuirassé sur lequel Rambert a débuté sa carrière maritime, étant toujours en rénovation à Brest, la Marine se décide à réaffecter tous les matelots sur d'autres bâtiments, quitte à éparpiller certains d'entre eux hors de l'escadre de Méditerranée. Un matin de novembre 1922, Louis rentre au petit jour après une virée épique dans les bars du port, quand il voit pénétrer dans la rade de Toulon un navire militaire qu'il n'identifie pas. En rejoignant la caserne, il croise un enseigne de vaisseau qui le renseigne sur le nouveau venu. Il s'agit du *Colmar*[8], un croiseur en provenance de Cherbourg et qui a mauvaise presse parmi la flotte parce qu'il n'est pas de conception française mais a été pris à l'ennemi. Il se nommait autrefois le *Kolberg*, croiseur léger allemand qui s'est rendu pendant la guerre et a été intégré à la Marine française en changeant de nom en 1920. Aux dires de son camarade, il ne fait pas partie de l'escadre et ne passe certainement à Toulon que pour une escale. Mais ce dernier fait erreur, si le *Colmar* est partie intégrante de la flotte française d'Extrême-Orient, il n'est pas sur place pour une simple étape, il vient agrémenter et renouveler une partie de son équipage de 366 hommes avec de nouvelles recrues. Ce que Louis apprend le lendemain matin quand son ordre de mission tombe : il est affecté au *Colmar*, sous la responsabilité de Fernand Lejaud, mécanicien principal de 2e classe, et sous le commandement du capitaine de frégate Jean-Pierre Esteva, pour un départ imminent en mer de Chine. Il n'a pas le temps de faire ses adieux aux quelques connaissances du port de Toulon et se retrouve tout de suite dans l'ambiance quand Lejaud lui présente celles qui deviendront ses meilleures amies durant de long mois : les turbines de 30 000 CV qui propulsent le navire et dont il a, avec un camarade, la charge du bon fonctionnement. Le trajet jusqu'à leur premier secteur d'affectation dure de longs jours, ce qui permet à Louis de se familiariser avec son nouvel environnement et les différents hommes auxquels il a affaire au quotidien. Très vite, il se lie avec son second, un certain Jean Riou, venant du port de Lorient et en charge de la machinerie depuis plusieurs mois, et évite Antoine Seguier, un lieutenant de vaisseau responsable de la T.S.F et nommé officier de quart, qui le prend en grippe après l'avoir surpris en train de jouer aux cartes au lieu de faire son travail de maintenance. Malgré ce garde-chiourme qui, à partir de ce jour, n'aura de cesse de le surveiller, Louis passe entre les gouttes et se tient à carreau, respectant la discipline du navire. Il est encore jeune, commence à prendre conscience de ses erreurs, et malgré une forme de colère permanente qui semble bouillir au fond de lui, il éprouve une certaine reconnaissance à se retrouver ainsi en mer. Quand, en fin de journée, il termine son quart et fume une cigarette sur le pont, la vision de cette gigantesque étendue d'eau où perdre son regard provoque chez lui une forme d'apaisement, une quiétude soudaine qui lui permet de faire le vide dans son esprit, de s'abandonner tout entier au paysage maritime, au vent, aux vagues et à leurs crêtes blanchâtres d'écume, aux goélands qui passent dans le ciel. Étrangement, si cette forme de langueur lui plaît, s'il s'y abandonne souvent, elle le perturbe aussi parfois, comme s'il avait le sentiment que ce calme intérieur n'était qu'une illusion, un rêve inaccessible, voire une sensation qui allait à l'encontre de sa nature ou de son destin. Ils font bientôt escale en Cochinchine, patrouillent en mer de Chine pendant plusieurs mois et au début de l'année 1923 mouillent à Shanghai pour quelques semaines. C'est l'occasion pour Louis et Jean de descendre à terre et de parcourir les ruelles animées de la ville, de goûter à certaines spécialités locales, mets et boissons, mais aussi pour Louis de découvrir la boutique d'un tatoueur réalisant des motifs en couleurs. Le jour même de son débarquement, il décide de se faire faire un nouveau tatouage, d'ampleur celui-là, et fait réaliser en plusieurs séances sur son torse, entre les auréoles brunes de ses seins, un dessin entremêlant un aigle aux ailes déployées et un dragon à la queue sinueuse, dans le plus pur style asiatique, avec des encres bleues et rouges, sans conteste la réalisation dont il est le plus fier parmi toutes celles qui couvrent déjà son corps. De retour sur le *Colmar*, les patrouilles reprennent et le navire sillonne l'Asie orientale et se montre autant qu'il le peut dans tous les ports, la doctrine de la diplomatie étant alors de faire voir le pavillon de la France, pour assurer les Français des colonies ou résidents en terre étrangère que le pays ne les oublie pas et continue de protéger leurs intérêts. Fin août, le *Colmar* est à quai à Port-Arthur, à la pointe de la péninsule du Liaodong, territoire de Mandchourie conquis par les Japonais sur les Russes. En fin de matinée, le 1er septembre, alors que le commandant a convié à déjeuner les autorités de la ville, ces dernières lui annoncent en gardant le sourire que la ville de Tokyo et celle de Yokohama viennent d'être quasi rayées de la carte par un séisme, le plus important jamais enregistré. Tous les marins, dont Louis, sont alors consignés ou rapatriés à bord pour ceux qui étaient descendus à terre. Antoine Seguier fait confirmer l'information par l'intermédiaire de la T.S.F, et immédiatement après le navire appareille. Il lui faudra quelques jours avant d'arriver en vue des côtes japonaises et de Yokohama, le 7 septembre au petit matin. Le commandant se met aussitôt au service des autorités locales et cherche à joindre Paul Claudel, l'ambassadeur de France réfugié sur un paquebot amarré dans la rade, le

André-Lebon. Mais il n'y a plus rien à faire pour les ressortissants français qui n'ont pas déjà été secourus ou ont trouvé refuge sur ce bateau. La plupart, dont le consul, sont morts dans l'effondrement des bâtiments ou dans l'incendie qui a sévi juste après. Seule la fille de l'ambassadeur, qui avait trouvé asile à l'ambassade de Belgique, monte à bord et y reste jusqu'à ce que son père la récupère. Tous les Français portés disparus et qui ne se sont pas manifestés six jours après le séisme sont considérés comme ensevelis sous les gravats et les ruines de la ville. Louis est cependant mis à contribution pour quelques équipées pour le moins surprenantes. Ayant été versé aux machineries, c'est pour ses possibles connaissances techniques qu'on l'envoie, avec quelques marins, déblayer les maisons effondrées des Français de Yokohama. Non pas tant pour retrouver des corps, la plupart des victimes ayant été dénombrées et enterrées, que pour tenter de sauver les valeurs qui peuvent encore l'être, en particulier ce qui se cache dans les coffres-forts personnels disparus sous les éboulements. Plusieurs semaines durant, il fait ainsi équipe avec des matelots et fait montre de ses talents de perceur de coffres, sans pouvoir bien sûr s'emparer de ce qu'il trouve à l'intérieur. Billets, bijoux, bons, documents officiels, il glane un peu de tout cela et le confie à Seguier, tout en apprenant des techniques spécifiques selon les modèles de coffre auxquels il a affaire. Il est même remercié de ses efforts, et après l'appareillage du *Colmar* en vue de son trajet de retour, il est breveté première classe et jugé admissible au grade de quartier-maître. Pour fêter ça, à la première escale, il part en vadrouille avec Jean, et tous deux tirent quelques bordées dans les bars du port. Malgré la relative tenue de Louis, la discipline militaire lui pèse chaque jour, et une forme de nostalgie continue de l'étreindre, au point qu'il multiplie encore ses tatouages : une femme dessinée dans un fer à cheval sur son avant-bras droit, un dé sur l'avant-bras gauche, une tête de poivrot avec une bouteille et des éclats qui en jaillissent, une étoile polaire, deux croissants de lune, un petit et un grand, et à proximité de l'épaule gauche, une tête de femme avec des cheveux fournis et la mention : « Allez y Moi j'en viens »... Mais rien n'y fait, tous ces tatouages n'atténuent pas le mal du pays, et ce jour-là sa virée se termine en bagarre de ruelle avec d'autres marins, au terme de laquelle il finit fin saoul et sanguinolent allongé dans le caniveau. Il est ramassé par la police du port, renvoyé à bord du *Colmar*, où il purge plusieurs jours de prison à fond de cale, perdant son admissibilité au grade supérieur.

En novembre 1924, après deux années en mer de Chine, le croiseur revient de campagne et mouille dans le port de Brest. L'essentiel des marins bénéficient alors d'une longue permission, et Louis en profite pour retourner à Toulon où, n'ayant pas de logement personnel, il alterne les nuits à la caserne et celles passées chez Dubois ou chez Bianchi, deux bars qui disposent de quelques chambres miteuses à l'étage et où il a pris ses habitudes. Il y fait la connaissance de Ginette qui vient y tapiner, montant cependant ses clients à l'Hôtel de France, et d'Henriette, une autre fille qui traîne dans les cafés et ramène ses michetons dans une maison de passe de la rue des Remparts ou bien dans celle de la place

Beausoleil. Rapidement, il reprend ses fonctions de barbe, cette inclination à jouer les souteneurs lui venant naturellement désormais, se chargeant de Ginette le plus souvent, sa régulière, et gardant un œil un peu plus lointain sur Henriette. Il ne parvient plus à envisager son rapport aux femmes sans cette forme de lien au sein duquel il se fait dominant autant que protecteur, et où il place à la fois son affection et son orgueil. Mais il vend à la première, Ginette, main sur le cœur, la promesse d'être la seule dont il s'occupe. Serment non tenu dont elle s'aperçoit assez vite, des bruits circulant bientôt entre filles, et le faisant suivre un soir, elle apprend qu'il couche certaines nuits place Beausoleil. Au petit jour, elle l'attend dans la rue au-dehors, et surprend Louis qui ne la pensait pas aussi forte de caractère. Elle le laisse sortir de l'immeuble sans qu'il l'aperçoive, puis arrive derrière lui et lui lance une grande tape dans le dos qui le fait se plier vers l'avant, basculer avant de se reprendre, mais sa casquette valdingue sur les pavés. Il se retourne précipitamment, prêt à en découdre avec le malotru qui l'a bousculé ainsi et a le malheur de s'arrêter net et de sourire en découvrant Ginette en face de lui. Celle-ci ne s'en laisse pas conter pour autant, le gifle d'un revers de main, et tandis que Louis lui attrape le poignet pour l'empêcher de recommencer, elle se met à hurler :

– Salaud de menteur… Pauvre type… Espèce de maroufle !…

Et toutes les fenêtres de s'ouvrir, les habitants ne manquant rien du spectacle, quelques prostituées de la place Beausoleil, Henriette en tête, y allant de leurs remarques acerbes à leur tour, infligeant à Louis des « T'as raison Ginette », « Gifle-le », « C'est un vaurien », « Il te mérite pas ». Après l'avoir repoussée contre un mur, Louis accélère le pas et finit par quitter la rue en courant, s'éloignant aussi vite que possible du tonneau d'ordures langagières que tout le quartier semble vouloir lui déverser dessus. Il retourne à la caserne, y passe la nuit, et le lendemain quand il se pointe chez Dubois, tous les regards se tournent vers lui. Ginette a fait passer le mot la veille au soir, et chacun sait désormais qu'il n'a pas de parole. Il se réfugie alors auprès d'Henriette, qu'il n'a pas vue à sa fenêtre quand Ginette l'a molesté, et cette dernière ne lui dit rien pendant quelque temps. Il s'installe avec elle dans une chambre rue des Remparts, jusqu'à ce qu'il rentre une semaine plus tard et trouve un mot déposé sur le lit. Henriette est partie et ne reviendra pas. Étrangement, ces deux épisodes successifs laissent Louis désemparé. Il s'était persuadé qu'il avait acquis une certaine stature dans le quartier, qu'on le respectait, que l'épisode avec Ginette n'était qu'un aléa sans conséquences. Mais le départ d'Henriette vient confirmer que les filles lui tournent le dos désormais, comme une partie de ses connaissances à Toulon. Il ne veut pas s'arrêter là pour autant, suppute qu'il va se refaire, mais avant cela, qu'il doit profiter un peu de la vie pour se remettre le moral à l'endroit. Il écluse ainsi les bars du port, et se laisse entraîner par des marins dont il vient de faire la connaissance, de beuverie en beuverie. Plusieurs d'entre elles se terminent avec les poings, et comme toujours il se fait pincer et se retrouve au trou à la prison maritime, enchaînant trente jours, puis soixante jours d'incarcération. Au début de l'année 1926, il passe en conseil de guerre pour une affaire de vol avec un complice, mais les preuves manquant à l'appel, il échappe à une nouvelle peine et s'en sort avec un non-lieu. En revanche, son service tirant à sa fin, il n'échappe pas au conseil de discipline qui vient sanctionner son comportement dans la Marine au fil de ces années et, pour mauvaise conduite caractérisée, il écope début avril de plus de neuf cents jours de rabiot[9]. Il est alors en caserne au port de Toulon et ne peut plus sortir de l'enceinte militaire. Il traîne son désespoir pendant près d'un mois et demi, jusqu'à ce qu'un nouveau commandant soit nommé et fasse l'état des lieux des personnels. Il n'est alors pas possible de réaffecter Louis sur le *Colmar*. À l'été 1925, le croiseur a été transformé en caserne disciplinaire et est appelé à rester à quai dans son dernier port d'attache. Jugeant que Louis ne sert à rien à terre et, étant donné son dossier militaire assez pitoyable, qu'il est hors de question de lui trouver une nouvelle affectation sur un navire, c'est pour le commandant une bouche inutile à nourrir qui encombre les effectifs. Il ne termine donc pas son rabiot, et le 16 mai 1926, il est libéré de l'armée, laquelle se débarrasse de lui non sans un certain soulagement.

À vingt-trois ans, Louis Rambert quitte l'habit militaire et retrouve la vie civile, décidé à se racheter une conduite et à tenir compte de ces années passées à sillonner les mers pour s'insérer dans le monde et la société. Il sait qu'il a eu plusieurs opportunités par le passé et qu'il n'a pas toujours su en prendre la mesure ou les saisir à temps. Il a aussi terminé son service terriblement seul. Ceux qu'il considérait comme de bons amis à Toulon se sont détournés de lui pour finir. Son camarade Jean Riou a poursuivi son temps, en renouvelant son engagement dans la Marine dans l'espoir d'y faire carrière et ils ont perdu le contact. Il s'est montré maladroit avec les femmes et n'a pas su être à la hauteur. Louis a fait son autocritique, du moins considère-t-il qu'il a droit à une nouvelle chance et qu'il est prêt, cette fois-ci, à s'y agripper de toutes ses forces. Et c'est par un intermédiaire surprenant qu'il va se lancer dans une nouvelle vie. Si son oncle et sa tante l'ont repoussé en lui faisant la leçon, il pense avoir assez mûri pour comprendre ce qu'il n'avait pas appréhendé à dix-sept ans et il est décidé à se comporter honorablement. Sa famille lui donne une possibilité de se racheter une conduite en lui proposant un travail, chauffeur de camion pour l'entreprise appartenant au futur époux de sa demi-sœur. Celle-ci a alors dix-neuf ans, il ne la connaît pas mais elle est déjà promise à Norbert Guyon, 27 ans, à qui le père a confié la branche logistique de son entreprise.

Louis s'installe là où les garages sont domiciliés, à Randan, dans le Puy-de-Dôme, petite ville dominant la plaine de la Limagne. Les camions ne cessent d'en partir et d'y revenir, emmenant des marchandises entre Lyon, Vichy, Clermont-Ferrand et Roanne, et Louis passe la majeure partie de son temps de travail seul sur les routes. Au moins n'a-t-il ainsi pas un patron sur le dos à longueur de journée et conserve-t-il un sentiment de liberté quand il est au volant. Pendant deux ans, cette vie solitaire la journée ne lui laisse guère le loisir de sortir, et quand il fait étape hors de Randan et découche, c'est pour dormir dans un logis de fortune, mis à sa disposition par un commerçant, ou un lit posé dans le coin d'un bureau ou d'un entrepôt. Il dîne alors seul, se couche tôt, pour repartir le lendemain matin aux aurores avec son camion chargé de nouvelles marchandises. Son maigre salaire passe dans quelques vêtements, le loyer de son gourbi à Randan, les rares escapades en maison de passe, et en boisson quand il offre trop souvent un coup à boire à l'ensemble de la salle d'un bougnat. Pendant ces deux ans, il s'accroche à la routine de cette existence austère et sans surprise. Il veut croire que son avenir va finir par s'ouvrir à d'autres horizons et que ce passage obligé par un travail pénible et sans grand intérêt est une forme de rédemption pour les bêtises commises dans sa jeunesse. Cependant, à profiter de temps en temps des maisons[10] de Lyon, et quand bien même il se contente d'un moment avec une fille avant de retourner dans l'entrepôt qui le loge pour la nuit, il n'est pas à l'abri de tomber sur d'anciennes connaissances. Une en particulier, Maurice, qui est resté dans le circuit et a développé ses petites affaires. Il est désormais à la tête de deux maisons, et emploie une vingtaine de filles directement, les autres trouvant dans ses établissements des chambres pour pratiquer leur office, avec ou sans le concours d'un barbe. Progressivement, au fil de ses tournées et ses soirées hors de chez lui, Louis recroise plusieurs figures qu'il a pu côtoyer par le passé, se contentant de boire un verre avec eux au début, puis passant une nuit en leur compagnie. Émile et André refont surface, ils portent beau tous les deux, toujours vêtus de vêtements de qualité, toujours à la dernière mode, coiffeur et barbier chaque semaine, à se pavaner des journées entières, oisifs quand ils ne sont pas sur un cambrio ou à faire tourner une fille. Ils lui racontent ce qui se trame dans le milieu, avec qui, dans quel quartier, lui offrent à dîner dans les bouchons lyonnais, lui paient des verres, l'emmènent en maison de passe. Louis ne peut que constater leur différence de mode de vie et, de jour en jour, éprouver une certaine honte à être rentré dans le rang. Que lui a apporté ce droit chemin durement acquis ? Une existence de travail harassante, répétitive, sans avenir, à porter des frusques minables, dormant dans un petit appartement miteux à Randan, une ville tout aussi miteuse, ou dans des recoins de garage comme on ferait coucher un chien dans une niche, étant incapable de se payer un peu de bon temps, d'en faire profiter un ami ou d'offrir la belle vie à une fille. Louis a toujours été un noceur, appréciant les soirées arrosées et les franches rigolades, et pour subvenir à ces menus plaisirs, il recommence à monter sur des coups en accompagnant Émile ou André. Des petits larcins d'abord, des repérages sur lesquels il touche une faible commission, avant de mettre la main à la pâte, et de faire profiter de ses connaissances dans le perçage et l'ouverture des coffres par exemple. Un soir, il se rend à Lyon, au croisement de la rue de la Madeleine et de la Guillotière, s'arrête pour laisser passer un tramway qui brinquebale sur les rails entre les pavés et va garer son camion. Il a rendez-vous au Café Jobert, mais n'y reste pas, l'endroit est un peu trop cher pour sa bourse, et il amène Maurice un peu plus loin dans la rue, dans un bougnat, La Halle aux vins, où le patron lui sert une bouteille de bourgogne 1926 qu'il apprécie particulièrement. Maurice lui demande un premier service, prendre en charge une de ses gagneuses qui a besoin d'un barbe compréhensif et un peu élégant, capable de l'écouter tout en la remettant sur les rails quand elle ne va pas bien. Il parvient à tenir ainsi une double vie quelques semaines, avant de lâcher son poste de chauffeur de camion, de quitter son appartement de Randan et de disparaître dans la nature sans donner plus d'explications à son patron. Il n'aura jamais rencontré sa demi-sœur, et cette dernière n'aura jamais cherché à le voir non plus. Louis finit d'ailleurs par se demander pourquoi celle-ci, et sans doute sa tante, puis son oncle derrière elle, ont tenté de le ramener dans le droit chemin après son passage dans l'armée. Qu'ont-ils cru ? Faire un geste de pitié à son égard ? Tenter de se déculpabiliser d'avoir couvert son abandon dans un orphelinat autrefois ? Mais Louis se fout de leurs bons sentiments et de la petite vie étriquée qu'ils veulent lui faire suivre. S'il est, pour eux, une tache sur la toile blanche de l'histoire familiale, il n'est pas prêt à s'effacer pour leur faire plaisir et décide de vivre sa vie comme il l'entend.

Début 1929, il s'installe à Lyon, et reprend un travail de manœuvre sur des chantiers, payé à la tâche, changeant de patron quand ça lui chante. Mais même ça, il ne parvient pas à le tenir. Ses activités ponctuelles de barbe ou sa participation à des cambriolages lui permettent d'augmenter sensiblement son niveau de vie, mais il ne cesse de penser qu'il va finir par se faire pincer, et que quitte à moisir en prison un jour ou l'autre, autant profiter de sa liberté à fond tant qu'il en dispose. Au tournant de l'année, il lâche définitivement les boulots classiques, et s'adonne entièrement à ses activités dans le milieu. Il enchaîne alors quelques déconvenues. Il se fait arrêter sur dénonciation d'une fille qui le déclare comme son souteneur. Emprisonné, à Saint-Joseph, maison de correction où il est incarcéré avant son jugement, Louis se retrouve dans une cellule de huit mètres carrés, entassé avec deux autres détenus et quelques cafards en supplément pour leur tenir compagnie de jour comme de nuit. Il n'y a aucune eau courante dans les cellules, pas de toilettes, seulement une tinette qui en fait office et qui est posée dans un coin, soigneusement recouverte d'un couvercle pour éviter de trop sentir les odeurs qui s'en dégagent. Les nuits sont pleines de râles, de ronflements et de cris étouffés, sans compter ceux qui soufflent comme des gorets en se masturbant afin de finir par trouver le sommeil. Il fait un mois de préventive, mais faute de preuves concrètes, et la fille ayant fini par se rétracter, il sort sur un non-lieu. Il a perdu trois kilos, se sent sale de la tête aux pieds, et songe alors à recommencer à travailler honnêtement. Il cherche quelques jours des boulots payés au lance-pierre et qu'il refuse les uns après les autres tant il estime qu'il a droit à un salaire minimum. Et il retombe rapidement, s'acoquinant avec une petite bande adepte de cambriolages nocturnes d'entreprises et de grandes propriétés, parfois à des centaines de kilomètres de Lyon. Il commence alors à mener la vie dont il rêvait, louant un bel appartement meublé, agrémentant sa garde-robe de plusieurs costumes, se levant en fin de journée pour passer la soirée dehors, et baguenaudant au parc de la Tête-d'Or pour chasser celles qu'il nomme des petits poulets de grain[11], de très jeunes filles qui excitent bien plus sa convoitise et son désir que les filles des maisons qu'il ne connaît que trop bien. Il pratique un cambriolage par mois environ avec son équipe de trois ou quatre gars, selon les besoins, et cela lui suffit pour tenir trois semaines, avant de devoir retrouver un nouveau plan. En avril 1929, un de ses comparses s'étant fait prendre, Louis apprend que lui-même, avec deux autres de ses connaissances, a été condamné, par la cour d'assises de l'Allier, à vingt ans de travaux forcés par contumace pour vol avec violence. L'affaire remonte à février, un cambrio chez un banquier, dans sa propriété. L'homme les a surpris chez lui, mais il s'est fait maîtriser rapidement par un des comparses de Louis. Le problème est que Louis ne parvient pas alors à ouvrir le coffre de cet homme. Pour obtenir la combinaison, ils doivent pousser le propriétaire dans ses retranchements… quelques coups au visage, deux doigts cassés, qui suffisent pour lui faire cracher les numéros. Louis est passé à autre chose depuis cet épisode et ne repense jamais à ses casses[12], il est sans cesse dans la projection du coup suivant. Il enregistre donc l'information le concernant, qui vient de la bouche même d'Émile, un de ses plus vieux camarades du milieu, sans trop en tenir compte sur le moment, prenant cette condamnation à la légère. Ce n'est que quelques jours plus tard que Maurice le prend entre quatre yeux et lui met les points sur les i :

– Maintenant, Louis, faut faire gaffe. T'as compris ? T'as une épée de Damoclès au-dessus de la tête ! Et ça en permanence. T'as plus droit à la moindre erreur. Si tu te fais à nouveau gauler, pour quoi que ce soit, tu seras considéré comme un fuyard. Et là, ta peine sera sacrément alourdie. Va falloir vivre avec ça. Et en tenir compte dans tes choix pour les casses. T'as bien saisi ça, oui ?

Louis encaisse sans broncher, n'appréciant pas de se voir ainsi remis à sa place, mais saisissant tout de même la nécessité de faire un peu plus attention à l'avenir...

1er mars 1929 – *Bulletin de situation, 1929 : si l'hiver est particulièrement neigeux, avec une vague de froid intense en février (la Saône est entièrement gelée), le mois de mars se caractérise par une sécheresse inhabituelle, avec très peu de pluies enregistrées, prélude à un été caniculaire avec 39 degrés à Lyon et 40 à Montélimar fin juillet, 38 degrés à Angoulême et 37 à Châteauroux entre fin août et mi-septembre. À la fin octobre, tornades et pluies diluviennes se produisent un peu partout en France.*

Deux années durant, Mailly joue le jeu du fils obéissant, tandis que son frère Étienne a définitivement abandonné son poste à la fabrique de soie. Gustave a attendu patiemment le mois de mars 1924, et d'atteindre enfin sa majorité, pour imposer son choix à Ferdinand et lui annoncer qu'il quitte son service au café et souhaite se trouver un travail par lui-même, sans avoir à dépendre des décisions de son père. Il juge qu'il est temps de prendre son indépendance et, même si la cuisine de sa mère va lui manquer, il décide de quitter l'appartement familial. Il part s'installer à Vaise, après avoir trouvé une place d'ouvrier au sein de la maison Teste, une fabrique de parapluies. D'octobre 1924 à fin janvier 1925, il entame une nouvelle vie, et s'il avait montré quelques compétences à gérer des animaux, il s'avère vite un technicien capable, minutieux et rapide, qui suit la cadence de fabrication et ne fait que très rarement des erreurs de montage. Mais début février, alors qu'il était parvenu à vivre avec son handicap et une forme de douleur latente et régulière avec laquelle il avait fini par composer, sa jambe le lance à nouveau de façon fulgurante et violente, une douleur accompagnée d'étranges problèmes respiratoires. Après consultation d'un médecin à Lyon, on lui prescrit des bains de soleil et du temps à passer dans un air sec à même d'apaiser ses poumons, ce qui est pour le moins difficile en plein hiver, la pluie tambourinant sans cesse sur les vitres de l'usine de parapluies. Le corps médical le pousse à prendre ses distances avec le continent et à partir quelque temps dans les colonies pour soigner ses aléas pulmonaires tout en poursuivant un traitement pour sa jambe. Grâce au réseau du médecin lyonnais, on lui propose un poste en Algérie, dans une exploitation viticole tenue par un cousin du médecin, Honoré Fabre. Ce dernier a perdu ses deux fils pendant la guerre, Gaston en 1915 et Isidore en 1918. Mécontent de ses employés locaux, il souhaite faire travailler des Français de métropole sur ses terres et il recrute, ce qui permettrait à Gustave de se soigner au grand air et au soleil, sans rester inactif. En mars 1925, il abandonne ainsi la chambre chez l'habitant qu'il avait trouvée à Vaise, démissionne de la maison Teste, et part rejoindre un vignoble de la région d'Oran.

Saut dans l'inconnu, ce voyage est pour Gustave l'occasion de réaliser ce à quoi il a toujours rêvé secrètement, partir, voir du pays, et il ne s'interroge pas longtemps sur la pertinence de suivre les préconisations du médecin, le cousin de celui-ci payant la traversée de la Méditerranée, une véritable aubaine. Il lui faut néanmoins aller jusqu'au navire, et s'il ne veut pas écorner son maigre pécule économisé à l'usine de parapluies, il doit s'en remettre à Étienne qui lui offre le billet de train de Lyon à Marseille, sans en dire un mot à leur père. En sortant de la gare, il se dirige vers le port à pied en boitillant, demande son chemin à plusieurs reprises, et bientôt éprouve la désagréable sensation d'être suivi dans la rue. Il se réfugie dans un hôtel borgne à proximité du port, où il passe une soirée mouvementée, les cloisons de séparation des chambres laissant passer les bruits avoisinants, entre une prostituée recevant à la chaîne des clients ahanant comme des bœufs et poussant des gémissements sourds à chaque jouissance, et des cris plus ou moins étouffés, dont il ne sait si ce sont des échos de la rue ou ceux d'un homme qu'on maltraite derrière la porte qui fait face à la sienne dans le couloir. Le lendemain, il n'avale qu'une double ration de café avant de se diriger vers le bateau sur lequel il doit embarquer. Il s'arrête un instant sur le quai pour regarder l'horizon maritime et se perdre dans la contemplation de cette gigantesque étendue d'eau qu'il scrute avec surprise. Non seulement il ne sait pas nager, n'est jamais monté à bord d'un navire, pas même une modeste barque, mais il n'avait encore jamais vu la mer. Avec une certaine appréhension, il gravit la passerelle pour se rendre à bord du *Tafna*, un paquebot à vapeur pouvant embarquer une soixantaine de passagers et du fret, et qui, pour la Compagnie de navigation mixte, fait la liaison Marseille-Alger. C'est un bateau de taille respectable et de fabrication anglaise d'un certain âge, plus d'une trentaine d'années, qui n'en est plus à sa première traversée, la blancheur du bastingage ne fait illusion qu'à distance, rehaussé seulement par l'adjonction de chaloupes immaculées, le gréement a été simplifié et les traces de rouille sont visibles jusque sur sa coque sombre. Mais malgré ses craintes, Gustave n'a pas de connaissances suffisantes en la matière pour juger de la possibilité d'un naufrage, et se contente d'être impressionné par l'unique cheminée principale qui crache sa fumée sombre et de se cramponner à la rambarde métallique qui ceint le pont à la poupe, lieu à partir duquel il regarde le port de Marseille s'éloigner. Si la traversée se déroule sans encombre quant à la flottabilité du navire, plus de la moitié des passagers restent à l'extérieur pour tenter de respirer du mieux possible entre deux vomissements par-dessus bord, victimes du mal de mer, et Gustave ne fait pas exception. L'arrivée à Alger est donc teintée d'une certaine déception, puisqu'il est alors épuisé, a l'estomac désespérément vide et ne profite en rien de la vue sur la ville blanche. Surtout, il n'a guère de temps à perdre puisqu'à peine débarqué, il rejoint la gare d'Alger où il doit prendre le train qui, sur une voie unique, le mènera jusqu'à Oran. Enfin, parvenu à destination, Gustave se met en quête d'une étrange indication fournie par son employeur et qu'il n'a pas comprise avant d'être sur place. Il était noté, sur la feuille de route envoyée par monsieur Fabre, d'utiliser à partir d'Oran le Bou-you-you, pour parcourir la soixantaine de kilomètres le séparant encore de Hammam-Bou-Hadjar, son point de chute final. Au milieu de Bédouins, de femmes arabes en sarouel, d'étrangers dont il ne reconnaît pas la langue, croyant qu'il s'agit peut-être d'Espagnols, il finit tout de même par croiser un employé des chemins de fer à qui il demande des renseignements. Ce dernier lui indique un quai sur lequel il doit se rendre, et parvenu sur place, après une demi-heure d'attente, il voit entrer lentement en gare un véhicule hybride, moitié bus, moitié tramway, qui s'arrête dans un effroyable jet de fumée. Il s'agit du fameux Bou-you-you dont la première expérience déstabilise un peu Gustave qui n'est pas habitué, contrairement aux autres passagers, à ce mode de transport à vapeur qui avance au pas dans un nuage noir quasi permanent et s'arrête n'importe où en chemin, ou ralentit seulement, pour laisser monter ou descendre des passagers, mettant ainsi un temps fou pour atteindre son terminus. Enfin arrivé à Hammam-Bou-Hadjar, Gustave est complètement perdu, et personne n'est là pour l'accueillir. Construite sur un plan rectiligne, avec des rues qui se croisent à angle droit, la ville ressemble plus à un petit village comprenant quelques maisons en dur à l'européenne et de part et d'autre des gourbis et des douars, voire des tentes isolées au milieu des palmiers nains. Il reconnaît cependant rapidement le bâtiment qui fait office d'hôtel de ville, mais il n'y a personne quand il essaie d'y entrer. Un dimanche, la mairie est portes closes. La chance lui sourit enfin quand il croise un homme en costume et chapeau melon qu'il arrête pour lui demander son chemin. L'homme en question est Jean Saint-Jean, le maire de la ville, qui se rend à l'église, et qui lui indique comment aller jusqu'à la propriété d'Honoré Fabre, en quittant le centre et, après les dernières maisons, en passant à travers les vignes. Là, il est accueilli par Richard, le responsable viticole qui vérifie ses papiers, l'amène aux cuisines, le fait manger, avant de lui montrer ses quartiers dans une petite maison où il dispose d'un lit, d'une armoire, et où il va partager l'espace avec trois autres ouvriers. Il passe la journée du lendemain à se reposer, mais durant les jours suivants il est rapidement formé aux mécaniques des pompes et des appareils à sulfatage, dont il va avoir la responsabilité, tant pour leur réparation que pour leur usage et leur répartition entre les autres employés agricoles. Neuf mois durant, Gustave profite de la lumière de l'Algérie et de son climat pour reprendre des forces. Le médecin de Lyon ne l'a pas envoyé là par hasard. Hammam-Bou-Hadjar possède deux particularités. La région n'est pas seulement une des plus importantes pour l'exploitation viticole, avec un vignoble immense qui colore la plaine de terre rougeâtre, de ses feuilles de vigne et ses grappes de raisin, c'est aussi un ancien terrain volcanique dont les eaux sulfureuses jaillissent en de nombreux endroits, et en particulier une ceinture rocheuse appelée le Fer à cheval, devenue une source thermale prisée en Algérie. Gustave est un des rares Français de la métropole, la plupart des ouvriers étant sédentaires, des colons d'origines diverses travaillant en famille à l'exploitation depuis de nombreuses années. Il passe ses journées à visiter des pépinières pour y récupérer des greffes de cep, dans les usines d'engrais pour y trouver les produits correspondant aux impératifs climatiques et aux différents cépages cultivés. Il ne se mêle pas à la population arabe et se fait deux amis, René Magrin et François Imbernon, chacun d'eux ayant un parcours similaire, fils de colons descendant des plus anciennes familles venues d'Alsace et du Gard à la fin du dix-neuvième siècle, parmi les quelque dix mille habitants du coin. Ils ont tous les trois en commun d'avoir perdu un frère pendant la guerre, et pour les deux locaux de faire partie de l'équipe de football constituée par l'union sportive locale. Et si Gustave, avec sa jambe en vrac, se contente bien sûr de les regarder jouer, il participe avec eux aux concours de pétanque pendant leur temps libre, quand il ne profite pas des eaux thermales. Ces quelques mois en Algérie sont pour Gustave une sorte de révélation quant à sa capacité à vivre avec autrui. Jusque-là il avait toujours plus ou moins ressenti une différence avec les autres. Il n'était pas traité par ses parents de la même manière que ses frères. Il n'était pas parvenu à se créer des amitiés profondes, bringuebalé de patron en patron pendant son enfance et changeant de lieu de travail presque chaque année. Et là, depuis son arrivée sur place, entre les grandes étendues de vignes, les champs de blé, l'Oued Mellah et le Djebel Al-Meîda, dans une région où il ne pouvait pas se sentir plus étranger, il a le sentiment de s'être enfin ancré dans le monde et de pouvoir commencer à nouer de véritables liens. C'est pourtant cette amitié, qui compte tant pour lui, qui va lui coûter cher.

À la mi-novembre 1925, un scandale éclate à Hammam-Bou-Hadjar. Le maire a surpris des cambrioleurs, entrés par effraction dans l'hôtel de ville, et ayant tenté de forcer le coffre-fort de son bureau. Ces derniers parviennent à s'échapper, mais sont repris dans la rue par des passants les arrêtant après avoir entendu le maire les avertir et crier depuis la fenêtre. Les deux hommes en question sont Imbernon et Magrin. Ils ont essayé de voler de l'argent réuni par la souscription publique lancée en vue de payer la création d'un monument aux morts, une statue en marbre de Carrare, représentant un poilu, commandée au sculpteur Albert Pommier et qui doit être livrée quelques jours plus tard. Tous deux sont envoyés en prison à Oran, mais lors de leur interrogatoire, Magrin lâche le nom d'un complice, un certain Mailly, avant de se rétracter et de refuser de signer cet aveu. Gustave est ainsi soupçonné d'être leur comparse. Il est entendu par les gendarmes, mais faute de preuves, Magrin ne revenant pas sur ses dires et Imbernon gardant le silence, il finit par être mis hors de cause. Cependant, monsieur Fabre ne l'entend pas de cette oreille, et refuse de conserver dans ses rangs un employé à qui il considère ne plus pouvoir donner sa confiance. Gustave est renvoyé sur-le-champ et contraint de plier bagages en vingt-quatre heures.

En décembre 1925, il refait donc le chemin en sens inverse, en gagnant un peu de temps pour le voyage retour. Il emprunte un paquebot de la Compagnie de navigation mixte, le *Gouverneur général Lépine*, directement depuis le port d'Oran, qui le ramène à Marseille. Mis en service depuis quelques années, le navire est d'une excellente facture et la traversée se passe dans de très bonnes conditions cette fois-ci, quand bien même elle lui coûte à peu près toutes ses économies. Il était parti plein d'idées et d'espoir, et parvenu en Algérie au terme d'un voyage épuisant. Il revient en France reposé, en meilleure santé, mais le cœur lourd, sans un sou en poche et sans aucune vision d'avenir.

Il retrouve bientôt ses parents, et Saint-Didier-au-Mont-d'Or où rien n'a changé depuis son départ, sinon que son frère Étienne a effectué un petit séjour d'un mois derrière les barreaux, après une bagarre consécutive à une partie de cartes qui a dégénéré. De son côté, plus personne ne veut de lui en Algérie, il y a perdu ses seuls amis, et son rêve de changement s'est écroulé. Il n'a pas d'autre choix que de retourner vivre chez ses parents, à la grande honte de Ferdinand qui pensait s'en être débarrassé. Et à peine rentré, ce dernier lui fait comprendre :

– T'as juste réussi à te faire virer par ton patron… Pour une fois que tu avais une bonne place !… Décidément, t'es pas bon à grand-chose et t'as intérêt à travailler. On va pas te nourrir pour rien…

Il reprend son travail à la maison Teste, qui accepte de le remettre à la tâche, ayant été un ouvrier consciencieux par le passé. Il lui faut un peu plus d'une année pour, en silence, gardant pour lui les raisons de son retour soudain, et après avoir supporté de vivre à nouveau avec son père sur le dos, ne plus pouvoir tenir. Il ne parvient décidément pas à vivre comme la plupart de ses camarades d'usine, travailler toute la journée, rentrer, avaler une nourriture quelconque, dormir et recommencer le lendemain, encore et encore, pour un salaire de misère. En 1927, il lâche tout, remet sa démission chez Teste, et se lance dans un nouveau défi qui est tout autant une fuite en avant. Il achète un âne, récupère une carriole hors d'âge par l'intermédiaire de son frère, et se met à son compte comme chiffonnier. Il va alors par les routes, en pratiquant des tournées régulières dans les villes environnantes. Cela ne lui rapporte pas plus qu'auparavant, et même presque rien, le contraint à rester encore chez ses parents la plupart des nuits, mais il est maître de son temps, de ses itinéraires, de ses choix et, boitillant toujours, se sent cependant plus libre à parcourir ainsi les chemins. Quand sa jambe le fait trop souffrir, il prend simplement le temps de s'arrêter sur la route et vit à son rythme. Il ramasse de tout, les vieux linges, la ferraille inutilisée, les papiers, le verre cassé, et parfois même les cheveux quand il en trouve d'assez longs pour les revendre à un perruquier. Il fait de nombreuses rencontres, se lie avec quelques connaissances de son frère Étienne, et finit par faire transiter certaines marchandises, dont il ne connaît pas bien la provenance, entre un vendeur et un acheteur ou un prêteur sur gage. À deux reprises, en février et juin 1928, il est condamné à un mois de prison pour recel d'objets volés, une montre d'homme la première fois, et un collier de femme la seconde, qu'il a tenté de laisser au mont-de-piété et de revendre dans une bijouterie. L'expérience de la cellule à la prison Saint-Joseph l'endurcit plus qu'elle ne l'aide à retrouver une place dans le monde. Il y côtoie notamment Anselme Bernaud, un chiffonnier comme lui mais travaillant du côté de Vaulx-en-Velin, accusé de recel dans une affaire de cuivre volé qui aurait transité entre plusieurs mains avant la revente, celles d'un marchand de quatre-saisons, puis de trois chiffonniers. Le voleur, et le marchand qui avait mis le cuivre entre les mains du premier chiffonnier, sont arrêtés et écroués, et Anselme, ainsi que deux autres collègues, sont arrêtés et interrogés. Anselme étant le dernier de la chaîne et clamant sa bonne foi, il ne passe qu'une journée et une nuit en cellule, puis est remis en liberté au bénéfice du doute. Pendant cette journée, il incite cependant Gustave à reprendre contact avec lui quand il sortira. Ce que celui-ci s'empresse de faire à sa libération. Il a bien compris, comme sans doute la police qui n'était pas dupe, qu'Anselme était parfaitement au courant de la provenance du cuivre. Ce dernier l'instruit de quelques ficelles du métier :

– Débrouille-toi pour faire en sorte de n'être toujours qu'un intermédiaire secondaire dans ce genre de transaction, tu vois ? Comme ça, tu peux te défausser sur celui qui précède, et ça, quitte à perdre un peu sur la revente des objets.

Ils se lient rapidement et s'entendent assez bien pour envisager de travailler ensemble. Gustave le suit sans aucun scrupule, les faibles ressources de son métier ne l'incitant pas à cracher sur de l'argent facilement gagné. Son niveau de vie est tel alors que la mairie de Saint-Didier-au-Mont-d'Or l'a placé sur la liste des indigents de la commune depuis son retour d'Algérie, ce qui lui permet de suivre ses traitements médicaux sans avancer les frais. Mais trois évènements de l'année 1929 vont précipiter le destin de Gustave.

Depuis toujours, Ferdinand Mailly, son père, lui paraît indestructible, fort comme un bœuf, charpenté et tout en muscles, droit sur ses jambes, et quand bien même a-t-il pris de l'embonpoint, des cheveux blancs apparus avant de les perdre pour ne plus laisser qu'une tonsure grisonnante autour de son crâne, les rides de son front accentuées et creusées, les marques brunes répandues sur ses mains, des taches de vieillesse qui se voient aussi sur son cou désormais, Gustave conserve de lui l'image d'un homme si solide qu'il leur survivra tous. Il se trompe. Ferdinand a soixante-quinze ans, ce qui est déjà un bel âge pour un homme de sa génération. Le 1er mars 1929, son père se lève à cinq heures comme il le fait d'habitude, enfile son pantalon, et torse nu descend au comptoir du bougnat dont les volets fermés laissent la pièce dans l'obscurité. Il passe derrière le zinc pour se préparer un café mais n'en a pas le temps, une violente douleur le saisit, comme une pointe de lame lui labourant la poitrine, paralysant son épaule et son bras gauche. Il tente de se retenir au comptoir avec sa main droite mais glisse et s'affale par terre, une légère écume de bave s'échappant entre ses lèvres. Il a un hoquet, cherche son souffle encore une fois, écarquille les yeux et lâche son dernier soupir. Quand Marie-Louise le découvre, un peu plus d'une heure plus tard, il n'y a plus rien à faire. Gustave, qui était sorti de prison en décembre et traînait toujours sur les routes, n'est informé qu'à son retour à la maison le lendemain. Sa mère a dormi dans sa chambre, le corps de Ferdinand étant allongé sur le lit conjugal pour la veillée funèbre, et Gustave la trouve dans la cuisine, dépeignée et à moitié habillée, en rentrant de bon matin après avoir passé la nuit chez Anselme. Son frère Étienne arrive dans l'après-midi, et ensemble ils passent un moment auprès de leur père, à regarder en silence ce corps sans vie qui paraît avoir rétréci, et à se demander si ce sont bien ces mêmes bras, devenus maigres et flasques, qui ont été capables de leur infliger des dizaines de coups de ceinturon. Sous un ciel sans nuages et un soleil resplendissant, l'enterrement dans le cimetière de Saint-Didier-au-Mont-d'Or voit se réunir les cercueils du père et celui du fils aîné dans le même caveau.

Aussi sec que ce printemps particulier, Gustave ne verse pas une larme, et se fait la remarque que la vie est tout de même assez ironique. Ces deux-là étaient des ennemis jurés, mais ils finissent par se retrouver, la boîte vide de l'un à côté de la boîte pleine de l'autre, pour l'éternité. Il se fait aussi une promesse à lui-même ce jour-là : ne pas finir enterré à côté de son père, quoi qu'il advienne. Après la disparition de Ferdinand, Marie-Louise ne se sent pas capable de gérer seule le bougnat, et prend une décision quant à l'avenir de l'entreprise familiale. Elle ne veut pas vendre l'affaire et préfère toucher une rente, aussi décide-t-elle de nommer un gérant qui reprendra le café et pourra loger au-dessus, et puisque Étienne a libéré depuis peu la petite maison de leur verger en déménageant à Lyon, elle peut s'y installer. Gustave ne s'attendait pas à ça et lui demande comment il va faire pour continuer à vivre sur place si elle n'y est plus et si un autre homme emménage dans l'appartement. La discussion s'envenime et mère et fils ne trouvent pas de terrain d'entente, Gustave finissant par claquer la porte. Il va dormir quelques jours chez Anselme, pensant que sa mère reviendra sur sa décision. Mais les jours deviennent des semaines, et sa mère tient bon sans changer d'idée, au point qu'en juin Gustave trouve le bougnat rouvert et un moustachu ventru derrière le comptoir, qui discute avec les clients. Le régisseur embauché par sa mère, Eugène Duluc, que Gustave va tout de suite surnommer Ducul, ne se montre pas inflexible comme il le pensait. Il indique à Gustave qu'il peut tout à fait continuer de vivre dans sa chambre, la seule condition étant d'en payer un loyer, désormais, de cinquante francs par mois. Il en reste bouche bée et ne trouve rien à lui dire. Il avait anticipé d'être mis à la porte par son père un jour, mais pas d'être traité comme un étranger par sa propre mère demandant à un inconnu de faire payer un loyer à son fils, et ce pour qu'il vive dans une chambre qui a toujours été la sienne. Gustave possède les clés de l'appartement, les serrures n'ont pas été changées, aussi décide-t-il de promettre un loyer pour l'instant et d'aviser plus tard. Il tient sur ce fil pendant quelques mois, parvenant à repousser l'échéance tout en essayant de renouer le dialogue avec sa mère et de l'amener à changer sa décision. Pendant ce temps, il multiplie les petites affaires de recel pour se renflouer, et passe certaines nuits dans des maisons closes pour ne pas avoir à dormir dans sa chambre. Duluc se montre patient, ne souhaitant pas entrer en conflit avec le fils de sa patronne et risquer de perdre sa place, mais dans le même temps, il ne cesse de tenter de coincer Gustave, lequel fait en sorte d'entrer et sortir aux heures où celui-ci est au travail pour l'éviter le plus possible.

En octobre, Gustave réussit une affaire avec Anselme, la revente de plusieurs bibelots en argent, une chaîne en or, plusieurs barres d'acier de chantier et quelques exemplaires de vaisselle de qualité, ce qui lui permet d'avancer un peu d'argent et de payer un premier mois de loyer, alors qu'il en a déjà trois en retard. C'est aussi à l'occasion de cette transaction réussie qu'Anselme le présente à celui qui a monté le coup, le voleur des objets en question, un certain Louis Rambert, qu'il rencontre chez Anselme, autour d'une bouteille. Rambert est une source, comme le dit Anselme, un de ceux qui amènent la marchandise mais dont il faut rester le plus possible éloigné, en mettant un intermédiaire entre eux. Pour cette fois, cependant, ça n'a pas été possible, et Anselme a dû traiter en direct, contredisant lui-même la loi qu'il se fixe, ce que Gustave ne prend pas la peine de relever. La soirée est belle, l'argent est dans la poche, la bouteille de vin est bonne, et ils finissent tous les trois dans une maison de passe à Lyon, invité par Rambert à rencontrer quelques filles de sa connaissance. Gustave n'a pas connu beaucoup de femmes, en tout cas aucune avec qui un quelconque lien ait pu être établi sur du long terme. En revanche, en Algérie, mais aussi en France, il a longtemps pratiqué les maisons closes et son rapport au monde féminin, à l'exception de sa mère Marie-Louise, se résume à une activité sexuelle tarifée et ponctuelle. Rambert lui propose de l'accompagner dans une de ses virées de repérage avant un cambriolage, et il hésite à le suivre, mais l'alcool aidant, il finit par se laisser convaincre. Début novembre 1929, il a rendez-vous avec Rambert et se pointe un peu en avance. La veille, il a commencé à se sentir mal, des douleurs dans la jambe le harcelant à nouveau, et il a l'impression d'être fiévreux bien qu'il n'ait pas pris la peine de vérifier sa température. Quand Rambert arrive au rendez-vous, Gustave a la tête qui tourne et doit s'excuser auprès de lui et le laisser à ses affaires. Il se sent trop mal pour poursuivre sur sa lancée, et finit par retourner à Saint-Didier-au-Mont-d'Or et se coucher. Duluc le réveille en sursaut en tambourinant à sa porte et en réclamant son dû, et quand il s'éveille tout à fait, il s'aperçoit qu'il a dormi près de dix heures d'affilée et qu'il est brûlant. Il se lève et se rend à Lyon dans le service du professeur Tixier, réclamant un entretien en urgence avec le docteur, avant de s'évanouir dans le couloir de l'hôpital. Quand il s'éveille à nouveau, Tixier est à son chevet et lui annonce que sa jambe est malade une nouvelle fois, que la poliomyélite touche l'os et a provoqué une infection qu'il faut soigner au plus vite. Le professeur lui demande de se reposer quelque temps et de rester sur place pour qu'il lui administre des injections quotidiennes.

– Se reposer, c'est pas assez… Là, j'ai mal à ma jambe, vous comprenez pas ? Je souffre vraiment, c'est pas du flan… lui rétorque Gustave.

– Je sais, je sais, mais tu souffriras toute ta vie, mon pauvre garçon, lui répond Tixier.

Le traitement dure plus de deux semaines, et quand enfin il se sent un peu mieux et s'apprête à sortir, l'infirmière lui apporte un courrier de l'administration qui lui est adressé. La mairie de Saint-Didier-au-Mont-d'Or a fini par le rayer de la liste des indigents de la commune, n'y étant plus officiellement domicilié depuis que sa mère a quitté l'appartement au-dessus du bougnat, et comme il ne règle pas de loyer à son propriétaire, ce dernier a indiqué à la ville qu'il était désormais réputé sans adresse connue. Duluc a fini par trouver un moyen pour le faire payer, et cela arrive au pire moment. Désormais, il doit à l'Hôtel-Dieu l'ensemble des frais depuis son admission début novembre, soit 30,50 francs par jour qu'il est bien incapable de réunir, sa pension d'invalidité se montant à 20,75 francs par mois, et ses revenus de chiffonnier disparaissant aussi vite qu'ils parviennent dans ses poches. Pour parfaire sa situation, à sa sortie de l'Hôtel-Dieu, avec une facture de plus de 450 francs à régler, il apprend que le prix des métaux est en chute libre et que ce qu'il touchait sur leur revente va être divisé par deux. Gustave est pris à la gorge, avec un choix à faire : rentrer dans le rang, repartir travailler à l'usine, accepter de vivre avec sa mère en ajoutant un matelas dans sa cuisine, et rembourser ce qu'il doit au fil du temps, par petites sommes échelonnées, tout en vivant chichement, ou bien rester maître de son destin, se montrer ambitieux et trouver un moyen rapide, simple et efficace, de régler ses dettes d'un seul coup.

22 octobre 1930 – *Bulletin de situation, 1930 – hiver/printemps : une certaine douceur s'installe avec des températures élevées en hiver, mais qui provoquent de fortes pluies, en particulier en mars, qui voit de nombreuses inondations dans le Sud-Ouest et le bassin de la Garonne. On relève près de 300 morts et 10 000 sans-abri à la suite des crues.*

Depuis qu'il est sous le coup d'une condamnation par contumace, Louis a tendance à être méfiant avec certaines de ses connaissances dont il n'est pas sûr de la capacité à organiser une affaire sans trop de risques. Les discussions avec son ami Maurice ont fini par porter leurs fruits et si jusque-là il a été plus ou moins insouciant sur quelques coups proposés, il ne se le permet plus désormais. Cet attentisme lui porte préjudice auprès d'une certaine frange de ses contacts dans le milieu, en particulier des petites mains promptes à envisager un larcin quelconque par opportunisme, le détroussage d'un passant ou d'un client, décidé à la va-vite sur la mine de ce dernier, ses vêtements ou une rumeur sans fondement. Mais s'il ne peut plus agir à sa guise en profitant d'une occasion quelconque sans y prendre un peu garde, il a tout de même besoin de gagner son pain et de trouver des affaires. Le groupe de ceux avec qui il a fricoté un temps se sépare, l'un quittant la région, un autre se sachant sous le coup de la même condamnation que Louis et tentant l'expatriation dans les colonies, un troisième ayant été emprisonné pour une autre bricole, il ne reste qu'un certain Alphonse avec qui il travaille de temps à autre. Émile et André lui présentent quelques-unes de leurs connaissances chez les brocanteurs qui ont parfois des affaires en vue pour des cambriolages ciblés, et quelques chiffonniers qui font du recel à l'occasion. Parmi eux, il croise à l'automne 1929 la route d'un certain Anselme, lors d'une soirée bien arrosée dans une maison de la rue des Templiers tenue par une mère maquerelle de Brioude. Il va commencer à travailler régulièrement avec ce dernier, ne crachant pas sur un receleur qui lui prend à bon prix en particulier toutes les statuettes, horloges et bibelots qu'il peut ramener de ses cambriolages. Il loge dans un quartier où Louis ne met que rarement les pieds, entre la place du Change et la montée du Garillan, dans un immeuble insalubre et à moitié abandonné, la plupart des volets donnant sur la rue étant fermés depuis des lustres et des réclames pour la Suze, le chocolat Poulain et le bouillon Kub ayant été collées un peu partout sur les murs. Un soir qu'il est invité à prendre un verre chez lui pour récupérer sa part sur un butin qu'Anselme a revendu pour son compte, il fait la connaissance de Gustave Mailly, et après avoir terminé deux bouteilles, le trio poursuit la soirée dans une maison de la Guillotière où Louis a ses habitudes. Le lendemain, Louis propose à Mailly de l'accompagner sur une affaire, seulement pour un repérage dans un premier temps, et s'il se sent d'en être, alors ils feront le casse ensemble. Mais après avoir accepté, Mailly se désiste, sous prétexte de ne pas se sentir bien. Louis est contrarié parce que cela repousse ses projets, et pour finir il monte le cambriolage avec Alphonse, sans que cela lui porte chance. Dans le coffre qu'il parvient à forcer cette nuit-là, il ne retire que quelques billets et une montre en argent, tout au plus de quoi payer la part de son acolyte et quelques verres. Il se met alors à la colle avec deux filles, en prenant soin cette fois-ci de ne rien promettre à l'une ou l'autre qu'il ne puisse tenir, et en prélevant un pourcentage sur leurs gains, ce qui lui permet de disposer d'un pécule régulier. Faire le barbe ne lui plaît pas particulièrement, mais cela améliore sensiblement son ordinaire. Jeanne, sa régulière, est âgée de vingt ans, et les hommes sont nombreux à lui tourner autour. Elle lui rapporte, mais il lui faut s'investir plus qu'il ne le pensait, et il essaie d'être présent autant que possible. À raison. À plusieurs reprises, il est contraint de mettre dehors un micheton trop brutal, un qui fait la forte tête et ne veut pas quitter la chambre et un autre qui vient réclamer de baisser le prix de la passe. Jeanne a le don de rendre les hommes fous et Louis finit par se lasser de son manège. Plusieurs mois passent, avec quelques cambriolages réussis et d'autres peu reluisants, sans qu'il retrouve Mailly sur son chemin, ni lors d'une soirée, ni à l'occasion d'un recel de marchandise, et pour tout dire il a oublié le bonhomme. Au point, quand il le revoit dans un bougnat en juin 1930, qu'il s'étonne lui-même de ne pas avoir remarqué à leur première rencontre que Gustave boite légèrement, pas de manière évidente, mais par à-coups, comme si sa jambe de temps à autre se bloquait avant de retrouver son usage courant. Ce dernier lui fait d'ailleurs confidence d'une maladie qui s'attaque sournoisement à sa cuisse et s'excuse à nouveau de n'avoir pu l'accompagner des mois plus tôt. Louis le juge franc, assez pour se confier à lui de la sorte alors qu'ils se connaissent à peine, et ils finissent par passer la fin de la journée ensemble, dîner, discuter, boire quelques verres et même envisager des projets communs.

* * *

Une version des faits, selon le point de vue de Louis

Gustave Mailly s'avère vite un compagnon de beuverie d'envergure, prêt à suivre Louis jusqu'au bout de la nuit. Il vit dans une cabane au cœur d'un bidonville insalubre des bords de Saône et n'est pas toujours très propre, aussi lui prête-t-il un de ses costumes, pour au moins être présentable devant les filles quand il l'amène dans une maison close. Ensemble, ils forment un binôme qui s'entend à merveille quand il s'agit de profiter du bon temps, mais Louis ne le connaît pas encore assez quant au cran qu'il est capable d'avoir ou pas. Et il le met sur un premier cambriolage à Saint-Cyr-au-Mont-d'Or pour tester ses capacités en la matière. Gustave doit faire le guet et, le cas échéant, empêcher un propriétaire d'entrer chez lui pendant que Louis se glisse à l'intérieur d'une villa pour y dérober tout ce qu'il peut y trouver. Cette première opération se déroule sans accroc, et ils engrangent une assez belle somme sur la revente des biens volés grâce aux contacts de Mailly parmi les brocanteurs. Fin août, tandis qu'un orage d'été s'abat sur Lyon et alors que Louis passe un bon moment chez Thérèse, la seconde de ses deux gagneuses, la police fait irruption dans l'immeuble. Louis entend les battants de la porte du rez-de-chaussée se rabattre violemment contre les murs et a tout juste le temps d'enfiler un pantalon et de passer par la fenêtre en jouant les acrobates depuis le deuxième étage, escaladant les balcons pour entrer avec fracas dans une chambre de l'immeuble voisin, après avoir cassé la vitre de la fenêtre. Il parvient à échapper aux agents qui ne sont pourtant qu'à quelques dizaines de mètres de lui. Les rues de la Guillotière sont pleines de policiers, et la descente semble avoir été organisée pour un gros coup de filet sur l'ensemble du quartier. Par miracle, il réussit à passer entre les mailles et ne sachant trop où aller, court se réfugier chez Mailly, seul endroit qui lui vient à l'esprit en songeant à un lieu où personne n'aura l'idée d'aller le chercher. Un soir, deux ou trois jours après avoir atterri chez lui, Mailly lui propose une nouvelle affaire, une opportunité à saisir sans trop tarder et qui pourrait leur rapporter tant qu'ils cesseraient les cambriolages pendant plusieurs mois ou années.

– Dans une sorte d'ancienne ferme, qu'est plutôt isolée, en banlieue, y a un rentier venu de Paris qui se la coule douce. À ce qu'on dit, il est vachement riche mais méfiant le bonhomme. Méfiant avec tout le monde, y compris avec les banques. Alors, il garde son magot chez lui. C'est par héritage qu'il a reçu des propriétés. Il a vendu tout ça pour amasser son petit trésor et se faire des rentes. Il est pas de première jeunesse, de ce que je sais. Il vit avec une vieille tante, et elle aussi est plutôt diminuée par l'âge. C'est un coup facile… Faut juste qu'on le prépare un peu. Faudra maîtriser, bâillonner et enfermer les proprios pour pouvoir fouiller la baraque comme on veut. Et puis trouver le fric et l'or qu'ils ont planqués quelque part, lui balance Gustave, en guise de résumé de l'affaire.

Louis est circonspect, le coup lui paraît trop beau pour ne pas avoir été tenté par un autre avant eux. Et il y a beaucoup d'éléments inconnus dans la façon dont Gustave lui propose le cambrio. Il lui demande si la ferme est loin, s'il est envisageable d'en faire un repérage pour avoir une meilleure idée de la configuration des lieux. Après une nuit passée dans la cabane de Mailly, une première expédition est décidée pour aller sur place, Écully n'étant pas la porte à côté. Ils ne possèdent pas de véhicule, mais Gustave croit savoir où s'en procurer un et mène Louis jusqu'à Saint-Rambert-l'Île-Barbe, où il connaît un garage de particulier qui contient trois voitures. Vers vingt-trois heures, une fois sur place, Gustave fait la courte échelle à Louis qui passe le mur d'enceinte du garage et une fois de l'autre côté se rend au portail et l'ouvre de l'intérieur pour faire entrer Mailly à son tour. Pas de gardien, aucune lumière dans les parages, et ils font en sorte de progresser à la lueur de la lune dans la cour intérieure. La porte du garage lui-même n'est même pas fermée à clé, et

Louis jette son dévolu sur un spider Licorne 5V[13], un petit cabriolet deux places qui n'est pas le plus passe-partout, loin s'en faut, mais qui a le mérite d'être rapide. Ils sortent la voiture du garage en la poussant le plus silencieusement possible, referment le portail derrière eux, font encore une cinquantaine de mètres avant de démarrer le spider. Il n'y a quasiment aucune autre voiture dans les rues, et les fiacres ou carrioles se font rares. Pourtant, en passant sur une place, devant la voiture apparaît un policier en train de faire la circulation, képi à liseré clair et bâton blanc à la main qui luisent tous deux dans la lumière des phares, sa vareuse boutonnée ayant du mal à contenir son ventre, et il fait un geste approximatif du bras pour leur ordonner d'avancer plus vite. Louis a soudain ralenti en le voyant surgir ainsi de la pénombre et a cru une seconde qu'il leur faisait signe de s'arrêter. Ils sont bons pour une petite frayeur, et après avoir dépassé l'agent de police, font une pause un moment sur le bas-côté de la route. Vers minuit, ils montent enfin jusqu'à Écully, passent une première fois, puis une seconde fois devant la ferme-maison au ralenti, s'arrêtent même un instant pour jeter un œil aux alentours, les rues adjacentes, les autres bâtiments de la ruelle en pente. Louis est rassuré par cet état des lieux, il n'y a que peu de voisins, pas à proximité immédiate tout au moins, ce qui leur permettrait d'opérer plus facilement une fois à l'intérieur, et la rue n'est pas passante, surtout de nuit. Il admet donc que le plan de Mailly est envisageable, mais veut tout de même se faire une idée des propriétaires, en particulier de l'homme. Ils conviennent d'y retourner le lendemain en fin d'après-midi, laissent la voiture planquée dans une grange et rentrent à la cabane de Gustave pour y passer la nuit. Le jour suivant, quand ils rejoignent le lieu-dit Le Pérollier, à Écully, il est quatre heures de l'après-midi, Gustave conduit cette fois-là et Louis se fait passer pour un antiquaire venu estimer des meubles que Bergeron, leur cible, revend de temps à autre. C'est un des passe-temps du bonhomme, et probablement a-t-il entreposé le mobilier des propriétés qu'il a vendues et s'en débarrasse-t-il peu à peu de la sorte. Mais Bergeron, qui les accueille avec méfiance devant son portail, leur demande de repasser un autre jour pour voir ses meubles datant de l'Empire, n'ayant pas nettoyé et rangé suffisamment son dépôt. En revanche, il leur offre un coup à boire et les fait entrer dans la cour, puis ce qu'il nomme sa cave et qui ressemble plus à une remise. Louis jette un œil aux alentours à l'occasion, repère plus aisément les lieux, la bâtisse contiguë à celle de Bergeron à droite de la cour, le petit couloir qui va vers la cuisine au rez-de-chaussée, quelques portes fermées qui doivent mener à un salon, une chambre ou l'étage, et le loquet qui ferme le portail de l'intérieur. Ils ne s'attardent pas, échangent quelques mots, parlent meubles et bibelots, et Louis comme Gustave, à force de les voler et de les faire transiter chez les receleurs, en connaissent un rayon en antiquités de toutes sortes. En ressortant de la maisonnée, ils croisent une femme d'un certain âge qui porte un panier de victuailles et ne les salue pas.

– Tu sais qui c'est celle-là ? demande Louis à Gustave, quand ils réintègrent leur voiture.

– Aucune idée… une voisine peut-être ? Elle amène des courses au rentier, ça doit être ça.

– Elle est entrée chez lui sans se poser de questions en tout cas. Pas de bonjour ni rien. Comme si elle était chez elle…

– Qu'est-ce que j'en sais, moi… rétorque Gustave qui a l'impression d'être pris en faute. Je ne vis pas ici, ajoute-t-il tout en démarrant et en manœuvrant le spider pour repartir dans la rue par laquelle ils sont venus.

– C'est bien le truc… comme de juste. On sait pas qui c'est celle-là. Ça peut pas être la vieille tante, elle est trop jeune. Je dirais dans les cinquante. Et la vieille, d'ailleurs, on l'a pas vue, elle…

– Et quoi ? Ça empêche le coup ?

– Non, mais faudra savoir si cette femme vient souvent. J'ai pas envie de l'avoir dans les pattes si elle arrive comme ça en plein milieu du cambrio…

Une fois parvenus en bas de la pente, Mailly indique à Louis qu'il va faire un petit détour pour aller saluer un ami de son frère, un certain Bernard qui habite route de la Parsonge, près de Dardilly, et travaille pour la voirie. Gustave se gare devant une petite maison en bord de route, mais Louis reste à l'intérieur de la voiture et l'y attend. Tandis que Mailly est chez son ami, il cogite et se remémore la ferme d'Écully, la femme qui y entre comme si elle était chez elle et la physionomie de son propriétaire. Quand Gustave le rejoint, il lui fait part de ses doutes :

– On peut pas faire ce coup maintenant.

– Quoi ? Mais tu rigoles ? Tout à l'heure, tu disais que c'était faisable.

– Oui, mais pas là, maintenant, dit Louis. Il y a trop de

gens qui circulent chez Bergeron. Je pense que ce serait mieux de faire ça en plein hiver, quand il a moins de visites.

– Automne ou hiver, ça changera rien. Enfin, j'crois. Mais on peut aussi se dire qu'on choisit un moment où il fait un temps de chien, ça va sortir les passants des rues.

– Tu y tiens à ce coup, hein ? demande Louis en observant Gustave et en cherchant à capter son regard.

Mais ce dernier se détourne pour regarder la route.

– Comme toi… pas plus, pas moins, marmonne-t-il.

– Le vieux… ou que tu disais vieux… il l'est pas tant que ça. J'trouve même qu'il est encore bien en jambes. Il tient bien debout. Il sera pas facile à maîtriser.

– Pour moi, le vieux, c'est déjà comme un cadavre, on l'aura facilement à deux contre un.

– C'est pas si simple… faudra le tenir, le ligoter, lui passer le bâillon. Tu sauras faire ?

– Si tu me montres et qu'on s'y met tous les deux, oui, j'en suis sûr.

– Et la vieille ?

– Elle, j'en fais mon affaire, elle est à moitié aveugle à ce qu'on dit et tient pas trop sur ses guiboles.

– Faut que je réfléchisse encore. Remettons ça, et on en reparlera.

En reprenant la route, ils repassent devant chez Bergeron et le cabriolet croise un homme qui sort d'un petit chemin juste au bas de la pente. Ce dernier porte un bleu des chemins de fer et les scrute quand ils s'avancent vers lui. Louis a soudain un mauvais pressentiment. Voilà presque trois jours qu'ils utilisent cette voiture volée. Elle a dû être signalée et on ne peut pas dire que ce spider soit particulièrement discret, bien au contraire. Il dit à Mailly :

– Faut qu'on se débarrasse de la voiture…

– Bon, alors on va prendre la direction du fort de Champagne, à la Duchère[14].

Ils passent au ralenti devant un des cinq bastions du fort, et suivent les remparts, ne voyant pas bien la route dans la nuit tombante, à cheval entre chemin caillouteux et herbe rase, jusqu'à s'arrêter avant de parvenir à l'entrée des fortifications. Ils l'aperçoivent au loin, mais doutent qu'à cette heure tardive un soldat soit de garde dans la petite guérite devant le portail principal, d'autant qu'aucune lumière n'apparaît. Ils tournent à droite, sur un petit chemin, tous phares éteints, et immobilisent le véhicule. Ils en sortent, regardent à droite et à gauche s'ils sont bien seuls, et Mailly démonte les ampoules de phares avant de briser les vitres avec une pierre, puis il lacère les sièges, fait exploser les cadrans, et crève les pneus. Tous deux repartent à pied et finissent par prendre un tramway pour retrouver le centre de Lyon.

Louis sait bien qu'ils n'en resteront pas là. Ce soir-là, il quitte la cabane de Mailly pour rejoindre Belle, une fille qu'il a rencontrée depuis peu, ancienne camarade de Thérèse, et passe deux nuits chez elle. Il a des doutes sur l'organisation du cambriolage, mais après trois jours enfermé dans une chambre, avec ce sentiment étrange d'avoir échappé de justesse à la descente de police et d'y voir comme un signe du destin, il n'a cessé de repenser à Bergeron et au fameux magot qu'on dit qu'il possède. Il n'a rien vu sur place qui lui ferait penser que l'homme est richissime, au contraire même. Mais ce ne serait pas la première fois qu'il entrerait dans une maison bourgeoise qui ne paye pas de mine pour découvrir des trésors à l'intérieur quand, à l'inverse, il a visité des villas cossues dont les coffres étaient désespérément vides. La nuit venue, il retrouve Mailly au bistrot et ils échangent à nouveau sur l'affaire autour d'un verre.

– Je suis partant pour ton affaire... Mais y a deux trois trucs qui me tracassent. Il faudrait que tu ailles faire un autre repérage. J'veux être sûr que les deux vieux sont là-bas, mais seuls...

Le lendemain, 21 octobre, ils ont rendez-vous au même bistrot.

– Je suis retourné à Écully... Et j'peux te dire que ça m'a pris un moment en tramway et à pied... Bref, j'ai revu Bergeron, je lui ai reparlé des meubles en lui disant que je reviendrais avec toi. Tu feras l'antiquaire qui vient faire l'expert. Rien n'a changé sur place. Je pense que les deux vieux sont bien seuls. Y avait personne dans la cour de leur baraque.

Louis est encore méfiant, pense un instant que Mailly lui cache peut-être quelque chose, mais ce dernier insiste, lui confie qu'il a les poches vides et que ses affaires avec les chiffonniers ne sont pas au beau fixe, qu'il a cependant déjà parlé à un certain Crokidis, un receleur grec, de la façon dont ils pourraient écouler le magot après le casse. Louis se laisse convaincre. Ils planifient le coup, s'accordent sur la façon dont ils vont tenir Bergeron et la vieille pour les ligoter et les bâillonner, avant de fouiller les lieux avec méthode. Ils décident aussi de ne pas utiliser de voiture volée, trop voyante et repérable par la police ou des passants, et d'agir à pied après avoir défini le meilleur itinéraire pour accéder à la maisonnée. Le 22 octobre au matin, Gustave parvient sous les fenêtres de l'immeuble où Louis loge dans la chambre de Belle, et l'attend en bas. Il pleut ce jour-là, une pluie fine mais persistante qui, selon Mailly, aura vidé les rues. Louis embarque des bâillons, des cordelettes de coton suiffé, une lampe électrique et met dans sa poche, à toutes fins utiles, un pistolet 6,35 mm[15] dont il n'a pas l'intention de faire usage mais qui peut lui sauver la mise pour tenir en joue Bergeron si celui-ci fait le malin. Vers quatre heures de l'après-midi, ils se mettent en route en silence, répétant chacun dans leur tête le scénario qu'ils ont échafaudé. Ils prennent le tramway, puis après en être descendus empruntent le chemin des Contrebandiers qui mène au fort de Balmont à Champagne. De là, ils prennent un autre petit chemin qui les amène jusqu'à la montée des Roches, puis ils traversent la route d'Écully, et rejoignent le dernier chemin qui les mène jusqu'au lieu-dit Le Pérollier et à la maison de Bergeron. Il est un peu plus de cinq heures quand ils sont à pied d'œuvre, et la nuit s'avance entre les nuages et commence à obscurcir la rue. Mailly frappe au portail, et le propriétaire, après avoir regardé à travers un trou dans le battant en bois, leur ouvre et les fait entrer dans la cour. Gustave explique que, comme convenu quelques jours auparavant, il revient avec Louis pour expertiser les meubles Empire que Bergeron dit vouloir vendre. Ce dernier est un peu surpris de les voir arriver si tardivement, et renâcle à leur faire visiter son dépôt alors que la lumière du jour a sensiblement baissé et qu'il pense qu'ils n'y verront pas assez bien

– On a amené une lampe électrique. Ça sera bien suffisant pour éclairer le mobilier, vous verrez, lui lance Louis.

Bergeron se met à rire et leur rétorque qu'ils prennent leur travail bien au sérieux, puis leur tourne le dos et les engage à le suivre. Comme la première fois, il s'arrête un instant en bas, dans la cuisine, et leur propose un verre. Bergeron doit manquer de compagnie, ou bien profite-t-il de la moindre occasion pour s'en jeter un dans le gosier. Chacun avale son vin en deux gorgées à peine, Mailly reste même debout, pour mieux signifier à leur hôte qu'ils ne vont pas s'attarder. Ensuite, le rentier les fait monter au premier étage dans ses appartements, où ils passent rapidement devant une grande armoire à glace, un buffet, deux fauteuils, puis parviennent dans une autre pièce, pleine de meubles, avec un trumeau posé sur un grand coffre en bois, montent au grenier rempli de chaises, de meubles bas, d'un vaisselier, avant de revenir dans la première pièce où Bergeron termine la visite par un premier lit dont les montants sont démontés et posés contre le mur, et le clou de son mobilier, un second lit modèle Récamier, en excellent état, devant lequel il se plante. Louis et Gustave se sont répartis les rôles. Louis doit saisir l'homme à la gorge et le faire basculer au sol pour l'y maintenir, tandis que Mailly doit prendre la cordelette et le bâillon dans la poche de son comparse et les passer à la victime fermement immobilisée. Mais rien ne se passe comme prévu. Louis demande à Bergeron :

– Combien vous voulez pour le lit Récamier, là ?

– J'dirais dans les 400 francs, répond Bergeron.

– C'est ton or qu'on veut, ou bien ta vie, lui assène Louis

tout en se jetant sur lui, l'étranglant pour l'étourdir et permettre à Gustave d'agir. Quand il saute à la gorge de Bergeron, il le fait tomber à la renverse sur le lit. Mais Mailly, qui s'est emparé du bâillon, ne parvient pas à le passer sur la bouche de leur victime. Bergeron se débat comme un beau diable, jouant des coudes, donnant des coups de genou à Louis, tentant de lui écarter les mains qui enserrent sa gorge. Il se relève même, se met debout, emportant Louis qui est contraint de se redresser lui aussi, sans pour autant lâcher prise. Bergeron cherche à bloquer les bras de Louis, l'étranglement paraissant sans aucun effet sur lui, et Mailly, ayant lâché le bâillon, tente d'écarter la prise de Bergeron. L'homme est fort comme un bœuf et avec deux types sur le dos, il continue de gigoter en tous sens. Ensemble, ils tombent à terre à deux reprises, puis tous se relèvent, et le manège reprend de coups et de mains s'accrochant, pressant, griffant, Bergeron poussant des grognements comme une bête blessée. Louis finit par lâcher à Gustave qu'ils ne vont pas y arriver, qu'il n'en peut plus. Il réussit pourtant à faire un croche-pied à Bergeron et le ramène au sol, le tournant sur le ventre. Il se place alors à califourchon sur son dos et tente de poursuivre son étranglement en serrant sa nuque et le bas de sa gorge. C'est à ce moment-là que Mailly quitte la pièce, avant de revenir presque aussitôt armé d'un marteau qu'il a trouvé on ne sait où, de se placer devant Louis toujours à cheval sur Bergeron et de frapper la tête du rentier d'un grand coup qui se plante profondément dans son crâne. Louis relâche alors l'homme et s'écarte un peu du corps qui ne se débat déjà plus, tandis que Gustave extrait le marteau du crâne, le lève et abat un nouveau coup, puis un autre encore, avant de mettre le marteau dans la main de Louis et de lui ordonner de frapper à son tour pour en finir. Et Louis s'exécute, comme un automate, épuisé, haletant, craignant de voir se relever encore Bergeron et à cet instant, voulant plus que tout au monde que cet homme reste à terre définitivement, et n'en bouge plus jamais. Il frappe à son tour, un coup, puis deux, puis trois. Le crâne éclate en morceaux, de la cervelle se répand sur le parquet, le sang gicle tout autour de la tête.

Au même moment, une voix retentit dans la cour, une voix de femme qui appelle :

– Odolis ? Odolis tu es là ?

Mailly ne reste pas sans rien faire et aussitôt il relève Louis en le prenant sous les aisselles, se tient face à lui, nez à nez, et dit :

– Tu dois t'occuper de la vieille. Maintenant ! On n'a pas le choix.

Louis est dans un état second, les mains pleines de sang, la droite tenant le marteau, il descend l'escalier et parvient dans la cour. À quelques mètres de lui, une vieille femme tout de noir vêtue, cheveux gris réunis en chignon, qui tient quelque chose dans sa main sans qu'il puisse l'identifier exactement, est là immobile, semble l'entrevoir, penche la tête sur le côté et fronce les sourcils comme si elle s'interrogeait sur la présence dans sa cour d'un homme qu'elle ne connaît pas. Louis ne cherche pas à lui parler, ne perd pas de temps non plus, s'avance à grands pas, quelques enjambées qui suffisent à le faire se tenir au-dessus de cette petite forme rabougrie qui relève les yeux vers lui, mais leurs regards ne se croisent pas. Louis abat son marteau d'un coup sec sur le haut de son front. Elle a la tête solide, la vieille, elle tombe à genoux sur les pavés de la cour, en poussant un petit cri d'oiseau, mais elle n'est qu'étourdie. Alors Louis recommence, un second coup, et la boîte crânienne résiste encore, mais la vieille s'étend par terre cette fois. Il se baisse, met un genou au sol, et frappe encore la tête, à l'arrière du crâne cette fois-ci, lequel craque, un dernier coup s'enfonçant enfin dans un jet de sang qui met un terme définitif à l'existence de la tante.

Mailly attend Louis sur le pas de la porte. Il a regardé son comparse agir et la vieille gît désormais sur les pavés, une flaque de sang en train de se former autour de sa tête. Cependant, dans la semi-obscurité, il éprouve le besoin d'une confirmation et demande à Louis :

– C'est fait ?

Et sans attendre la réponse, ajoute :

– Viens ici, qu'on cherche le magot maintenant.

Louis fait demi-tour, le rejoint et Mailly lui prend le marteau des mains :

– On n'avait pas le choix. Bergeron me connaissait pour m'avoir déjà vu, et toi aussi. La vieille t'a vu de près, aussi. Et puis, tu es signalé depuis ta condamnation, et recherché. Ils auraient parlé…

– Tu crois que je le sais pas ? Mon signalement j'en ai rien à foutre. Ça fait un moment que je suis recherché et ils m'ont toujours pas trouvé, lâche Louis qui semble avoir repris ses esprits et se remet en action.

– On commence par fouiller chez le vieux ? Et on s'occupe de l'autre baraque après ? l'interroge Gustave.

– C'est ce qu'on avait dit. On s'y tient. Va par là, en haut, et moi je commence par le bas.

Ils se mettent à l'ouvrage et fouillent toute la maison de Bergeron de fond en comble. Ils ouvrent tous les placards, toutes les boîtes, cherchent un possible coffre. Ils trouvent un peu d'argent liquide, quelques bons au porteur, une montre en or, des alliances et un pistolet 7,65 mm[16], mais rien d'autre. C'est très loin des millions que Mailly lui a vendus pour faire le coup. Louis commence à s'exciter un peu de ne pas trouver ce qu'ils sont venus voler et ce pourquoi ils ont dû faire preuve d'une telle cruauté. Ils décident d'inspecter les lieux ensemble, Louis farfouillant partout et Mailly l'éclairant avec la lampe électrique. Ils traversent la cour, sans un coup d'œil pour le cadavre de la vieille étendu au milieu, et se rendent chez elle. Là, dans le salon et dans sa chambre, ils trouvent deux sacs de pièces en or, un autre sac contenant 8 000 francs en billets, une pierre précieuse, un pendentif et une broche en or, ainsi que deux alliances. C'est déjà mieux, mais à nouveau, pas de millions, seulement quelques milliers de francs à vue de nez, y compris avec les pièces en or. C'est un butin important, mais pas de quoi se refaire une vie tout entière. Le rêve que Louis a caressé un instant s'écroule en quelques secondes. Il se tient immobile, au milieu du couloir, le regard dans le vague, la respiration saccadée.

Il sait qu'il n'a plus rien à faire ici. Il reste la cuisine à fouiller selon Mailly, mais Louis n'en peut plus, il a les avant-bras et les mains couverts de sang, il est épuisé, démoralisé et l'adrénaline est retombée au point qu'il n'a aucune envie de se frotter aux chiens qui sont enfermés dans cette pièce et dont ils ont entendu les grognements derrière la porte. Il dit à Gustave qu'il peut rester s'il le veut, mais que lui se fait la malle avec ce qu'ils ont récolté. Il retraverse la cour, ouvre le portail sans regarder en arrière, et sent Mailly derrière lui qui l'a suivi. Ce dernier découvre qu'un autre pistolet 7,65 mm est disposé dans une petite boîte à côté de l'entrée. Il s'empare de l'arme et la glisse dans le sac où il a placé le marteau. Tous deux referment le battant de bois, jettent un œil dans la rue pour voir si aucun passant ne s'y trouve et, sac sur l'épaule, d'un pas rapide se dirigent vers le chemin qui descend en direction de la route d'Écully. Gustave lui montre le pistolet, commence à lui parler :

– Tu te rends compte ? Si le vieux avait pris son flingue, on aurait fait quoi ? Louis, t'entends ce que je dis ?

Pour seule réponse, Louis lui assène :

– Tais-toi… Marche.

Quand ils traversent la route, à l'intersection des chemins, ils voient un homme qui monte en sens inverse avec une lampe à la main, et qui les éclaire brièvement lorsqu'ils se croisent. Mailly s'arrête de marcher, apostrophe Louis à nouveau en chuchotant. Mais il garde le silence, ne pense plus à rien d'autre qu'actionner ses pieds et il continue d'avancer. Gustave le rattrape, lui dit qu'ils ont sans doute été vus par ce gars qu'ils ont croisé. Louis s'en fiche, il ne l'écoute plus.

La seule chose qui compte alors à ses yeux, c'est de trouver une planque avec un point d'eau, et de se laver les mains pour ôter le sang poisseux et les fragments de cervelle qui sont collés à la peau de ses doigts.

22 octobre 1930 – *Bulletin de situation, 1930 – été/automne : l'été est tout aussi épouvantable et pluvieux que le début d'année, avec un mois de juillet – et jusqu'à la fin août – secoué de violents orages. Les crues se déplacent dans l'Est en novembre, la Meuse et la Seine débordent.*

L'hiver 1929 et le début de l'année suivante sont difficiles pour Gustave dont les douleurs à la jambe reviennent par intermittence et qui finit par abandonner son bras de fer avec Duluc, faute de pouvoir lui payer un loyer. Il quitte définitivement l'appartement et Saint-Didier-au-Mont-d'Or pour s'installer dans une cabane de planches et de matériaux de récupération en bordure de Saône, non loin de la passerelle Mazaryk, dans une sorte de bidonville où il retrouve plusieurs chiffonniers de sa connaissance, notamment Anselme qui lui a trouvé ce point de chute. Le logis est sommaire, une ancienne baraque de foire reconvertie en maison de fortune, un sol en terre battue, des planches à demi jointées et sans isolation, un toit à l'avenant, et un poêle à bois rudimentaire au centre de l'unique pièce, avec deux matelas posés l'un sur l'autre, une table, quatre chaises, et quelques caisses en bois qui font office de meubles de rangement. Pas d'eau, pas de sanitaires à proximité, pas de gaz, et encore moins de chauffage au charbon, mais Gustave ne se plaint pas, il a beau s'éclairer à la lampe à pétrole, le temps est effroyable au-dehors, avec une pluie persistante et il dispose au moins d'un abri pour se tenir au sec. Il a aussi la chance d'être seul dans sa cabane, la plupart des autres maisonnées aux alentours sont peuplées d'Espagnols et d'Italiens qui s'entassent en famille avec plusieurs enfants, et les nuits sont pleines de leurs voix étrangères et de cris de bébés mal nourris. Pendant quelques mois, il parvient à faire quelques affaires avec Anselme, mais à l'été ce dernier disparaît subitement alors qu'ils devaient se rejoindre pour rencontrer un client. Le lendemain de cette disparition, Gustave finit par apprendre que son ami a été arrêté pour une affaire de bijoux à laquelle il a participé, ayant revendu une broche à un bijoutier de Dardilly et une chaînette en or à un particulier. Plusieurs jours passent sans qu'Anselme réapparaisse mais surtout sans que personne vienne le chercher lui, et il en conclut qu'il n'a pas été donné. Cependant, ses ressources se raréfient, et la perte d'Anselme n'est pas facile à combler avec les autres connaissances de Gustave. Fin juin, il croise dans un bougnat Louis Rambert, qu'il n'avait pas revu depuis qu'il lui avait fait faux bond lors de leur rendez-vous manqué de novembre 29. Ce dernier ne lui en veut pas, lui dit-il, et comprend bien que ses problèmes de santé aient pu l'empêcher de le suivre. Ensemble, ils discutent de plusieurs affaires sur lesquelles Rambert travaille, en particulier son projet de faire le barbe avec deux filles qu'il aimerait mettre sur le trottoir, mais aussi des repérages de cambriolages et de larcins où Gustave pourrait s'avérer utile pour écouler la marchandise. Rambert le raccompagne à sa cabane ce jour-là, et lui promet de repasser le voir bientôt, mais il ne réapparaît pas pendant des lustres.

* * *

Une version des faits, selon le point de vue de Gustave

Et puis, en soirée, fin août 1930, alors qu'il pleut des seaux et que la baraque résonne comme un tambour de toute cette eau qui se déverse sur le toit de tôle, quelqu'un frappe à la porte de sa cabane. Rambert se tient sur le seuil, essoufflé, et il est trempé jusqu'aux os. Il en tremble tellement il est frigorifié, serrant les bras contre sa poitrine, tête nue, ses cheveux bruns trop longs et gorgés d'eau ruisselant en retombant sur les oreilles et le front. Gustave l'accueille, le fait se déshabiller devant le poêle, dépose caleçon, pantalon et vareuse sur une chaise, ajoute une bûche pour alimenter le feu et augmenter la température dans la cahute, et lui propose des vêtements secs qu'il sort d'un grand sac marin, piochés parmi plusieurs fripes dénichées dans la rue. Il est fasciné un moment par la vue de Rambert nu et des multiples tatouages qui parsèment son corps, en particulier celui sur son poitrail, aigle et dragon mêlés. Il a toujours souhaité sauter le pas et se faire tatouer, mais a fini par abandonner, craignant, depuis ses nombreuses mésaventures hospitalières, les aiguilles et les infections qu'elles génèrent.

– Pourquoi t'es sorti par ce temps, l'orage t'a surpris ? demande Gustave.

– Pas eu le choix. Me suis sauvé, tiens, répond Louis tout

en finissant de passer une chemise qui a dû être blanche un jour mais qui a viré au grisâtre depuis longtemps, sans que l'on sache s'il s'agit de saleté ou d'usure.

– Sauvé ? De chez toi ?

– J'ai les matons[17] au cul. Sont montés à la Croix-Rousse, et j'ai eu de la chance. J'en ai vu un par la fenêtre. Il allait vers chez moi. J'ai entendu la porte du bas claquer. J'ai éteint les lumières, et je suis sorti par les toits. Failli me rompre les os dix fois en glissant de partout sous la pluie. Arrivé en bas dans la rue, j'ai vu qu'on allumait chez moi. Ensuite, j'ai couru.

– Comment ils savaient que t'étais là ?

– C'est une bourdille[18] qui m'a donné, c'est sûr. Celui-là, si je l'attrape... je lui tords le cou.

– T'as besoin de quelque chose ?

– Que tu me planques un moment. Ils vont continuer à me chercher maintenant qu'ils savent que j'suis par là. Cette fois, j'suis pas passé loin. Et je peux pas me faire prendre, y a trop dans la balance.

– Pourquoi ? Qu'est-ce que t'as fait ?

– Rien... Enfin... j'ai fait équipe avec des gars. Sur des coups, et à la chasse aux petits poulets de grain au parc de la Tête-d'Or. Je me suis fait pas mal de sacs[19] avec la casse pour finir. Mais ces gars, c'étaient pas des bons. Y en a deux qui se sont fait prendre par les matons. Je croyais que c'étaient des amis. Tu parles ! Ils ont pas traîné pour me donner, tiens, à me dégoûter de l'amitié. Ils sont passés au tribunal le mois dernier. J'ai pris du temps, je ne sais pas combien, dix ou vingt ans de travaux forcés par contumace. Enfin, c'est les bruits qui courent dans une maison où je vais, en tout cas. Et j'veux bien le croire.

– Tu peux rester, si tu veux. Je vais bouger un matelas pour que tu puisses dormir. J'ai rien à manger, mais on peut faire du café.

– Toi, t'es un ami. Pas comme ces salauds de bourdilles…

Et Rambert reste près d'une semaine enfermé chez Gustave, dormant le jour et ne sortant que la nuit, de crainte de se faire repérer par la police. En fin de journée, quand Gustave rentre à la baraque, ils dînent tôt et Louis s'en va ensuite, seul le plus souvent. À une occasion, le 1er septembre, il convie Gustave à l'accompagner dans une maison close et lui paye du bon temps avec une fille pour le remercier de son accueil. À leur retour cette nuit-là, Rambert se confie sur un coup qu'il a en vue depuis un moment déjà, mais qui nécessite d'être au moins deux pour réussir. Il a repéré un certain Bergeron, qui est rentier et qui vit du côté d'Écully dans une bâtisse dont il ne sort que rarement. Cet homme, âgé selon ses dires, avare et peu dépensier, est riche à millions. Le braquer serait un bon moyen de se faire suffisamment d'argent pour vivre un bout de temps et le coup n'est pas très risqué. Il lui faut quelqu'un pour faire le guet pendant qu'il se charge du bonhomme, puis pour l'aider à fouiller les lieux et récupérer le magot. Gustave y réfléchit un moment, il n'a jamais pratiqué directement un cambriolage. Il a fait du repérage, ou le guet pour d'autres. Il a fait dans l'achat et la vente d'objets dont la provenance n'était pas claire ou dont il savait pertinemment qu'ils avaient été dérobés. Il a pratiqué le recel et dispose d'une planque dans les bois qui lui sert à entreposer du matériel à revendre. Et il lui est arrivé de voler parfois, par opportunisme, quand l'occasion se présentait, des draps ou des vêtements étendus à sécher dans des jardins, des affaires qui traînaient sur un rebord de fenêtre, des outils dans une grange ou une remise, des chandeliers dans une église déserte, des fers à cheval chez un maréchal-ferrant dont l'écurie était ouverte à tous les vents, des tiges de métal ou du bois entreposés sur des chantiers, ce genre de choses, mais jamais de pratiquer lui-même des effractions et d'entrer seul chez quelqu'un, que la personne soit absente ou non. Tandis que Rambert dort à poings fermés, il part faire le tour de ses amis chiffonniers et leur demande de se renseigner sur le fameux Bergeron pour lui, savoir qui il est, si ce qu'on dit de lui est vrai. L'un d'eux, Crokidis, un Grec installé en France depuis une quinzaine d'années, vient voir Gustave et lui confirme tout ce que Rambert a dit : Henri-Odolis Bergeron est bien un rentier ; vivant avec une vieille tante, il se serait retiré dans une maison, une sorte de ferme qui a longtemps servi de café rustique, au Tronchon, sur la route entre Écully et Dardilly, au lieu-dit Le Pérollier. Selon le chiffonnier, le bonhomme est connu du milieu de la brocante pour faire dans la vente d'objets et de meubles anciens de temps en temps, mais il a surtout la réputation d'être très riche, de ne pas faire une grande confiance aux banques et d'avoir planqué chez lui l'essentiel de sa fortune, évaluée entre cinq cent mille et un million de francs au moins. Certains racontent qu'il a une marmite pleine de pièces d'or pendue à une chaîne dans la cheminée, et même si Gustave est un peu dubitatif à cette évocation, il ne peut s'empêcher de se représenter ce trésor et une image se dessine très vite dans son esprit. La maison est assez isolée, les vieux n'en sortent que rarement, et on les dit aussi pingres l'un que l'autre. Crokidis, sans avoir l'air d'y toucher, ajoute aussi que, si d'aventure Gustave avait un moyen de récupérer ce magot, il serait susceptible de refourguer l'or, les bijoux et les bons au porteur et lui en donnerait un bon prix.

Le 6 septembre, alors que Rambert a fini par quitter la cabane, lassé de cette vie sans confort, et s'est trouvé une petite chambre d'hôtel, il se pointe chez Gustave en fin de journée et lui demande s'il a réfléchi à sa proposition. Gustave est encore prudent, mais il lui annonce qu'il a un possible receleur dans sa manche si le coup réussit, cependant il émet un doute raisonnable :

– Tu crois pas qu'avant de se lancer, on devrait repérer les lieux ? Surtout que j'ai appris que le type n'est pas seul. Il vivrait avec une vieille tante… Crokidis m'a donné l'adresse et c'est pas la porte à côté.

Rambert est impressionné par le travail préparatoire de Gustave, mais il n'aime pas se fatiguer à trop marcher et insiste pour y aller en voiture alors qu'aucun d'eux n'en possède une.

– Je connais un garage… C'est du côté de Saint-Rambert-l'Île-Barbe. Là-bas, y a des bourgeois qui laissent leur auto… On peut y aller et en prendre une, ça te va ? propose alors Gustave.

À onze heures, après une marche dans la nuit, ils parviennent jusqu'au fameux garage, Gustave fait la courte échelle à Louis qui passe par-dessus le mur et vient lui ouvrir le portail de l'intérieur. Ni l'un ni l'autre n'avaient vérifié auparavant, mais la porte n'était pas verrouillée et Rambert a donc grimpé le mur pour rien. Sur les trois voitures garées là, il jette son dévolu sur un spider Licorne biplace 5V qu'il a déjà eu le loisir de manier par le passé et dont il connaît bien la conduite. Une fois la voiture démarrée, ils roulent dans la nuit, se font peur en croisant un agent de police qui fait la circulation à une heure particulièrement tardive, se rendent ensemble au Pérollier, font le tour de la bâtisse au ralenti, avant de se garer un peu plus loin, au bas de la pente, et ils remontent ensuite la rue à pied. Ils passent à nouveau devant la maison en marchant, regardant à droite et à gauche, repérant les voisins éventuels, et quand ils arrivent en haut de la route, ils font demi-tour et redescendent jusqu'à la voiture. Louis pense que l'affaire est faisable, la rue n'est pas passante, les voisins assez éloignés et la maison protégée derrière de hauts murs ; une fois entrés, ils seront plus tranquilles pour agir à leur guise à l'intérieur. Gustave n'est pas rassuré pour autant, il aurait aimé apercevoir les deux vieux, mettre un visage sur ces gens, se rendre compte de leur apparence. Pour mettre un terme à ses résistances, Rambert lui propose de fonctionner en deux temps : revenir le lendemain avec la voiture qui fera bonne impression sur Bergeron, et se garer juste devant son portail avant de sonner et de présenter Gustave comme un antiquaire qui veut voir les meubles que le vieux a à proposer. Ainsi, il verra le type, et il pourra jeter un œil à l'intérieur pour mieux saisir comment sont disposés les lieux. Gustave accepte sa proposition, et ils retournent sur leurs pas, Louis garant la voiture dans une grange à proximité de la baraque avant de rejoindre sa chambre d'hôtel. La nuit est courte pour les deux hommes, Gustave parce qu'il ne parvient pas à trouver le sommeil et ne cesse de gamberger, Louis parce qu'il a fait monter dans sa chambre Belle, une fille rencontrée deux jours plus tôt en partant de chez Mailly. Le 8 septembre, Gustave et Rambert remontent sur la route d'Écully et vers quatre heures trente de l'après-midi, ils se garent devant le portail de Bergeron comme prévu. Après avoir frappé au battant, un homme ouvre le judas du portail pour regarder qui est là, puis entrouvre et demande ce qu'ils veulent. Bergeron porte une chemise crème aux manches retroussées dont les pans débordent de son pantalon marron, comme s'il n'avait pas pris le temps de s'habiller ou s'était baissé sans s'apercevoir que sa chemise ressortait. Il se rhabille tout en ouvrant la porte, et se tient ensuite devant eux les mains sur les hanches. Gustave le jauge un instant et se rend compte que le bonhomme n'a pas l'air commode et surtout qu'il n'a rien d'un vieillard tel que Rambert le lui avait décrit. C'est un homme dans la cinquantaine, de bonne carrure, avec un cou épais et un visage sévère, les cheveux poivre et sel clairsemés sur le haut du front et une fine moustache noire sur le dessus de la lèvre supérieure. Rambert présente Gustave comme un antiquaire de Lyon, et lui-même comme son ami qui l'accompagne, et Gustave enchaîne immédiatement :

– Vous n'avez pas quelques vieux meubles en réserve par hasard ? On m'a dit que vous seriez vendeur.

– Oui, j'ai ça, des meubles qui datent de l'Empire si ça vous intéresse, répond Bergeron.

– On pourrait peut-être les voir alors ? demande Rambert.

– Ma maison n'est pas en ordre. Il se fait tard et il faudrait que je fasse un peu de rangement pour vous présenter les choses comme il faut. Là, je suis occupé par ma cave, à déplacer les bouteilles. Repassez dans quelques jours, si vous voulez.

– Bien, on repassera alors. Monsieur… fait Rambert en acquiesçant, puis en mettant la main à une casquette imaginaire et en baissant brièvement la tête en signe d'au revoir, avant de tourner les talons et de se diriger vers la voiture pour se mettre au volant.

Gustave n'ajoute rien à ce premier contact, il salue Bergeron à son tour, se retourne et monte en voiture en s'asseyant à la place passager. Au même moment, une femme qui vient de la rue, portant un panier, passe le portail et entre chez Bergeron, se retourne et regarde les deux hommes dans la Licorne. Rambert lui demande s'il reconnaît la femme, et Gustave est bien incapable de lui répondre, il n'a pas plus d'idée que lui sur l'identité de cette quinquagénaire qui est soit une voisine de Bergeron, soit une connaissance qui vient le visiter, en tout cas pas la tante, elle est trop jeune pour cela. Louis amène la voiture sur la route de Parsonge, où Gustave a quelqu'un à voir, Bernard, un ami de son frère Étienne, qui travaille pour la voirie de Dardilly et lui doit un peu d'argent qu'il veut récupérer au passage. Tandis que Rambert est resté dans la voiture, au retour de Gustave, celui-ci demande à son complice :

– Alors ? Qu'est-ce que tu penses de l'affaire ? Tu le vois comment, avec le vieux ?

– C'est faisable, maintient Rambert. Suffit de s'organiser comme il faut.

– J'suis pas si sûr… lâche Gustave, de plus en plus réticent. Pour moi, y a trop de mouvements chez Bergeron. T'as vu la bonne femme qui est entrée chez lui ? Y a trop de risques pour faire ce braquo comme ça. Vaudrait mieux attendre l'hiver. Quand y aura moins de passage. Ce sera plus simple pour agir, d'autant que le vieux, ben, j'trouve qu'y paraît en forme, moi. Va pas être facile à maîtriser celui-là…

– Le vieux, c'est un cadavre en sursis si tu veux tout savoir. Et la vieille, même si on l'a pas vue, c'est pareil. Tout seul, c'est pas faisable, mais à deux on peut y arriver. On bâillonne Bergeron et on le ligote comme il faut. Et la vieille, elle peut à peine marcher de ce que je sais. Te fais pas de mauvais sang pour elle, elle a la vue basse, est quasi aveugle de ce qu'on dit… tente Rambert avant de se raviser. Mais d'accord, on est pas pressés sur ce coup, on peut remettre à plus tard, si tu le sens pas…

Là-dessus, Rambert redémarre le cabriolet et ils reprennent la route en silence. Au carrefour suivant, ils croisent un employé des chemins de fer en uniforme qui scrute leur voiture et les regarde eux aussi par la même occasion, et Rambert s'arrête un peu plus loin. Il s'inquiète désormais du caractère voyant du véhicule qu'ils ont choisi, et craint qu'on puisse trop facilement les repérer avec. Gustave trouve qu'il est bien temps de se poser ce genre de question, mais s'il le faut, alors ils se débarrasseront de la voiture au fort de Champagne. Ils roulent et aperçoivent bientôt les hauts murs des fortifications de la Duchère, des meurtrières en rangs d'oignons tout du long, avec un tertre herbeux au sommet, au niveau des parapets. Ils suivent l'enceinte au ralenti, contournent la saillie de pierres formée par un des bastions du fort, puis, avant de parvenir à l'entrée principale, dépassent un talus sur leur gauche, bifurquent sur un petit chemin et arrêtent la voiture. Après que Louis s'est garé, Gustave brise les vitres du cabriolet, déchire sa capote, casse les phares, et récupère les ampoules qui pourront servir pour remplacer celles d'une camionnette d'un chiffonnier de ses connaissances. Pendant le mois qui suit, ils ne reparlent plus de l'affaire d'Écully, se concentrent sur d'autres activités, bien qu'ils travaillent ensemble sur plusieurs cambriolages de Rambert dont Gustave écoule les objets volés. Leurs mondes sont proches mais cependant un peu différents. Gustave circule dans le milieu des chiffonniers, des prêteurs sur gage, des receleurs, et même de certains employés de banque, tandis que Rambert a ses attaches avec les maquereaux et les voleurs du milieu et passe la plupart de ses nuits avec des filles de rue. Mais le 20 octobre, il remet l'histoire sur la table lors d'une soirée très arrosée. Il vient de cambrioler une villa à Champvert et en a retiré de quoi régaler la compagnie, puisqu'ils sont une dizaine à se retrouver dans une maison de passe après avoir dîné et bu ensemble. Il prend Gustave à part, et malgré son haleine chargé d'alcool, lui parle calmement :

– Tu vois, ce que j'ai ramené ce soir ? C'est rien… ça se mange en une nuit. Tu en profites, les autres aussi. C'est bien, mais j'veux plus que ça. Pas toi ?

– Faut voir. Tu penses à quoi ?

– Écully, les vieux… On a laissé passer le temps mais si on le fait pas, d'autres vont s'y mettre.
– On a dit que c'était trop risqué.
– C'était y a plus d'un mois. J'y suis retourné avant-hier. Rien n'a changé là-bas. Mais c'est désert maintenant. Commence à faire froid et la pluie n'arrête pas.
– Et la vieille ? Tu l'as vue.
– Elle est comme je disais, à moitié aveugle et elle tient pas debout. Je sais faire des bâillons, je te montrerai, y aura qu'à les maîtriser. Le vieux, je le prends à la gorge et toi tu le bâillonnes, et on ligote les deux. On cherche le magot, on fouille partout et si on trouve pas, alors on les travaille un peu pour qu'ils disent où c'est caché ; ça ira vite.
– Tu crois qu'il y a combien ? Autant d'or qu'on le dit ?
– J'sais pas. On verra. Mais oui, beaucoup en tout cas.
– Quand est-ce qu'on y monte alors ?
– Après-demain. Dans l'après-midi, comme la dernière fois.

Le 22 octobre, à seize heures, avant de partir de chez Gustave, Rambert met dans un sac deux bâillons, et de la cordelette en coton suiffé de l'épaisseur d'un doigt pour attacher les vieux. Il pleut une petite bruine désagréable, de celles qui s'insèrent insidieusement dans tous les vêtements et trempent lentement mais sûrement le moindre passant. En conséquence, les rues sont quasi désertes quand ils partent ensemble, prennent un tramway puis empruntent différentes ruelles, et atteignent le sentier des Contrebandiers qui mène au fort de Balmont à Champagne. De là, ils prennent un petit chemin qui les mène jusqu'à la montée des Roches, puis ils traversent la grand route d'Écully et parviennent jusqu'à un nouveau chemin qui va jusqu'au Pérollier. À cinq heures, ils sont presque devant chez Bergeron et la nuit s'apprête à tomber quand ils frappent au portail. L'homme regarde à travers le judas, les reconnaît et leur ouvre la porte. Louis engage tout de suite la conversation :

– On est venus y a plus d'un mois, vous vous souvenez ?

– C'est pour les meubles, c'est ça ? dit Bergeron.

– Oui. Ceux dont vous avez parlé, qui datent de l'Empire…

– Il est tard, fait presque plus jour, vous allez pas voir grand-chose dans ma remise.

– Vous inquiétez pas, j'ai une lampe électrique, on pourra voir encore mieux avec ça.

– Une lampe électrique ? dit-il en riant. Vous manquez pas de ressources… Bon, entrez que je vous montre rapidement. Faut aller à l'étage.

Là-dessus Bergeron les fait entrer dans la cour de ce qui avait dû être une ferme autrefois, avec deux corps de bâtiments, à droite une maison aux volets fermés qui doit être celle de la vieille et à gauche une grande bâtisse vers laquelle il les dirige. Au rez-de-chaussée, ils s'arrêtent un instant sous un appentis où leur hôte les prend au dépourvu et leur demande s'ils veulent boire un canon. Gustave et Rambert ne savent pas quoi répondre, ne s'attendaient pas à cette invitation de la part d'un homme qu'on leur a dépeint comme particulièrement méfiant et précautionneux. Peut-être sont-ils tombés sur un bon jour, et l'homme se montre-t-il désireux de partager un moment convivial avec des étrangers ? Toujours est-il qu'ils acceptent la proposition, et les voilà bientôt réunis dans la cuisine, chacun avec un verre entre les mains, à goûter une bouteille que Bergeron est allé chercher dans sa remise qu'il appelle pompeusement une cave. Gustave est de plus en plus mal à l'aise, mais Rambert joue parfaitement bien son rôle, il sourit, rigole, dit que ce vin est fameux et remercie Bergeron pour son verre. Pour mettre fin à la comédie, Gustave finit par se lever et demander où se trouvent les meubles, et Bergeron, comme déçu de devoir passer aux choses sérieuses avant l'heure, se lève à son tour et leur demande de le suivre à l'étage. Parvenu sur le palier, il leur montre d'abord une grande armoire à glace qui ne paraît pas d'époque, mais Gustave ne lui en fait pas la remarque, puis ils passent dans une pièce fourre-tout où Bergeron leur montre une commode, un petit bureau, un vaisselier, avant de passer dans la pièce suivante où il y a plusieurs lits disposés de chaque côté des murs. L'un d'eux est un lit Récamier dont la literie, matelas, traversin et coussin, est entièrement recouverte d'un tissu jaune et blanc à rayures. Louis lui en demande le prix, et Bergeron prend une minute pour réfléchir avant d'annoncer en souriant « 400 francs ». Au moment où il énonce la somme, Rambert lui saute dessus et le saisit à la gorge tout en le poussant sur le lit derrière lui. Il s'y effondre, en se tenant la gorge et en cherchant à faire lâcher prise à son assaillant, tandis que Gustave, pris au dépourvu, ne sait pas comment réagir. Louis lui crie de prendre les bâillons dans sa poche de manteau, et il s'exécute, mais Bergeron est encore fort et il bascule Louis en arrière, lui infligeant un coup au ventre qui le fait gémir mais pas lâcher prise. Gustave se rapproche sur le côté, essaie de lui passer le bâillon sur la bouche, mais Bergeron se débat comme un beau diable, agrippant Rambert d'une main en lui tirant les cheveux, et repoussant Gustave de l'autre main en essayant de se défaire du bâillon que ce dernier tente de lui appliquer sur les lèvres. Rambert lui tient toujours la gorge à deux mains, cherchant à l'étrangler, mais le cou de Bergeron est bien trop épais et il ne parvient pas à en faire le tour avec ses doigts et à affirmer sa prise. L'homme tente de se relever, y parvient un instant, avant de retomber en arrière, poussé par Rambert. Gustave se retrouve bientôt renversé sur le dos, Bergeron le bloquant au sol avec le poids de son corps, et Louis serrant désespérément la gorge en espérant qu'il va finir par étouffer et lâcher prise. Mais rien n'y fait, au point même que Bergeron finit par se dégager, se relever à nouveau et balancer un coup de pied à Gustave qui s'effondre au sol. À cet instant, Rambert a fini par relâcher son étreinte sur le cou de Bergeron, s'apercevant que ça ne sert plus à rien. Il a distingué à côté du lit Récamier un sac en cuir contenant des outils posé à même le sol, et en laissant Bergeron s'occuper de Gustave une seconde, il s'est déporté légèrement en arrière pour saisir le premier outil qui lui est venu sous la main : un marteau. Il s'est relevé alors et au moment même où Bergeron se retourne vers lui, il lui inflige un violent coup sur la tempe droite. Malgré le choc, le bâillon à moitié posé en travers de la bouche, Bergeron pousse un cri étouffé, semble encaisser tout en se pliant en deux, s'agenouillant et dodelinant de la tête, puis fait mine de se relever encore. C'est trop pour Rambert qui n'a sans doute aucune envie de le voir encore debout et qui se rapproche pour lui porter un second coup au crâne, toujours sur le côté droit. Bergeron pousse un grognement étrange, comme un meuglement mi-humain, mi-animal, et se tourne vers Gustave qui est resté au sol, tandis que son agresseur vient derrière lui et lui balance de toutes ses forces un troisième coup au même endroit. La peau du crâne explose et des morceaux de cervelle giclent sur le parquet. Bergeron fléchit en soufflant, à moitié sur les genoux, la tête affaissée sur le côté gauche, ses bras désormais inertes le long du corps. Rambert lui donne un nouveau coup sur la tête et le sang se répand en traînée sur le tissu jaune et blanc du lit Récamier. Bergeron tombe de tout son poids sur le sol et produit une sorte d'ultime rot, avec du sang et de l'écume s'écoulant de la bouche. Gustave s'est réfugié dans une encoignure de la pièce et regarde, en tremblant, Rambert s'approcher du corps inerte de Bergeron et lui infliger un dernier coup de marteau sur la tête comme pour vérifier qu'il est bien mort et ne se relèvera plus. Ce faisant il agrandit sensiblement le trou qu'il a créé dans la voûte crânienne, et un jet de sang et de cervelle supplémentaire se répand entre les lames du parquet. Et puis, il y a un instant de suspension, comme si tout s'arrêtait soudain, Gustave osant juste respirer et bouger un peu, Rambert immobile à genoux à côté du cadavre de Bergeron, le marteau en main, le regard perdu dans le vide.

Quelques secondes de silence et de calme absolu, soudain troublés par une voix nasillarde qui se fait entendre depuis le rez-de-chaussée et passe par la cage d'escalier : « Odolis ? Tu es là-haut ? Bon, je ne sais pas ce que tu fiches, mais pour te dire, je m'occupe du lait, hein. » Gustave ne bouge pas d'un pouce durant une minute, puis se lève quand Rambert lui aussi se met en marche et se dirige vers l'autre pièce. Il lui chuchote « Où tu vas ? » mais Rambert ne lui répond pas, avance jusqu'à l'escalier et descend à toute vitesse, le marteau ensanglanté fermement tenu dans la main droite. Gustave reste pétrifié dans son coin, jusqu'à ce qu'il entende un nouveau couinement étrange, puis un bruit sourd, comme celui d'un sac qui tombe sur le sol. Il se précipite alors, essaie de descendre les marches quatre à quatre, mais avec sa jambe il n'y parvient pas, doit ralentir pour ne pas glisser, et dans le couloir qui mène de la cuisine à la cour il tombe sur Rambert de dos, avec à ses pieds une mare de sang, et dans cette mare le corps d'une femme en robe noire, tenant encore dans sa main une berthe. Quand il s'approche, il s'étonne une seconde de la couleur de la chevelure de cette femme, composée de reflets étonnamment rougeoyants dans une masse de cheveux gris. La vieille a elle aussi le crâne défoncé et Gustave ne peut s'empêcher de crier :

– Qu'est-ce que tu as fait ? Tu es fou ? Tout ce sang !

– Le problème est réglé, c'était pas si compliqué. Maintenant, on fouille la baraque. Allez. On n'a pas de temps à perdre, lui dit Rambert en se retournant vers lui.

– On n'était pas obligés de faire ça !

– Tu rêves ? Ils nous ont vus. Le rentier pouvait te reconnaître facilement avec ta jambe qui boite.

– Et toi ? Tu crois pas que t'es signalé ?

– Et alors ? Je suis déjà condamné, et signalé, je le suis depuis un bout de temps, alors ça change rien. Je m'en fous du signalement.

– Mais tu avais prévu ça ?

– J'avais rien prévu. Tout ce que je veux c'est le magot, et toi aussi. On est là pour ça, alors bouge-toi. Allez, faut trouver où il a caché son fric, le vieux.

Rambert retourne dans le bâtiment de gauche, celui de Bergeron, et Gustave finit par le suivre. Ensemble, ils fouillent toute la masure de fond en comble, renversent les étagères, ouvrent tous les placards, vident toutes les armoires, éventrent les matelas des différents lits, en les balançant par-dessus le corps inerte de Bergeron, poussent les miroirs qui pouvaient cacher un coffre derrière. Gustave éclaire Rambert avec sa lampe électrique et ils avancent pièce par pièce, méthodiquement, mais pour finir, dans la maison de Bergeron, ils ne trouvent que 400 francs en billets dans une boîte à faux cols, 40 titres au porteur dans un secrétaire, une montre en or et deux alliances en or dans la table de nuit, et un pistolet 7,65 mm caché dans la cuisine. Rambert enrage de ne pas trouver le magot espéré, et furieux se tourne vers Gustave, le regard fou. Ce dernier essaie alors de calmer son comparse et l'incite à aller fouiller chez la vieille. Ensemble, ils entrent dans l'autre bâtisse, celle à droite de la cour qu'ils retraversent en évitant de marcher dans la flaque de sang qui a commencé à dégouliner du parquet de l'étage et à se répandre dans le couloir qui mène à la cuisine chez Bergeron. Et Gustave se fait bientôt la remarque que le rentier avait beau porter tête haute, c'était la vieille tante qui tenait les cordons de la bourse. Ils trouvent chez elle plus de 8 000 francs en pièces de 100, 20 et 10 francs dans des sacs déposés dans un bahut, mais tandis que Rambert effectue le décompte dans le salon,

Gustave continue ses investigations seul dans la chambre, et dans l'armoire, sous une pile de draps, il tombe sur deux autres sacs contenant 180 pièces d'or, ainsi que deux alliances, une broche en or et dans un petit sachet de tissu une pierre précieuse taillée mais non montée sur un bijou. En revenant auprès de Louis, il lui montre sa trouvaille et lui demande de partir maintenant qu'ils ont déniché l'essentiel du butin, mais Rambert ne l'entend pas de la même façon. On lui a promis des centaines de milliers de francs et on est loin du compte, il veut sa part de ce trésor et il reste encore des pièces à fouiller, notamment la cuisine de la vieille. Mais quand il s'en approche et entrouvre la porte, il entend des grognements bien distincts dans la nuit et referme immédiatement. Il y a des chiens confinés dans cette pièce, ce qu'ils n'avaient pas prévu. Ceux-ci n'ont fait que grogner avant qu'il ne rabatte le battant de porte, mais ils pourraient aboyer et avertir le voisinage, et bien sûr aussi les attaquer s'ils décidaient de fouiller la cuisine. Gustave juge que c'en est trop, qu'il leur faut filer sans demander leur reste et il s'engage dans la cour. Son complice, à contrecœur, finit par le suivre.

En quittant la propriété de Bergeron, Rambert remarque une petite boîte près du portail et se demande à quoi elle peut servir. Il s'en approche, demande à Gustave d'attendre une minute, l'ouvre et trouve un second pistolet 7,65 mm glissé à l'intérieur. Il s'empare de l'arme sous les yeux de Gustave qui en pâlit soudain, et en l'empochant, il lui dit :

– Ben, ça m'en fera quatre comme ça !

– Comment ça ? De quoi tu parles ? demande Gustave, surpris.

– Au cas où… lui explique-t-il, en sortant de son sac deux pistolets automatiques 6,35 mm Le Français qu'il avait pris avec lui.

Gustave prend alors conscience que Bergeron disposait de deux armes chargées, une dans la cuisine, une autre près du portail, et comprend que l'affaire aurait pu tourner tout autrement si l'homme avait été aussi prudent qu'on le disait et était parvenu à s'emparer d'une de ses armes. Et si Rambert et lui s'étaient mis à riposter et à faire feu en s'attaquant l'un l'autre… L'image d'une bataille rangée à coups de pistolets lui donne le tournis. Ils n'ont pas pensé à fouiller les poches de Bergeron et n'ont pas les clés pour cadenasser le portail qu'ils sont contraints de laisser à moitié refermé en quittant les lieux. Ils empruntent le même itinéraire qu'à l'aller, par des petits chemins pour se rendre le plus invisibles possible. Mais dans le passage qui les ramène de la grand route d'Écully au fort de Balmont à Champagne, ils croisent un homme qui marche dans la nuit avec une lampe, qui les entend arriver à plusieurs mètres et braque son faisceau lumineux sur eux. Rambert est sur le point de le frapper quand ils se croisent, mais Gustave le prend par les épaules et lui fait faire un écart tout en continuant à marcher et en l'entraînant avec lui. Ils poursuivent leur route, les sacs chargés de leur butin, et finissent pas rejoindre les ruelles de Lyon, puis par monter dans la chambre d'hôtel de Rambert. Gustave est épuisé par cette longue marche et ne cesse de se masser la jambe, tandis que Louis se lave au gant et change de vêtements. Il prête à Gustave un veston propre, le sien ayant été éclaboussé par le sang de Bergeron, et avec les vêtements ensanglantés il fait un balluchon et y glisse le marteau à l'intérieur. Gustave demande à Rambert de se séparer des armes de Bergeron qui doivent être déclarées et qui sont trop faciles à remonter si la police tombe dessus. Ce dernier n'a pas envie de lâcher les pistolets, mais il finit par se laisser convaincre, et calcule même que ça ajoutera du poids au sac de vêtements. Une fois changés tous les deux, ils laissent le butin dans la chambre, redescendent dans la rue, se dirigent vers les quais côté Rhône et après avoir vérifié qu'ils sont bien seuls, balancent le balluchon le plus loin possible dans le fleuve, puis font demi-tour et repartent vers l'hôtel. Gustave se sent désormais mal à l'aise en présence de Rambert. Il ne veut pas rester seul avec un criminel qui a assassiné de sang-froid deux personnes à coups de marteau et qui se balade avec des pistolets dans les poches. Il lui propose d'aller souper chez son frère, Étienne, qui dispose d'un petit appartement sur la colline de Fourvière. Grâce à son ami Bernard, ce dernier a fini par trouver un travail à la voirie de Lyon et s'accroche désormais à ce poste de fonctionnaire comme à une bouée de sauvetage, étant très porté sur la bouteille et ayant abandonné toute autre ambition. À vingt heures passées, ils partent de la rue Gentil où se trouve la chambre de Rambert et qu'ils ont fini par rejoindre, descendent jusqu'à la place des Jacobins, avant de traverser la Saône sur la passerelle du palais de justice et rejoindre la rue Tramassac. Ils remontent la rue, passent devant l'établissement Sainte-Blandine avec son fronton triangulaire, ses arcanes en demi-cercle au-dessus de lourdes portes en bois brut, puis l'hôtel du Petit Versailles où Rambert dit être monté avec une fille une fois, situé juste en face d'un reste de vieux mur romain. Ils marchent au milieu de la chaussée, sur les pavés disjoints qui les font un peu glisser, mais les trottoirs sont ridiculement peu larges, ils craignent de se cogner contre des encoignures et préfèrent prendre leurs aises au centre de la rue vaguement éclairée par les luminaires à gaz. Parvenus sur place, ils soupent tous ensemble, Étienne essayant de dérider Gustave qui a du mal à parler, et Rambert profitant allégrement de la bouteille de vin qu'on lui a servi. À leur retour dans la chambre d'hôtel, Gustave a trop abusé de l'alcool offert par son frère, et Louis n'est pas au mieux non plus. Malgré cette baisse de tension entre eux et leur état second, ils décident tout de même de faire le partage immédiatement, et s'y reprennent à plusieurs fois dans les comptes pour séparer leur butin en deux tas équitables. Ils se répartissent chacun 90 pièces d'or, 20 titres au porteur et un peu plus de 4000 francs, et Gustave embarque les alliances et bijoux qu'il est le seul à pouvoir négocier avec son collègue chiffonnier, Crokidis. Sur le pas de la porte, alors qu'ils sont sur le point de se quitter, Gustave est toujours à moitié saoul, mais c'est peut-être ce qui lui donne le courage de s'adresser à Rambert sans détour.

– Des coups comme celui-là, j'en veux plus.

– Je t'ai forcé à rien.

– J'ai pas voulu ça… on devait juste les voler.

– Et quoi ? T'as mal au foie maintenant ? T'es bien resté, non ? T'as bien pris l'or et les bons. Alors qu'est-ce que tu me veux, là ?

– Si jamais t'as d'autres affaires dans ce genre-là, va chercher quelqu'un d'autre. Moi, j'y suis plus.

– C’est ça… et tu m’oublies pas pour les alliances et les bijoux, hein ? J’veux ma part là-dessus aussi.

– Crokidis te donnera ça.

Et sur ces mots, Gustave tourne le dos et descend les marches en boitillant. Rejoindre sa baraque par les quais serait trop long à pied et il est trop las pour cela, et pour la première fois de son existence, il a cependant assez d’argent sur lui pour monter dans un taxi, ce qu’il fait.

Les jours suivants sont un calvaire pour Gustave qui les passe dans sa baraque des bords de Saône, à écluser bouteille après bouteille, se nourrissant à peine, recroquevillé sur un matelas, dans l’humidité permanente, la pluie n’ayant pas cessé de tomber des heures durant. Crokidis est passé lui prendre la marchandise, mais depuis, les images des crânes défoncés et des morceaux de cervelle ensanglantés de Bergeron et sa tante lui reviennent par vagues successives. Le vin est son seul refuge pour tenter d’écarter ses cauchemars. Mais il n’en a pourtant pas fini. Il apprend par son frère Étienne, que sa mère, Marie-Louise, après avoir travaillé toute sa vie, n'est pas parvenue à se faire à son existence de rentière. À trop se morfondre, seule dans sa petite maison de Saint-Didier-au-Mont-d’Or, elle finissait par en devenir neurasthénique. Elle a revendu le verger et la maison, tout en laissant le bougnat à la gérance de Duluc. Elle y avait trop de souvenirs et ne parvenait pas à se projeter dans un retour entre les murs où elle avait vécu avec Ferdinand. Elle a déménagé rue de la Guillotière à Lyon, et y a pris la gérance d’une petite épicerie qui fait aussi café à l’occasion, vivant dans un trois-pièces à l’étage au-dessus du commerce.

Étienne pousse Gustave à reprendre contact avec sa mère, et c'est ce qu'il finit par faire, la veille de l'anniversaire de l'armistice. Après une discussion un peu houleuse, elle comme lui s'accordent sur un compromis ; elle reste sa mère, il reste son fils, ils ont eu des désaccords, mais les liens du sang ne peuvent être rompus malgré tout. Leurs retrouvailles ne seront pas longtemps synonymes d'une chaleureuse nouvelle entente familiale. S'ils passent la journée du 11 novembre ensemble, en présence d'Étienne venu avec eux assister au défilé et aux commémorations et déjeuner, et si ces moments en commun sont appréciés par Gustave, ils constitueront un dernier souvenir à partager. Le surlendemain, 13 novembre, vers une heure du matin, un drame secoue toute la ville de Lyon. Une partie de la colline de Fourvière, du côté de la montée du Chemin-Neuf, vient de s'écrouler. Un glissement de terrain emportant plusieurs immeubles qui, éventrés, se sont effondrés sur les habitants surpris en plein sommeil. L'électricité et le gaz sont coupés dans tout le quartier, et les pompiers de la caserne de la Madeleine qui sont alertés immédiatement ont un mal fou à accéder au lieu du désastre. Quand enfin ils sont à pied d'œuvre, ils ne disposent que de faibles lumières pour tenter de trouver des survivants dans les décombres obscurs. À peine une heure après le premier glissement de terrain, un second éboulement se produit et ensevelit sous des tonnes de pierre, de terre et de poussière, de plâtre les pompiers qui intervenaient sur place. Près d'une vingtaine de sapeurs et de policiers meurent étouffés et écrasés, tandis qu'une quinzaine d'habitants sont victimes de l'effondrement de leurs appartements. Dans la rue Tramassac, une partie de l'établissement Sainte-Blandine a disparu, mais c'est surtout l'hôtel du Petit Versailles qui n'est plus qu'un monceau de moellons et de poutres enchevêtrées. Les immeubles suivants ont tout bonnement été rasés et ne sont qu'un tas de gravats poussiéreux sur lequel ne surnagent pas même des fragments de portes et fenêtres. Et du côté de la gare Saint-Jean, là où les pompiers ont été ensevelis dans un second temps, ce n'est guère mieux, tout n'est plus que ruines. Tous les immeubles des numéros 6, 8 et 10 de la rue Tramassac sont donc détruits. Étienne Mailly logeait au deuxième étage, au numéro 8, et cette nuit-là, il cuvait d'une soirée très arrosée qu'il avait passée avec son ami Bernard et dont il était rentré dans un état second. Il n'est pas certain qu'il se soit éveillé quand des dizaines de pierres lui sont tombées dessus, ont broyé son corps et ont mis fin à ses jours. Un troisième éboulement survient dans la nuit, mais cette fois les habitants du quartier ont été évacués et seules quelques maisons s'effondrent. Au petit matin, au sommet de la colline, l'hôpital des Chazeaux, tenu par des religieuses, se trouve en équilibre au-dessus d'un trou béant et doit être entièrement vidé de ses occupants. Il n'y a pas grand monde pour s'illusionner quant à l'avenir du bâtiment qui devra être démoli, mais dans la ville, les langues se délient, et plus personne n'évoque autre chose que ce glissement de terrain géant, généré par le ruissellement des eaux de pluie. Une légende se met alors à circuler, celle d'un gigantesque lac souterrain qui existerait sous la colline et expliquerait sa fragilité, mais Gustave se fiche bien de tous ces ragots qui nourrissent les conversations au bistrot. Après cinq jours, on retrouve le corps de son frère parmi les débris et les gravats que la ville déblaie. Marie-Louise et lui sont presque seuls pour son enterrement à Saint-Didier-au-Mont-d'Or, Bernard et sa femme étant les uniques amis d'Étienne venus assister aux funérailles.

ACTUALITES

***Le Petit Journal*, 24 octobre 1930**

Une jeune mère pend son nouveau-né à l'espagnolette d'une fenêtre puis se pend elle-même dans l'étable

Amiens - Une jeune femme, Mme Cambes, 25 ans, se pendit le matin chez elle, à Beauvan, pendant que son mari et sa belle-mère se rendaient à l'usine. Dans le courant de la matinée, ses voisines, surprises de ne pas la voir, allèrent frapper à sa porte et la trouvèrent fermée. Inquiètes, elles s'en furent prévenir la belle-mère qui revint en hâte et escalada le mur de la cour. Mme Cambas trouva sa belle-fille pendue dans l'étable. Pénétrant dans la maison, elle vit le bébé, la petite Christiane, pendue à l'espagnolette de la fenêtre. On ignore le motif de ce sombre drame, car le ménage était très uni.

Un ingénieur agronome et sa vieille tante trouvés assassinés à Ecully, près de Lyon

Ces agriculteurs passaient pour avoir une fortune d'un demi-million. Mais, cette fois, ce ne fut pas comme à Vals ; le vol était le mobile du crime.

Un double crime a été commis aujourd'hui, à Ecully, coquette localité de la banlieue lyonnaise. Ce drame évoque par plus d'un trait de ressemblance la sanglante tragédie de Vals-les-Bains, puisque les deux victimes, un ingénieur agronome et une de ses parentes, ont été assassinés à coups de marteau.

Sur la route d'Ecully, à Dardilly, au lieu-dit le Pérollier, M. Odolis Bergeron, 51 ans, ingénieur agronome, exploitait une grande -ferme avec sa tante, Mlle Péan. M. Bergeron et sa tante passaient pour être dans une large aisance. Dans la localité, on évaluait leur fortune à 400 000 ou 500 000 francs. Très avares et méfiants, disait-on, ils vivaient seuls.

La ferme est composée de deux vastes corps de bâtiments séparés par une cour ; dans celui de droite demeurait Mlle Péan, âgée de 75 ans, et dans celui de gauche, M. Bergeron. En passant, ce soir, vers 16 heures, le facteur fut fort surpris de voir que le portail, d'ordinaire fermé, était entrouvert. Il entra et, arrivé dans la cour, aperçut sur le sol une large flaque de sang. Il se hâta d'alerter les voisins. Bientôt après arrivaient les gendarmes de la Demi-Lune. On découvrit Mlle Péan étendue au milieu de sa cuisine, la tempe droite défoncée à coups de marteau, au milieu d'une mare de sang. Ce n'est qu'après de minutieuses recherches dans l'autre bâtiment qu'on trouva, dans une chambre du premier étage, le cadavre de M. Bergeron, qui avait lui aussi le crâne défoncé à coups de

marteau; la cervelle avait jailli à plus d'un mètre.
Dans la ferme, le plus grand désordre régnait; toutes les pièces avaient été bouleversées; les matelas retournés et éventrés, les placards et les meubles ouverts et vidés de leur contenu; tout indiquait que le vol était le mobile du crime.
Des premières constatations des enquêteurs, il semble résulter que le crime a dû être commis vers 6 heures du matin; les cadavres, en effet, étaient déjà froids et raidis quand le crime a été découvert. Les voisins n'ont rien entendu. Il est vrai que la maison la plus proche est à plus de cent mètres de la ferme.
Deux inspecteurs de la brigade mobile de Lyon ont été désignés pour enquêter. Jusqu'ici ils n'ont pu établir si un ou plusieurs assassins ont participé à cet affreux carnage qui a soulevé à Ecully et dans les environs, où il a été connu dans la soirée, une très vive émotion.

Un enfant de quatre ans tue sa grand-mère en jouant.
Nevers – Un enfant de 4 ans et demi, qui s'amusait dans une chambre où était alitée sa grand-mère, Mme veuve Giraud, âgée de 65 ans, habitant Aunay-en-Bazois, a décroché un fusil et, après l'avoir chargé, a appuyé sur la gâchette. La balle atteignit Mme Giraud qui a été tuée.

Le Matin, 24 octobre 1930

Le drame de la rue des Récollets
M. Gay, juge d'instruction à Versailles, a interrogé hier l'Italien Modenesi qui, la semaine dernière, rue des Récollets, dans cette ville, avait au cours d'une discussion, blessé mortellement d'une balle de revolver le livreur Nau, puis avait tiré sur des passants qui le poursuivaient.
Modenesi a affirmé qu'il n'avait fait usage de son revolver que parce qu'il s'était cru en état de légitime défense: mais plusieurs témoins ont déclaré qu'à aucun moment Nau n'avait menacé ni frappé l'Italien.

Le quadruple crime de Vals-les-Bains
Des traces assez nettes de la main sanglante du meurtrier ont été relevées. On croit qu'elles permettront de faciliter l'enquête. Non pas que le commissaire Quillici, de la brigade mobile de Lyon, et ses inspecteurs soient demeurés inactifs aujourd'hui; ce matin, dès les premières heures, ils se remettaient en campagne et leur premier soin était de se rendre à la maison de la famille Pascal: dans le quartier du Bateau, où ils procédèrent à un nouvel et minutieux examen de la chambre tragique.
Nous avons dit au début de notre enquête quel effroyable aspect présentait cette chambre lorsque lundi matin on y découvrit les

cadavres. Outre les flaques de sang qui s'étendaient sur le plancher à l'endroit où étaient tombés les cadavres des époux Pascal, celles qui maculaient les draps du lit et la lingerie des berceaux des deux enfants, une empreinte de main sanglante se voyait à 1,50 m de hauteur sur le mur, à gauche du lit, c'est-à-dire du côté que Mme Pascal occupait d'ordinaire dans ce lit.

Or, étant donné la position dans laquelle on avait découvert le corps de la jeune femme, la tête en bas, le buste touchant le plancher et les jambes retenues dans les plis du drap, étant donné aussi la distance qui séparait le lit de ce mur, il paraissait impossible que cette trace sanglante ait pu être laissée par la main de la victime. Tout permettait donc de croire qu'il s'agissait d'une trace laissée par la main de l'assassin qui s'était appuyé à cet endroit. Au premier abord l'empreinte avait paru inutilisable parce que pas assez nette et « trop glissée ». Cependant en l'examinant à nouveau ce matin, et à la loupe cette fois, les policiers ont décelé des stries digitales qui leur ont paru assez nettes pour que l'on tente de les relever. Aussi se sont-ils hâtés de prélever la partie de la tapisserie sur laquelle se trouve l'empreinte.

* * *

La Croix, 29 octobre 1932

Cambrioleur meurtrier

Jeudi a comparu, devant la cour d'assises du Rhône, le nommé Jean Gontalier, 29 ans, qui, le 4 janvier 1932, a étranglé pour la voler Mlle Josephine Pelosse, 56 ans, demeurant seule, dans une maison isolée, au hameau de Lacourt, dans le canton de Thizy. Gontalier avait été arrêté en Suisse, d'où il fut extradé peu après. Malgré ses dénégations, Gontalier a été condamné à dix ans de réclusion et à la relégation.

Le revolver dans la main de l'Italienne

Le 21 décembre 1931, à l'Estaque, une Italienne, Emilie Oglianas, 41 ans, tuait au cours d'une discussion, à coups de revolver, M. Fatini. Elle a comparu jeudi devant la cour d'assises des Bouches-du-Rhône. A la thèse de l'accusation qui soutenait que la question d'intérêt était le mobile du crime, l'accusée a répondu qu'elle s'était trouvée en état de légitime défense. Le jury a rapporté un verdict affirmatif avec circonstances atténuantes, et a condamné l'Italienne à cinq ans de travaux forcés.

Le Matin, 29 octobre 1932

A Boulogne, une femme jalouse tire sur son mari, mais son revolver était chargé à blanc

Mme Simone Sohier, 23 ans,

mécanicienne, demeurant 110 rue de Bellevue, à Boulogne, entrait, jeudi après-midi, chez un armurier de la localité et achetait un revolver qu'elle fit charger. Le commerçant, voyant sa cliente nerveuse à l'excès, chargea l'arme à blanc. C'était une sage précaution, car, dans la nuit, pendant que son mari reposait à son côté, elle tira sur lui une balle de revolver qui ne lui fit qu'une légère brûlure à la tempe droite. Croyant l'avoir tué, la jeune femme se jeta par la fenêtre de son logement, situé au premier étage. On la releva avec des blessures sans gravité. Transportée à l'hôpital Ambroise-Paré, elle déclara à M. Siri, commissaire de police, qu'elle était jalouse et que, se croyant trompée, elle avait voulu se venger.

Le double crime d'Ecully - Rambert et Mailly sont condamnés tous deux à la peine de mort par les assises du Rhône.

Lyon - Devant les jurés du Rhône a été jugée, aujourd'hui, l'affaire des bandits d'Ecully, dans laquelle sont, notamment, inculpés Louis-Marius Rambert, 28 ans, chauffeur d'auto, et Gustave-Arsène-Eugène Mailly, 28 ans, chiffonnier. En 1930, ainsi que nous l'avons rappelé, à la ferme d'Ecully, ces bandits avaient tué à coups de marteau M. Henri-Odolis Bergeron, 56 ans, chimiste retraité et sa tante, Mme Antoinette Pean, âgée de 80 ans. Demain, Rambert et Mailly comparaîtront pour dix-neuf cambriolages ou tentatives de cambriolages, commis entre le 15 février 1930 et le 13 juillet 1931.

Les deux assassins sont des récidivistes chevronnés et lorsque le président Coester donne l'ordre au greffier de lire l'acte d'accusation, on comprend l'angoisse manifeste de Rambert. Gustave Mailly a meilleure contenance. Au banc des accusés a pris place aussi la mère de Mailly, qui est accusée de recel. Elle cache sa tête blanche sous un vieux chapeau aux bords tombants ; mais un juré, tout de suite, exigera qu'elle le retire. Spectacle inaccoutumé, une infirmière en costume de la Croix-Rouge, est assise à côté des gardes. Rambert et Mailly sont, en effet, malades.

Après la lecture de l'acte d'accusation, le président interroge Rambert. Celui-ci a descendu tous les degrés, depuis les vols à l'étalage jusqu'au grand cambriolage et jusqu'au crime. Mailly répond à son tour. Il semble n'avoir été que le brillant second de Rambert.

Le président passe maintenant au crime, et il évoque d'abord la mort de M. Bergeron. Les deux bandits rejettent sur leur receleur, le chiffonnier Crokidis, qui est en fuite et qu'on poursuit par contumace, la responsabilité du coup.

Le président. - Qui a tué Bergeron ?

Rambert. - Je lui ai sauté à la gorge. Je l'ai renversé. Je me suis assis sur ses reins. Pendant ce temps, Mailly alla chercher un marteau et lui fracassa la tête.

Mailly. - Ce n'est pas vrai. Rambert l'avait déjà étranglé et c'est lui qui a frappé à coups de marteau.

On passe à l'assassinat de Mlle Antoinette Pean. Là, pas d'erreur. Rambert avoue que, d'un seul coup de marteau, il l'étendit morte. Alors, comédie ou crise nerveuse, on ne sait, Mailly, les doigts crispés dans sa chevelure en broussaille, hurle dressé à son banc :

- J'ai crié : « Rambert, arrête, arrête. Tu es fou ! » Du sang, du sang, du sang. Il y en avait partout ! Rambert riait en me disant : « Tu vois comme cela a été vite fait ! »

Toujours assis, Rambert coupe sèchement la tirade :

- Il a menti. C'est du « chiqué ». Je n'ai rien dit de tout cela.

A l'audience de l'après-midi, Mailly reste effondré.

Rambert, au contraire, dont l'état fébrile est visible, se redresse. On procède à l'interrogatoire des témoins. Le professeur Etienne Martin explique que les deux victimes furent assassinées avec une indicible sauvagerie. M. Couplet, sous-chef de la Sûreté, raconte longuement comment les deux assassins furent pris, quelques mois après leur crime. Une jeune fille de 20 ans, Mlle Elisabeth Fayolle, et l'employé de bijouterie Henri Perret ont vu les bandits peu après le drame. On entend ensuite une voisine de Mme Mailly, Mme Seigle. Contrairement à ce que disait l'accusée, Mme Seigle assure qu'elle n'a jamais eu en sa possession de pièces d'or ; Mme Mailly jure le contraire.

C'est maintenant le réquisitoire. L'avocat général Guétat se lève et, d'une voix sourde, évoque la scène d'épouvante :

- Le crime fut commis avec une telle sauvagerie que vous serez inaccessibles à tout sentiment de pitié.

Il réclame contre les meurtriers la peine capitale. Pour la mère de Mailly, il demande que le jury se prononce sur le recel simple.

Après une très brève suspension d'audience, la parole est donnée à Me Valansio, qui plaide pour Rambert. Il montre que la maladie s'est emparée de Rambert avant la justice des hommes et que c'est un « mort-vivant » qui est en ce moment devant les jurés du Rhône. Il plaide ensuite pour Mme Mailly. Me Sabatier défend Mailly. Il évoque l'état de santé du criminel que la même maladie a ruiné et dont les jours sont comptés. Après une longue délibération, le jury a répondu aux vingt-six questions posées. C'est un « oui » à la majorité partout, sans circonstances atténuantes. C'est donc la peine de mort. Le jury se montre indulgent pour la mère de Mailly qui est acquittée. Elle embrasse son fils avant de quitter le box des accusés. Le chiffonnier grec Crokidis, le receleur qui est en fuite, est condamné par contumace aux travaux forcés à perpétuité. Demain, il faudra malgré la demande des avocats que les deux condamnés à mort répondent de leurs cambriolages.

Meurtrière de son mari, Josephine Sarnège est condamnée à sept ans de réclusion

Aix-en-Provence – Accusée de l'assassinat de son mari pendant qu'il dormait, Josephine Sarnège, 36 ans, a comparu aujourd'hui devant le jury des Bouches-du-Rhône. Pendant sa détention, l'accusée a donné le jour à un bébé qu'elle tient dans ses bras tandis qu'elle est interrogée par le président.

L'accusation soutient que la meurtrière s'est livrée à son acte homicide pour se débarrasser de son mari et épouser un ami, mais elle déclare qu'elle l'a tué parce qu'il avait fait des propositions honteuses à sa fillette. La plupart des témoignages sont défavorables à la meurtrière qui est finalement condamnée à sept ans de réclusion.

IV

28 octobre 1932 – *Bulletin de situation, 1932 – hiver/printemps : le froid s'installe par le nord avec jusqu'à -20 degrés dans certains endroits en février. En mai, c'est une tempête de grêle qui s'abat, et début juin les températures baissent dans le Nord, sans dépasser 10 degrés.*

En rentrant d'Écully, après s'être débarrassés du marteau et des pistolets de Bergeron qu'ils ont jetés dans le Rhône, Louis et Gustave filent chez Mailly et déposent leur butin dans sa cabane. Tous deux font un brin de toilette, changent de chemise et de veste, avant d'aller chez Étienne, le frère de Mailly chez qui ils avaient rendez-vous pour le souper. Pendant le repas, ils ne disent rien ou presque, se contentent de boire pour l'essentiel, et d'écouter le fameux Étienne raconter des sornettes à n'en plus finir. Il est tellement insupportable avec ses vantardises et ses âneries que Louis, encore sur les nerfs, est à deux doigts de le gifler mais parvient à se retenir. À leur retour à la cabane sur les bords de Saône, ils font le décompte des sacs rapportés et de ce qu'ils contiennent. Louis hérite d'environ 4 000 francs en billets, une vingtaine de titres au porteur et une centaine de pièces d'or. Outre sa part, Mailly est celui qui possède les contacts pour le recel des bijoux, aussi garde-t-il la pierre précieuse, les alliances, la broche et le pendentif pour les refourguer au chiffonnier Crokidis. Ils ont beau avoir éclusé quelques bouteilles, ni l'un ni l'autre ne parviennent à trouver le sommeil, et au petit matin Louis finit par se relever et décide de quitter la cabane. Il pense partir en silence, sans se faire remarquer, mais Gustave, couché sur un matelas à même le sol, l'interpelle.

– Tu vas où comme ça?

– Je retourne à la chambre de Belle, j'en peux plus de ta cabane pourrie, lâche Louis.

– Ma cabane, elle t'a bien tiré d'affaire quand tu avais les matons aux fesses… alors tu ferais mieux de fermer ta grande bouche.

– C'est ça… et des coups comme celui d'hier soir, tu peux te les garder. J'ai aucune envie de remettre ça.

– On n'en parlera plus, si c'est ça qui t'inquiète.

– Y a rien qui m'inquiète. Ni toi, ni les matons.

– Ben, rentre chez Belle, alors.

Louis ne s'en laisse pas conter et de colère claque la porte derrière lui, ce qui fait vibrer toutes les cloisons branlantes de la cabane. Il s'engage sur la passerelle Mazarick, traverse la Saône, marche un long moment sans savoir trop où aller, hésitant à se poser quelque part pour prendre un café, envisage de s'arrêter à la Croix-Rousse, avant de changer d'envie et de continuer son périple. Il se sent encore fébrile, nerveux, a besoin de se décharger de la tension qui irrigue son corps. Alors il continue de marcher au pas. Il va jusqu'à la place de la République qu'il traverse à grandes enjambées, passant comme une ombre au pied de ses immeubles de cinq ou six étages qui le surplombent de toute leur hauteur, ne jetant qu'un œil distrait à la vitrine de la boutique de chaussures et à la bijouterie à l'entrée du passage couvert, pour entrer dans le Café du Passac et commander non pas un café mais un galopin, puis un verre de vin, et encore un autre. Quand enfin il se sent plus calme, il se remet en route et finit par rejoindre Belle qui a une piaule rue de l'Hôtel-de-ville[20], dans une petite cour qui donne sur l'arrière du Grand hôtel des Beaux-arts. Elle lui fait la surprise de n'être pas seule dans sa chambre. Un certain Germain, qu'il a déjà vu à plusieurs reprises et dont il s'est fait un ami, avec dans l'idée de compter sur une petite main pour de futurs coups, est présent et il a semble-t-il passé la nuit sur place. Louis n'est pas d'un naturel jaloux, et il faut bien que Belle travaille, aussi loue-t-il une chambre dans un hôtel bas de gamme rue de l'Arbre-Sec, évitant celui des Beaux-arts qui est trop cher à ses yeux, et il s'y enferme pour la journée. Il dort presque douze heures d'affilée. Quand il sort de l'immeuble, il fait déjà nuit. Il se rend dans un bouchon et tout en mangeant un morceau parcourt le journal du jour qui traîne sur une table. Il est sur le point d'avaler une dernière bouchée de son ragoût quand sa fourchette reste un instant en suspens à quelques centimètres de ses lèvres. Il la repose dans son assiette, se penche un peu mieux pour lire clairement l'article, et déglutit en relisant le titre : *Double assassinat à Ecully. Un quinquagénaire et sa tante, octogénaire, sont assommés dans leur maison.* Il parcourt les premières lignes, s'arrête, revient sur un passage, relit à plusieurs reprises des fragments dans chaque colonne : *Le neveu et la tante vivaient de façon fort isolée, sortant très peu, ne dépensant que le strict nécessaire. Mais ils passaient pour riches. [...] Dans l'après-midi, les voisins, notamment le facteur, M. Giraud, M. Dessertines, conseiller municipal, M. Mas, M. Gabert père, ayant appelé du dehors, puis frappé à la porte de M. Bergeron sans obtenir de réponse, forcèrent le portail [...] L'un d'eux aperçut comme un tas de vêtements. C'était la tante, Mlle Antoinette Péan, gisant la tête ensanglantée, abattue dans une large flaque rouge. La malheureuse tenait encore dans sa main crispée le pot à lait qu'elle allait sans doute placer pour la laitière. [...] sous un amoncellement de hardes, de literie, d'objets de toutes sortes, la tête fracassée, l'infortuné Bergeron, baignant dans son sang, mort. [...] Le ou les assassins ont dû s'acharner pour s'assurer que la femme et l'homme étaient bien morts, car les plaies, très larges, ont fait une hémorragie effrayante. [...] l'octogénaire a été tuée sur le coup [...] quant au neveu, dans toute la vigueur de la cinquantaine, souple encore et brave, s'il n'avait pas été surpris par l'assommeur et mis immédiatement hors de combat, il y a gros à parier qu'il eût fait payer cher à l'assassin (ou aux assassins) leur... imprudence. D'autant qu'il avait constamment à sa portée deux pistolets automatiques chargés, dont il savait se servir en excellent tireur. [...] il apparaît déjà que ce n'est pas là le « travail » d'un rôdeur, entré là par hasard, pour voler. Le coup est d'un « professionnel » mis « au fil » par la pègre des environs et qui a voulu réaliser la grosse affaire. [...] Autre conjecture que la police envisage déjà : l'assassin était parfaitement connu des victimes – car Bergeron, très méfiant et prudent, n'ouvrait jamais sa porte [...] Notons que deux chiens que possédait Bergeron n'ont été entendus par personne et qu'à aucun moment ils n'ont, semble-t-il, aboyé. [...] La peur s'est installée maintenant dans toutes les maisons, derrière toutes les persiennes. Elle n'en sortira que si la justice arrête promptement le ou les assassins.*

* * *

Louis referme le journal et l'écarte, la main tremblotante un instant, avant de s'en ressaisir et de le chiffonner pour en faire une boule de papier informe et l'envoyer voltiger contre un mur. Il a un haut-le-cœur, respire à pleins poumons, puis se lève et paye son dîner, avant de sortir prendre l'air frais dans la rue. Un petit crachin l'y surprend, et il remonte le col de sa veste, vissant un peu mieux sa casquette sur sa tête. Il n'a aucune envie de retourner dans sa chambre, aussi se met-il à arpenter les rues sans but, ne croisant que de rares passants à cette heure tardive et par ce temps humide. Il ne rentre que vers quatre heures du matin, désormais complètement décalé par rapport à son rythme de sommeil habituel, et incapable de le retrouver. Il lui faut plusieurs jours avant de parvenir à se rendormir comme autrefois, qu'il ait baisé ou non, qu'il ait bu du vin ou non, rien n'y fait, et l'insomnie s'invite dans ses draps chaque nuit. Belle finit par lui annoncer que Germain l'a prise sous sa protection, et qu'elle veut changer de barbe, et Louis n'a ni l'envie ni la force de l'en dissuader. Celle qui, depuis que Jeanne l'a laissé choir, est devenue sa régulière, c'est Thérèse, et Belle faisait office de doublard[21].

Il relativise donc, sachant pertinemment que c'est souvent celles-là qui se font la malle et qui changent de crémerie. Au contraire même, il n'est tellement plus dans son assiette qu'il l'engage à trouver une épaule plus compréhensive que la sienne et une présence plus rassurante, et lui promet de rester parmi ses bons amis.

À nouveau, les femmes semblent se détourner de lui, mais durant l'hiver, il a d'autres chats à fouetter et n'est plus en mesure d'aller à l'encontre des surprises féminines que lui réserve l'existence. Fin octobre, il a pris froid ou bien s'est fait saisir par la grippe et a commencé à tousser à n'en plus finir. Un médecin, qu'il s'est décidé à consulter après des jours, lui a prescrit des médicaments en sirop et lui a surtout préconisé du repos. Durant cette période, Thérèse se détourne à son tour de lui, le jugeant trop souvent absent et incapable d'assurer sa sécurité. Il laisse passer l'orage et ne réagit pas. Fiévreux, il s'est enfermé dans sa chambre et n'en est quasiment pas sorti pendant un mois, se faisant livrer à manger et ne sortant qu'en de rares occasions, quand il en retrouvait la force et que les quintes de toux lui en laissaient le loisir. À l'approche des fêtes de fin d'année, il est encore au lit, à suer dans ses draps qu'il n'a pas le courage de changer, a perdu du poids et s'est émacié. Après Noël cependant il se sent mieux, retrouve tout son souffle et il récupère son énergie d'antan. Cette grippe l'aura tenu à l'écart du monde un moment, mais elle paraît enfin être passée. L'argent du casse d'Écully lui a permis de subvenir largement à ses nécessités pendant ces derniers mois. Pourtant, après être resté cloisonné entre quatre murs, il éprouve le besoin de se remettre en mouvement et d'agir. Il reprend contact avec Émile et Maurice, se remet à sortir, et bientôt de nouvelles affaires se profilent. En définitive, il n'est pas si mécontent d'avoir lâché, pendant sa maladie, son rôle de barbe qui ne lui a jamais vraiment convenu. En février 1931, il effectue un vol d'automobile et trois cambriolages dont celui de la gare de Tassin qui lui rapporte suffisamment pour voir venir pendant tout le mois de mars. Ce n'est qu'en avril qu'il remet le couvert dans un garage de la Tour-de-Salvagny, rate une occasion dans un bureau de poste, surpris par un postier revenu sur ses pas alors qu'il n'aurait pas dû, et l'obligeant à quitter les lieux précipitamment. Il se concentre alors sur des commerçants, plusieurs boucheries, un épicier, et sur des particuliers. Mais il commence à craindre d'être donné, et il sent qu'il lui faut changer de planque. Aussi prend-il une chambre meublée du côté de Vaise, rue de la Corderie, et il emménage le 6 mai, jour de l'assassinat de Paul Doumer. Ce n'est pas ce qui le chagrine le plus, en revanche cela fait tomber à l'eau un cambriolage qu'il avait préparé de longue date et qui ne peut avoir lieu à cause des commémorations nationales qui suivent la mort du président. Mi-juin, il se rabat sur la visite d'un appartement bourgeois, rue Duguesclin, juste à côté de la mairie du IIIe arrondissement dont le bâtiment, grand rectangle de pierre sur deux étages, avec ses frontons triangulaires latéraux et le fronton circulaire à tympan percé d'une horloge au centre, et son entrée digne d'un hôtel de la haute, en impose tellement qu'il fait songer aux rentiers du quartier qu'ils ne risquent pas d'être cambriolés. Une erreur d'interprétation que Louis se charge de rectifier, et dont il tire une somme assez coquette qu'il s'empresse de dépenser dans une maison close du côté de l'Hôtel-Dieu. Mais c'est dans une autre maison, à nouveau rue de l'Arbre-Sec, qu'il recroise Mailly qu'il n'a plus vu depuis qu'il l'a laissé dans sa cabane des bords de Saône au lendemain du vol d'Écully. Il est, ce soir-là, d'excellente humeur ; le temps a passé, l'eau a coulé sous les ponts, et il a fait la part des choses. Depuis des semaines, il agit seul et il lui manque souvent un comparse pour mener à bien la plupart de ses coups. Il connaît Mailly, et il est prêt à mettre un mouchoir sur ce qu'il peut lui reprocher si ce dernier se montre assez docile pour lui donner un coup de main sur une ou deux affaires. Le 2 juillet, il le met sur un vol d'appartement dans Lyon qui malheureusement ne leur rapporte pas beaucoup, et après quelques repérages, six jours plus tard, dans la nuit du 8 au 9 juillet, Mailly l'accompagne sur le braquage d'un coffre dans une entreprise de Dardilly. Là aussi, l'affaire s'avère infructueuse, et Gustave se détourne de lui, le contraignant à pratiquer seul un vol opportuniste rue Bourgogne à Vaise, à deux pas de chez lui, dans une petite maison située juste à côté du café-tabac Revol, et dont le propriétaire a eu le malheur de laisser la fenêtre donnant sur la rue à demi ouverte, ayant sans doute oublié de fermer les volets en quittant son logement. Il n'en fallait pas plus pour que Louis, de nuit, s'introduise chez lui, n'y passe que quelques minutes pour faire le tour des lieux et reparte aussi vite par le même chemin, emportant un manteau de fourrure, une veste de costume, deux boutons de manchette en nacre et une montre en argent. Le lendemain, il fait passer le mot qu'il souhaite revoir Mailly, et fixe la rue Thomassin comme lieu de rendez-vous. Au numéro 2, dans un bel immeuble en bas duquel un magasin de pompes funèbres est installé et propose la confection de couronnes mortuaires, à côté d'une boutique de journaux et d'estampes anciennes, au deuxième étage derrière les fenêtres à décoration gothique en façade, un salon spacieux et des chambres dans le couloir font office de maison close de qualité. Elle a été, un temps, sous la coupe de Maurice, avant que ce dernier ne s'en déleste au profit d'une maquerelle qui a largement fait monter en gamme le lieu, lequel est désormais réputé. Gustave l'y rejoint bientôt et semble apprécier d'être invité dans un bordel qu'il ne connaît que de réputation. Louis finit par le convaincre de l'accompagner sur une série de quatre cambriolages qu'il a planifiée sur deux journées et nuits, les 11 et 12 juillet, à Vaise et à Lyon, et cette fois-ci ils réussissent pleinement leurs coups et fêtent cela comme il se doit. Louis se sent pousser des ailes quand ses affaires se déroulent sans aucun accroc, mais il est toujours dans une valse-hésitation, comme s'il était incapable de faire la part de réussite volontaire et de chance hasardeuse. D'un côté, il a le sentiment qu'il lui faut profiter de cette bonne période pour poursuivre sur cette lancée et d'un autre, il se dit qu'il vaudrait mieux faire preuve d'un peu de prudence et calmer le jeu, sans jamais parvenir à arrêter un choix définitif. Ainsi, le lendemain, alors qu'il a déclaré à Mailly qu'il préfère se tenir à carreau avant la fête nationale, et que ce dernier rentre chez sa mère à la Guillotière, il ne peut s'empêcher un petit larcin du côté de Champagne et retourne à son appartement ravi d'être toujours en veine.

Au matin du 14 juillet, Belle et Germain lui rendent visite chez lui, à Vaise. Ces deux-là sont sur un coup, un vol de fourrures, mais ils ont besoin d'un peu de matériel, un chalumeau, des outils pour crocheter les serrures, des pinces, un vilebrequin, ce genre de choses. Il leur prête une sacoche contenant tout le nécessaire, sous réserve qu'ils lui rendent rapidement, et qu'il touche une petite commission sur l'affaire. Quand ils le quittent, Louis s'étonne que Mailly ne soit pas déjà là. Ils sont convenus de partir ensemble et d'aller dans les bals à l'occasion de la fête nationale. Mailly devait dormir chez lui la veille avant de changer d'avis, et il est en retard. Louis commence à se demander s'il ne s'est pas fait serrer par les cognes. Quand enfin, en début d'après-midi, Gustave se pointe, il ne peut s'empêcher de l'interroger :

– Pourquoi t'es en retard comme ça ? T'as vu l'heure ?

– J'ai retrouvé « la Grande » par hasard. Elle dansait à la Mercière[22]. Un moment que je l'avais pas vue... J'ai fini par passer la nuit chez elle...

Louis est circonspect, cette fille, il la connaît, elle n'est pas du genre à danser dans ce quartier où ne naviguent que des barbes et des casseurs comme eux, et elle déteste ces types-là. Peut-être que Mailly lui a fait avaler qu'il était un forain comme il l'a dit, mais il a un doute. Ils échangent sur la question un petit moment, et la discussion finit par dériver sur d'autres préoccupations. Le principal sujet est que Louis comme Mailly ne croient plus en un avenir reluisant pour eux à Lyon. Ils jugent la ville trop difficile pour les cambriolages, la population davantage méfiante, la police de plus en plus sur les dents, et le milieu un panier de crabes dans lequel ils ont de plus en plus de mal à faire confiance à qui que ce soit, barbes, receleurs, casseurs concurrents, ou filles des rues. La conversation s'éternise, et les verres éclusés n'arrangent pas les choses. Quand enfin ils se décident à bouger de chez Louis, la journée est déjà bien avancée. Ils quittent ensemble l'appartement de Vaise, prennent le tram place de Paris[23], descendent place du Port[24], passent saluer des amis à la Guille[25], puis à la Mercière, avec à chaque fois un verre avalé d'un trait, et enfin ils rejoignent la place Sathonay où la populace danse à n'en plus finir au son des bals musette. Ils s'installent à une terrasse de café, Louis s'assoit et commande du vin, et Mailly un verre de bière avant de se relever et d'indiquer qu'il doit aller pisser. Louis a l'esprit embrouillé, le regard perdu sur la foule dansante, admirant quelques femmes, une en particulier qu'il vient de repérer et qui lui plaît bien. Elle ne fait pas encore partie des danseuses. Elle est habillée d'une robe blanche légère, avec des petites bottines aux pieds et porte un chapeau de paille d'où dépassent des mèches de cheveux bruns. Elle descend les marches de la montée de l'Amphithéâtre, passe devant une publicité Singer collée sur le mur au-dessus de la fontaine et s'approche de la terrasse où il se tient. Il est déjà en train de songer à lui faire son plus beau sourire quand elle arrivera à son niveau. Mais elle s'arrête subitement et regarde dans sa direction. Il se demande ce qu'elle peut bien scruter ainsi, si c'est lui qu'elle tente de dévisager à une quinzaine de mètres de distance. Il a tout juste le temps de porter son verre de vin à sa bouche quand il est projeté à terre par deux hommes, tandis que deux autres s'accroupissent aussitôt sur lui, lui maintiennent les bras et les jambes, lui saisissent les poignets et lui passent les menottes.

Il n'a rien pu faire, ni tenter de courir, ni chercher à se débattre. Balancé comme un sac sur le sol, les policiers le relèvent, se frayent un passage à travers la foule et l'accompagnent jusqu'au commissariat de quartier qui se situe à tout juste cent mètres. Là, ils ne se contentent pas de simplement le lâcher violemment par terre, mais quand il y atterrit en se déboîtant à moitié l'épaule, ils le ruent de plusieurs coups de pied dans les côtes pour faire bonne mesure. Ils le laissent enfermé en cellule, à dormir à même le sol, menotté dans le dos, jusqu'au petit matin. Ils le transfèrent alors dans les locaux de la Sûreté de Lyon, où il participe à une sorte de cérémonie qu'il a du mal à comprendre. Deux gendarmes le font asseoir sur une chaise dans un grand bureau et trois hommes entrent et se positionnent devant lui en silence. Ils le regardent, chuchotent quelques mots entre eux qu'il n'entend pas et puis l'un des hommes fait un signe du menton et les deux gendarmes le relèvent de sa chaise et le traînent dans le couloir. C'est alors qu'un autre homme vient se poster devant lui, petit gilet cintré autour d'un ventre rebondi, montre à gousset dont la chaîne en or est bien visible, costume anthracite, chemise blanche et chapeau de feutre, une moustache fournie lui barre le visage mais ne voile pas un demi-sourire satisfait. Il se présente :

« Louis Couplet, sous-chef de la Sûreté de Lyon…

– Et alors ?

– On peut dire que tu nous auras fait courir, toi. Ça fait un moment qu'on te cherche.

– Ben, vous m'avez trouvé maintenant…

– Je ne suis pas sûr que tu doives trop fanfaronner, tu vois.

– C'était qui eux ? demande Louis en indiquant, d'un mouvement de tête, le bureau dont il vient de sortir.

– Ceux qui me remercient d'avoir fait mon travail… Ceux qui doivent rendre des comptes à la population quand des moins que rien comme toi viennent salir la société. Barbieri, le divisionnaire, Barnaud, le commissaire, et Robelin, capitaine de gendarmerie. On peut dire que tu as eu droit au beau monde. Ils voulaient juste te voir, s'assurer qu'on avait pris le bon gars. Mais toi, tu ne les reverras plus. Maintenant, c'est avec moi que tu as affaire.

– Ça change rien de toute façon.

– En fait, tu peux avoir raison ou tort, ça dépendra de ta façon de me répondre. La bonne façon, ou l'autre. Dans un cas, tu as raison, ça ne changera rien pour toi. Dans l'autre, tu as tort, et tu t'en rendras compte bien assez tôt. On y va…

À ces mots, les deux gendarmes reprennent Louis par les épaules et le poussent à marcher dans le couloir. Ils descendent un escalier, ressortent à l'extérieur, traversent une cour, passent dans un autre bâtiment, un nouveau couloir, une nouvelle cour, puis entrent par une porte qui conduit à un sous-sol. Au seuil de l'escalier, un des deux gendarmes lui donne un coup derrière l'épaule et Louis bascule vers l'avant, ne peut se retenir puisque menotté dans le dos, et voltige une seconde au-dessus des marches, avant de retomber sur l'une d'elles et de tournebouler jusqu'au sol. Il geint de douleur et ne parvient pas à se relever. Les deux gendarmes descendent jusqu'à lui, le reprennent à nouveau sous les aisselles et le traînent dans une petite pièce où ils l'assoient de force sur une chaise cannelée. À sa droite, se trouve un petit bureau, au fond à gauche un évier et un seau, la salle aux murs gris est éclairée d'une lumière blafarde par une ampoule nue au plafond.

« C'est pas la peine de faire vos histoires… dit Louis en soufflant. Dites-moi les casses ; et je vous confirme ceux que j'ai faits.

– Eh bien, eh bien… te voilà bien tendre, dis donc. On a juste commencé et tu veux déjà tout déballer, c'est beau ça ! Mais moi, j'aime l'ordre, que les choses soient bien claires, tu vois, une bonne fois pour toutes, et comme ça, ça évite de revenir en arrière. Alors : Louis-Marius Rambert, né en 1903, on est d'accord ?

– C'est moi.

– Tu sais que ça fait un bail que tu te traînes une condamnation par contumace au cul, ou je te l'apprends ?

– Non, je sais.

– On a aussi quelques témoignages et empreintes qui traînent et qui te situent sur plusieurs cambriolages, à Vaise, à Lyon, à la gare du Tassin en février. On a aussi trouvé ta trace à Dardilly.

– C'est qui les bourdilles qui m'ont donné ?

– Tu crois que je vais te livrer des noms ? Tu as juste à savoir ça, que tu as assez de casseroles pour t'en prendre encore pour vingt ans de plus que ta peine par contumace. Mais comme tu parais plutôt gentil et que tu avoues, qui sait, tu prendras peut-être moins… Enfin, pour ça en tout cas, parce que pour le reste…

– Quoi ?

– Allez, Rambert, tu vas pas commencer ton cirque maintenant. Continue sur la même lancée… Écully ? Tu vois où je veux en venir ?

– Non, pas du tout.

– Ah… voilà… Alors, on y est ?… Je t'avais dit que tu avais un choix, la bonne façon et l'autre. Pourquoi tu changes de chemin comme ça ? Ça va te servir à quoi ? »

Louis garde le silence et serre les dents tout en regardant le policier droit dans les yeux, comme s'il voulait le défier. Mais Couplet n'est pas plus impressionné que ça, lui retourne son regard sans ciller et donne des ordres. Deux hommes entrent alors dans la pièce, font relever Louis, le déshabillent entièrement, lui tordent les bras pour qu'il les garde dans le dos, menottes aux poignets, et lui lient les chevilles. Ils le forcent alors à se recroqueviller sur lui-même, et ainsi replié, nu, le réinstallent à genoux sur la chaise cannelée. Louis a l'impression d'être un poulet ficelé prêt pour passer à la broche, il en rirait presque si un courant d'air froid ne commençait pas à saisir ses chairs. Le policier s'approche alors de lui avec le seau rempli d'eau et lui balance dessus, tout en se reculant pour ne pas être éclaboussé. Louis dégouline mais ne comprend pas où l'autre veut en venir, il a la tête pliée vers le sol de telle sorte qu'il est obligé de se tordre le cou pour tenir son visage droit et regarder ce qui se passe devant lui. Et quand il relève ainsi la tête, il ne voit bientôt plus que la porte de la pièce en face, rien d'autre, plus personne dans son champ de vision, jusqu'à ce que Couplet reprenne la parole dans son dos.

« Beaux tatouages… Surtout celui de devant, ton aigle et ton dragon… Tu crois que tu vas être un aigle ou un dragon avec moi ? Ou bien… un petit rat plutôt ? Je ne vais pas te prendre en traître. Regarde, je te montre ce que j'ai dans la main. Tu vois ? Une simple baguette de bois, rien d'autre. Elle est solide bien sûr, mais un peu souple aussi. C'est ce qui lui donne le meilleur effet. Tu te souviens, à l'école ? Même si tu n'as pas dû aller bien loin, c'est sûr, tu as dû avoir quelques maîtres, non ? Et en faire assez pour qu'ils se mettent en rogne… Eux, ils tapent avec une règle sur les doigts. Gentiment, hein… enfin, en général. Nous… on a choisi une autre méthode. Tu vas comprendre.

Grelottant, Louis sent glisser sous la plante de ses pieds la baguette de bois que le flic tient fermement et il sait alors à quoi s'attendre. Les coups commencent à pleuvoir, s'impriment sur sa peau, semblent comme écarteler chacun des muscles, des tendons de la plante de ses pieds. À chaque coup de la baguette, il se met à crier de plus belle. Sa voûte plantaire le brûle, les ligaments métatarsiens s'enflamment, chacun de ses nerfs lui paraît découpé au scalpel. Après chaque séance de coups, on le relève et on le met debout pour voir s'il parvient encore à poser ses pieds au sol. Bientôt, ces derniers sont tellement enflés qu'il ne parvient plus à se tenir droit et s'effondre. Il est alors rassis sur la chaise, nu toujours, et reçoit un nouveau seau d'eau glacée sur le corps. Ça l'apaise une ou deux secondes, semble attiédir ses brûlures plantaires, avant qu'il ne recommence à grelotter de froid. Après quelques heures à souffrir ainsi, une nuit sans sommeil en cellule, le ventre vide et le corps endolori, il craque. Louis avoue tout et dans son désespoir, sa colère, sa rage sourde, il s'est mis à cogiter et à revoir le moment de son arrestation. Il est persuadé que la bourdille qui l'a donné ne peut être que Mailly qui, comme de juste, a disparu juste avant qu'on lui saute dessus place Sathonay. Alors non seulement il raconte le cambriolage d'Écully, mais il lâche aussi le nom de son complice, et rédige une longue déposition. Le 16 juillet, celui-ci est arrêté à son tour, et ce même jour, Louis est transféré, sur un brancard, à la prison Saint-Paul de Lyon. L'état de ses pieds nécessite des soins, et après une journée passée au lit dans sa cellule sans pouvoir en bouger, un médecin vient le visiter, le docteur Jean Lacassagne.

Pendant plusieurs jours il reprend des forces, ses pieds retrouvent leur élasticité, le droit en particulier qui se rétablit plus vite que le gauche, ce qui lui permet au moins de se lever et de marcher en claudiquant à l'aide d'une canne. Il n'a aucune nouvelle de Mailly, sait seulement qu'il a été cueilli par le sous-chef de la sûreté et a dû passer à table à son tour, ce qui lui apporte un peu de réconfort. Il espère qu'il a été malmené lui aussi et que le flic lui a fait passer un sale quart d'heure. Il n'a d'autre moyen de se venger de la traîtrise de son camarade que celui-ci : se projeter dans les souffrances qu'on a pu lui infliger. En revanche, il apprend par un codétenu que Belle a eu des problèmes. Avec Germain, ils ont été arrêtés tous les deux. Le casse d'un entrepôt de fourrures appartenant à un couturier, pour lequel il leur a prêté son matériel de cambriolage, a bien eu lieu le 22 juillet et tout s'est bien déroulé. Ils durent cependant voler une automobile à Rochecardon, pour emporter leur butin du côté de Dijon, mais ils tombèrent en panne au pire endroit du monde. À La Chapelle-de-Beaunant, petite ville de villégiature où le chef de la Sûreté de Lyon possède une vieille maison familiale. Et c'est lui qui les a trouvés sur la route, alors qu'ils tentaient de transporter à pied le plus de fourrures possible. Ils pensaient voler une autre voiture un peu plus loin, et ils sont tombés sur l'un des plus hauts gradés de la police lyonnaise, qui les a arrêtés pendant sa journée de repos. Une vraie déveine…

Entre la fin de l'été et décembre 1931, Louis retrouve toute sa mobilité et vit sa condition de détenu comme tous les autres. Le plus dur pour lui n'est pas tant son nouvel emprisonnement – auquel il s'accoutume assez rapidement, peut-être parce que son expérience de l'orphelinat ou ses passages précédents en préventive l'y ont préparé suffisamment – que l'enfermement des autres, les détenus qui partagent sa cellule de manière épisodique, en particulier les plus jeunes. Adolphe, un gamin de vingt et un ans, débarque début novembre avec un air contrit insupportable, et Louis se fait la remarque que celui-là ne fera pas long feu. De fait, la réduction de son horizon à des murs où qu'il porte le regard, en cellule, en promenade, dans les couloirs de la prison, le rend vite dingue. Chaque nuit, il est pris de cauchemars, et il ne tient pas plus d'une semaine avant de se couper les veines. Deux cellules plus loin, c'est un ancien marin qui craque après deux mois et se pend pendant que ses compagnons d'incarcération sont à la promenade. Louis n'est pas de cette trempe, il n'a pas beaucoup de visiteurs mais son moral reste bon malgré tout. Il est de temps à autre présenté au juge d'instruction Vuillermoz, et son avocat, maître Sabatier, vient le voir à deux reprises au parloir. Mais celui qui le visite le plus souvent est le docteur Lacassagne qui, après avoir résolu le problème de ses pieds, a souhaité s'entretenir avec lui presque chaque semaine. Il semble à la fois intéressé par ses tatouages et leur conception, et par la façon dont Louis gère son enfermement et sa propre histoire. Pour pouvoir sortir de cellule et effectuer un tour dehors, il a trouvé une astuce pour le moins surprenante. Il n'accepte de signer des aveux sur déposition que pour un seul cambriolage à la fois, au point que Lacassagne le soupçonne même d'inventer des méfaits dont il s'accuse pour la seule raison d'aller ainsi voir le juge. C'est aussi, pour lui, une manière d'augmenter son palmarès. Il ne se fait pas beaucoup d'illusions sur les peines qui vont lui tomber dessus. Il est même probable que la guillotine l'attende bientôt dans la cour de la prison, mais il prend un certain plaisir à multiplier les mentions de vols et de cambriolages pour démontrer à qui veut bien l'entendre la qualité de son travail de casseur. Et à force d'échanges avec Lacassagne, il finit par accepter de rédiger l'histoire de sa vie, à sa manière bien sûr, et de la confier au médecin. Louis ne sait trop que penser de l'insistance du docteur à ce sujet. Il a envie de dire ce qu'il a sur le cœur, lâcher les chiens sur la trahison de Mailly qui l'a blessé, faire entendre son enfance et son abandon, ce qu'aucune personne présente dans le prétoire ne voudra saisir sinon pour justifier son incapacité morale à ne pas s'intégrer au monde. Il a besoin de laisser aussi en lecture certaines choses qu'il a faites et dont il n'est pas fier, et d'autres qui ont nourri son existence malgré tout par des liens puissants, l'amitié, la solidarité, le désir, l'adrénaline, et pas seulement les parts d'ombre de son existence. Il hésite à prendre la plume, mais Lacassagne revient à la charge à plusieurs reprises, lui fait comprendre qu'il doit s'acquitter de cette tâche tant qu'il en est capable et qu'il en a le temps. Alors Louis s'exécute, trouve même un certain plaisir à laisser courir ses mots sur le papier et il noircit quelques pages. Quand il en a terminé avec sa confession, retraçant ce qui lui paraît important, quelques moments de sa vie, jusqu'au meurtre d'Écully et la trahison de cette bourdille de Mailly, il éprouve le besoin de poursuivre et d'écrire encore. Il n'a plus rien à dire sur lui-même, mais Lacassagne l'engage à parler des sujets qui lui tiennent à cœur. Alors il rédige un petit inventaire du métier de barbe, une manière peut-être de se dédouaner d'avoir fait partie de cette confrérie des souteneurs qu'il méprise pourtant, et y ajoute des précisions sur les talents et les compétences nécessaires à un bon cambrioleur. Et quand cela est fait, et qu'il a encore à dire sans savoir vers quel nouveau sujet se tourner, Lacassagne, encore une fois, l'oriente. Il écrit alors un petit traité sur le tatouage, les techniques employées par lui-même ou par d'autres pour tenter de réussir du mieux possible l'intégration d'un dessin à sa propre peau. Le docteur, dont il sait qu'il est friand de tatouages, paraît ravi de cet échange, et n'a cesse de le remercier. Le 16 janvier 1932, il met ainsi un point final à la rédaction de ce qu'il évalue être ses mémoires. Il est alors en pleine possession de tous ses moyens. Mais au printemps de cette même année, le docteur Lacassagne constate des changements dans la morphologie de Louis. Il maigrit à vue d'œil et il perd l'appétit, et le 4 juin, lors d'une de ses visites, il le trouve particulièrement chaud et fait prendre sa température. Il a quarante de fièvre, ne cesse de tousser et l'administration accepte de le faire entrer à l'infirmerie de la prison. Le médecin de service, le docteur Martiné, diagnostique une pneumonie caséeuse probable[26]. Louis est si fortement et si rapidement atteint qu'il accepte de rédiger son testament, le 12 juin, dans lequel il déclare qu'il léguera son corps à la médecine, et sa peau tatouée au docteur Lacassagne en particulier. Il n'est bientôt plus en état de faire la part des choses, et de se rendre compte qu'il ne représente pour Lacassagne qu'un détenu parmi des dizaines d'autres qu'il a déjà visités et qu'il continuera de visiter après sa disparition ; que ses écrits seront versés au grand livre de ses recherches sur l'âme humaine des brutes et des fauves en cage qu'il étudie depuis des années, comme son père avant lui qui lui a légué cette passion. Louis ne sait pas qu'à travers ses phrases mal ficelées, ses mots imparfaits, ses fautes de grammaire, il cherchera des clés pour expliquer son dérèglement, ce qui l'a poussé à devenir un criminel, pourquoi même il en est venu à se faire tatouer la peau comme pour peindre sur son corps ses défaillances, ses errements, ses peurs ou sa folie. On ne lui donne alors que peu de temps à vivre, et il semble assez peu probable qu'il soit encore de ce monde pour assister à son procès, qui est annoncé pour l'automne, tant son état se dégrade vite. Louis est dyspnéique, avec un essoufflement de plus en plus prononcé, et outre la fièvre, il est pris de frissons nocturnes qui lui font claquer des dents. Ses douleurs thoraciques semblent ne pas cesser de s'accentuer, et parfois il se tient le thorax des deux mains au point de presque se griffer la peau, comme s'il pouvait mieux gérer sa douleur en compressant ses chairs. Ses urines se mettent à brunir et il a de temps à autre des sensations d'aveuglement soudain, tel un voile sombre lui passant devant les yeux. Il dépérit, mais sa résistance physique reste exceptionnelle et surprend autant le médecin de la prison que Lacassagne. Au point qu'il parvient à sortir de l'infirmerie pour assister à une reconstitution sur les lieux du crime à la mi-juillet, et quoiqu'épuisé à son retour en cellule, il passe l'été et il reprend même un peu de poids. Maître Sabatier ne lui a promis aucune clémence du jury, il ne cherchera qu'à faire valoir certaines circonstances atténuantes, mais estime que la sentence sera fort probablement la mort. En revanche, Louis pense qu'il peut peut-être sauver la tête de Mailly. La vie paraît s'enfuir à petits feux de son corps et il a progressivement cessé d'en vouloir à son ancien camarade. Il suffirait qu'il dise que Gustave n'a jamais porté le moindre coup à Bergeron, que lui seul est à l'origine de la mort du rentier. Dans un geste de mansuétude, et depuis son lit, il dicte à son avocat une nouvelle déposition en ce sens. Au début octobre, il est jugé affaibli certes, mais assez en forme pour être entendu à la barre lors des auditions à venir. Et le 28 octobre, alors que le ciel est chargé de pluie et qu'un orage menace d'éclater, il est transféré sur un brancard au palais de justice, accompagné d'une infirmière, pour assister à son procès aux assises.

À 9 h 10, le président du tribunal, Coester, fait introduire les accusés dans la salle. Une femme entre en premier, la mère de Mailly, accusée de recel des pièces d'or volées. Louis se lève de son brancard et passe la petite porte pour regarder l'assistance qui est réunie là. Il a le teint blafard, et malgré sa mise, dans un costume d'occasion trouvé par son avocat, il sait qu'il ne fera pas bonne impression. Pas plus que Mailly qui apparaît derrière lui, le regard fuyant, démarche boiteuse, qui ne cesse de se tordre les mains. Et quand il le voit ainsi assis dans le box des accusés, il éprouve soudain un sentiment étrange pour celui qui a été son ami autrefois. Il n'a plus chevillée au corps cette haine d'avoir été trahi, la maladie a fait son office et la souffrance de sa chair semble l'emporter sur ses ressentiments. Pourtant, après avoir écouté l'énoncé des charges retenues contre eux, les différents témoignages, les analyses du légiste, et même la parole du sous-chef de la sûreté qui déclare crânement que les accusés sont passés aux aveux d'eux-mêmes, sans contrainte aucune, il a soudain un sursaut. Mailly, qu'il a voulu sauvé en changeant sa déposition, s'écrase dans le box des accusés et se tait, semble tétanisé et apeuré, et surtout réfute tout. Quand le procureur lui demande si Mailly est celui qui a rapporté le projet de cambriolage, il répond par l'affirmative, mais Gustave le contredit aussitôt en le traitant de menteur et en chargeant Crokidis qui n'est de toute manière pas là pour se défendre. Alors Louis, en rogne, contredit à son tour sa seconde déposition et redit ce qu'il a énoncé la première fois, que le marteau, c'est Mailly qui l'a pris, et que c'est encore Mailly qui a donné les premiers coups avec, avant de le lui mettre dans les mains. Gustave se met à sangloter en plein tribunal, jurant ses grands dieux qu'il n'a jamais eu l'intention de tuer qui que ce soit, que c'est Louis qui l'a poussé à commettre tout ça. Il se met même à brailler, quand Louis raconte comment il a frappé la vieille, disant :

« J'ai crié à Rambert, "Arrête, arrête !" mais il était comme fou… »

Comme si Mailly avait pu une seule seconde gueuler ainsi en pleine nuit, au risque de les faire prendre tous les deux sur le fait, songe Louis. Il en rajoute, estime-t-il, et il a beau avoir mis de l'eau dans son vin, sa rancœur reprend le dessus. Et ce, même si un médecin de la prison qui fait le point sur les deux accusés, confirme qu'il est atteint de tuberculose avancée, lui apprend que Gustave a une infection de l'os de la jambe qui ne guérira certainement jamais et peut lui coûter la vie si elle se réveille. Lui est mourant, il considère que Mailly n'a pas à se plaindre. Et puis c'est lui qui semble être la cible de toutes les critiques. Le réquisitoire de l'avocat général Guétat est sans appel, il revient sur les circonstances de son enfance en insistant sur la chance qu'il a eu d'intégrer l'orphelinat de Villeurbanne sans en saisir la portée, incapable de passer son certificat d'études, incapable de se plier aux valeurs religieuses, et très tôt se montrant violent, en particulier avec les animaux de ferme pendant ses périodes d'apprentissage, puis avec ses propres patrons. À ses yeux, Louis était destiné à être porté vers le crime, tant il avait chevillé au corps cet instinct du mal. Il termine en insistant tout particulièrement sur les conditions du meurtre et l'état des victimes pour bien rappeler aux membres du jury combien les deux accusés sont des monstres sanguinaires. Puis, après une courte suspension de séance, l'audience reprend avec les deux avocats dont la plaidoirie cherche avant tout à sauver la mère de Mailly, à charger Crokidis qui est en fuite et à amoindrir la responsabilité de Gustave. Louis, lui, semble perdu pour tout le monde. Quand les jurés se retirent pour délibérer, l'infirmière lui fait une piqûre pour lui redonner un peu d'allant et lui permettre de tenir jusqu'au bout. La fatigue l'a saisi depuis un peu plus d'une heure et c'est tout juste s'il tient debout. Mais il n'a pas longtemps à attendre, il ne faut qu'une demi-heure au jury pour se mettre d'accord, et quand l'audience reprend, le verdict est affirmatif sur toutes les questions posées, sans aucune circonstance atténuante. Crokidis est condamné par contumace aux travaux forcés à perpétuité. Si, par miracle, Marie-Louise Mailly est acquittée et sort du tribunal libre, son fils et Louis sont tous les deux condamnés à la peine de mort. Une sentence qui ne provoque aucune réaction et laisse le public de la salle complètement silencieux.

28 octobre 1932 – *Bulletin de situation, 1932 – été/automne : à l'inverse du début glacé de l'année, l'été est traversé d'épisodes caniculaires, tandis que l'automne et le début décembre sont très pluvieux, avec des inondations sur la Côte d'Azur et le Languedoc-Roussillon.*

En novembre, son frère Étienne est à peine enterré dans le caveau familial de Saint-Didier-au-Mont-d'Or, que Gustave doit régler une nouvelle difficulté. Crokidis, son camarade chiffonnier qui devait écouler les bijoux du braquage chez Bergeron, est introuvable depuis plusieurs jours. Comme beaucoup d'autres, il a sans doute dû quitter les baraques sur les bords de Saône pour se trouver un logement en dur, mais il n'a averti personne de son départ. Gustave se met en quête du bonhomme, interroge ses contacts et finit par le retrouver non loin de là, rue Chazière, dans une petite maison partagée avec trois autres colocataires. Crokidis n'a pas encore refourgué les bijoux, il est prudent. Il explique à Gustave que leur petite virée chez Bergeron est dans tous les journaux depuis la fin octobre, que la police est sur le qui-vive et que la pierre précieuse en particulier est trop reconnaissable pour essayer de la revendre maintenant. Il va falloir qu'il patiente. Quant aux alliances, deux sur quatre sont de piètre qualité et ne valent pas grand-chose, et pour les deux autres il lui suggère de les faire fondre et de les vendre au poids, ce que Gustave accepte. Pour le faire patienter, Crokidis le met sur une autre affaire, de l'argenterie qu'il n'arrive pas à écouler mais que Mailly aura peut-être plus de chance que lui à placer. Mais si Gustave prend la vaisselle et l'entrepose dans sa baraque, il finit par la laisser sur place et ne plus s'en occuper, profitant de sa richesse relative pour sortir, oublier la disparition de son frère dans une forme de fête renouvelée où plus rien ne semble compter, se payer des filles et boire des grands vins comme il n'a jamais pu s'en procurer, quand bien même il n'y connaît rien et ne fait pas la différence entre un suprême bourgogne blanc ou rouge de 1921, et un médiocre côtes-du-rhône de 1922. De temps à autre, il passe rue de la Guillotière rendre visite à sa mère et remarque que depuis la mort d'Étienne, des cheveux blancs ont fait leur apparition dans son ample chevelure brune.

Il n'a aucune nouvelle de Rambert et ne cherche pas à en avoir, bienheureux de mettre de la distance avec cet assassin qu'il se maudit d'avoir rencontré un jour.

* * *

L'hiver s'installe à Lyon, et Gustave n'a toujours pas fait le choix de quitter sa baraque, quand tous ses camarades ont fini par décamper et se trouver des points de chute plus confortables. Il n'utilise plus la cabane que pour y dormir de temps à autre et y entreposer des affaires, passant le plus clair de ses jours et de ses nuits dans le lit des tapineuses, avachi sur un canapé quelconque dans un claque, ou le nez sur un comptoir de bar où il termine de s'assoupir quand il a trop bu. À la mi-février 1931, il est pourtant dans sa baraque, y a dormi tout habillé mais s'est relevé pour entretenir le feu dans son poêle et glaner un peu de chaleur, quand on frappe à sa porte deux coups avec force, et qu'il entend prononcer son nom au-dehors. Il comprend tout de suite, ouvre la fenêtre située à l'arrière de sa bicoque et tente de sortir par là, mais il trouve deux agents qui ne se font pas prier pour l'arrêter d'un coup de matraque dans le ventre et un autre sur le dos. La police enfonce la porte et fouille méthodiquement l'intérieur. Gustave se croit à l'abri, ayant l'habitude de placer tous les objets litigieux dans sa planque dans les bois, mais il a complètement oublié l'argenterie que lui avait confiée Crokidis et qu'il a posé à même le sol de terre battue, seulement recouverte d'un tas de fripes pour la dissimuler. Il est écroué le 19 février 1931, pour recel d'objets volés et reste enfermé en préventive pendant quatre mois. Il apprend que ce n'est pas Crokidis qui l'a donné, mais un autre receleur qui a balancé son nom pour se tirer d'un mauvais pas. La prison Saint-Joseph n'est pas l'expérience la plus agréable qu'il ait eu à subir, mais Gustave relativise sa position, aucun des agents qui l'ont serré ne lui parle de l'affaire Bergeron, c'est donc qu'ils n'ont pas idée de son implication et que tomber pour recel serait un délit mineur. Il prend son mal en patience et fait surtout en sorte de ne pas se mettre à dos certains détenus parmi les plus violents. Son procès a lieu le 15 juin, et il est condamné à trois mois de prison, peine qu'il a déjà purgée pendant la durée de sa préventive. À l'issue du verdict, il sort donc libre du tribunal, mais ne se fait aucune illusion sur l'état de sa bicoque que la police s'est empressée de détruire. Après avoir quitté le palais de justice, il se rend rue de la Guillotière, longe les boutiques et pas de portes de toutes sortes qui en caractérisent les deux côtés, alternant bougnats, cafés, tailleurs, primeurs et autres magasins. Il bifurque dans une petite rue latérale et la remonte sur une dizaine de mètres avant de tomber sur un entrepôt de charbon, une carriole à bras laissée devant l'entrée. Juste à côté se trouve l'épicerie-café que tient sa mère, et Marie-Louise l'accueille à bras ouverts. Elle n'a plus que lui désormais, et les choix que son fils fait ne concernent que lui, tout au moins c'est ainsi qu'elle voit les choses. Elle lui propose de le loger en installant un petit lit dans son salon. Et la vie reprend son cours, mère et fils sous le même toit, Gustave étant reparti dans les bois récupérer dans sa planque l'argent qu'il avait mis de côté et quelques babioles qu'il lui restait à écouler avant d'être enfermé, et ramenant le tout en le déposant simplement dans le buffet du salon. Quand sa mère a besoin de quelque chose, Gustave lui dit de piocher dans les pièces d'or qui restent dans le buffet, que lui se débrouillera et qu'elle ne doit pas s'en faire, que désormais ce pécule lui appartient à elle seule et que c'est sa façon de lui régler une forme de loyer. De fait, s'il essaie d'aider sa mère à l'épicerie pendant quelque temps, et si la prison a au moins eu le mérite de l'éloigner de la bouteille, il s'ennuie affreusement et il reprend vite le travail en côtoyant de nouveau ses vieilles relations. Le 20 juin, il met la main sur un lot important de montres issues d'un vol dans une fabrique horlogère et parvient à en tirer un bon prix qui lui permet de tenir plus d'une semaine. Mais l'été s'avère toujours difficile pour les affaires, et il ne récolte que des broutilles, au point qu'il vit la fin du mois surtout grâce à sa mère. Le 1er juillet, après huit mois sans l'avoir croisé, il tombe sur Rambert dans une maison close, lequel s'intéresse à une habituée des lieux que Gustave connaît bien pour être monté plus d'une fois avec elle. Méfiant, il garde ses distances et se contente de le saluer, mais la soirée se poursuit autour de plusieurs verres et vers minuit ils se retrouvent tous les deux à la même table. Gustave vivote depuis trois mois, il a épuisé le magot, sinon la vingtaine de pièces en or qu'il a laissées à Marie-Louise et qu'elle utilise avec parcimonie, et il lui faut trouver de nouvelles ressources. Rambert, grand seigneur, passe sur la part que Crokidis devait lui remettre pour les bijoux et qu'il n'a jamais reçue, et il lui propose une nouvelle association, cette fois uniquement pour des casses dans des appartements ou des maisons vides, pendant que les occupants sont au travail ou partis en visite dans leur famille, ou bien des commerces la nuit ou des entrepôts contenant des marchandises et peu ou pas gardés. Et Gustave se laisse convaincre. Le dimanche suivant, il entre avec Louis dans la cour d'un immeuble bourgeois, ils restent un moment devant les boîtes aux lettres et Louis lui en indique une avec un journal du jour qui dépasse à l'extérieur.

« Celui-là. Regarde la date sur le journal.

– C'est aujourd'hui.

– Ça veut dire que le proprio n'a pas pris son journal, alors qu'il le livre à six heures. On est samedi. Il est parti à la campagne, avec sa petite famille…

– Tu es sûr ?

– La cambriole, c'est un métier. C'est quoi le nom ?

– Fichard, François, troisième étage.

– On fait un tapage à la flan[27]. Viens, on monte.

Parvenus au troisième, Rambert sonne à la porte du fameux Fichard. Pas de réponse. Il se tourne vers Gustave : « Tu vois, y a personne. On va pouvoir travailler ». Il place une cale à bois sous la porte, et fait levier avec un-pied-de biche, lentement, jusqu'à ce que la serrure commence à craquer, avoir du jeu et la porte s'entrouvrir, et d'un coup d'épaule achève le travail. Une fois entrés, ils vont vite en besogne, passent de pièce en pièce, cherchent les bijoux, l'argent liquide, les montres ou les fourrures. L'occupant des lieux collectionne les livres, mais son mobilier est quelconque et sa garde-robe ne comporte qu'un unique costume un peu élimé. En moins de vingt minutes, ils ont fait le tour de l'appartement et sont ressortis de l'immeuble. Le butin n'est pas faramineux, 400 francs en billets, un collier de femme et une vieille montre à gousset en or, mais c'est de l'argent vite gagné. Pendant quelques jours, ils multiplient ces petits casses, mais ne sont pas toujours chanceux, à deux reprises ils passent à un cheveu de se faire repérer par un voisin, et vider les chambres de bonne en semaine ne leur rapporte que très peu. Rambert propose alors à Gustave d'aller à l'embauche dans une usine de textile de Dardilly et faire un repérage pour lui, mais à son retour, il est incapable de lui donner des renseignements fiables sur le coffre-fort qu'il a entraperçu dans le bureau des caissières chargées de la paye des ouvriers. Louis s'y colle donc à son tour, et revient avec une mauvaise mine, mécontent de la marque du coffre, trop récent à son goût et qui va nécessiter un chalumeau de poche dont il ne dispose pas et qu'il va devoir se faire prêter, ce qui signifie donner une commission sur ce que le coup va leur rapporter. Ils font quand même l'affaire, et la nuit du 8 juillet, ils découpent avec un diamant la vitre d'une des persiennes de l'entreprise qui donne sur la rue et se glissent à l'intérieur du bâtiment. Louis met près de trois heures au chalumeau avant de parvenir à ouvrir le coffre, et dedans la déception est de taille : seulement quelques bons au porteur et pas d'argent liquide. Ils ont pourtant choisi leur moment en pensant que la paye serait dans le coffre, mais ils ne la trouvent pas et sont contraints de rebrousser chemin laissant derrière eux les 20 bons au porteur. Ces derniers seraient longs à négocier et, après la commission de celui qui leur a apporté l'affaire, du receleur et de celui qui a prêté le chalumeau, ils ne toucheraient dessus qu'une centaine de francs chacun, ce qui n'en vaut pas la peine. Il est préférable d'expliquer à tous les intermédiaires que le coup a été foireux. La déception s'empare de Gustave qui décide de prendre un peu de champ et de laisser Louis à ses petits casses un moment, pour retrouver quelques affaires du côté des chiffonniers. Il touche une petite somme sur un trafic de costumes pour lequel il joue les intermédiaires. Mais le samedi 11 juillet 1932, Rambert lui donne rendez-vous dans une maison de la rue Thomassin, et après quelques verres lui demande de l'accompagner à nouveau, faute d'avoir trouvé un autre second, sur une série de cambriolages qu'il a mis du temps à goupiller, quatre en tout à faire sur deux journées. Et cette fois-ci, Rambert semble avoir planifié l'organisation et repéré ses cibles avec soin, au point qu'à la fin du deuxième jour le butin cumulé des quatre casses avoisine les 2 000 francs par tête de pipe. Ils décident de fêter ça chez Rambert, dans la nouvelle chambre où il a emménagé, à Vaise, et ce soir-là le champagne coule à flots. Gustave est vite saoul, et quand Louis lui propose de sortir et d'aller à la Mercière, il refuse poliment, préférant rentrer se coucher chez sa mère, en lui promettant de le retrouver le lendemain. Le 13 juillet, Rambert et Gustave passent une partie de la journée ensemble, et commencent à envisager un nouveau coup, dans l'esprit du dernier qui leur a bien rapporté. Gustave demande à Louis s'il peut dormir chez lui ce soir-là, jaugeant que le quartier de la Guillotière commence à devenir trop tendu, avec une présence policière de plus en plus menaçante. Rambert ne sort pas, préférant se préserver pour la journée et surtout la soirée du 14 juillet qui s'annonce pleine de promesses : vin, champagne, danse à tous les coins de rue et filles à la clé. Mais en définitive Gustave change ses plans, se décide à aller danser dans une maison de passe, et finit par y croiser une fille qu'on surnomme « la Grande » et la suivre au-dehors. Dans un renfoncement de la rue Mercière, juste après la boutique de journaux et le café Central, elle ouvre une porte métallique qui mène à une cour intérieure, vide et crasseuse, seulement munie d'une petite guérite en bois où se situent les sanitaires collectifs, des escaliers extérieurs brinquebalants qu'ils empruntent pour se rendre au premier étage et accéder à la chambre, une pièce unique, avec pour seule fenêtre un vasistas ovale qui donne sur cette courette sans âme. C'est là que « la Grande » loue une piaule quand elle tapine dans le quartier, et Gustave y passe la nuit. Il ne rejoint Rambert que vers deux heures de l'après-midi le 14 juillet, et ils commencent à boire tous les deux quelques verres, pour se mettre en jambe pour la soirée. Ils prennent ensuite le tramway place de Paris et descendent place du Port, rejoignent des amis à la Guillotière, avant de passer rue Mercière et enfin de décider d'aller danser place Sathonay. Là, ils trouvent une table en terrasse et s'installent pour prendre le temps de regarder les danseurs et surtout les danseuses ; et de repérer celles avec qui ils pourraient peut-être partager une danse. Gustave se lève un instant et entre dans l'estaminet pour aller commander une bière et uriner, mais quand il revient à la table au-dehors, Rambert a disparu. Il pense qu'il a dû jeter son dévolu sur une danseuse, mais son verre a été renversé par terre et en scrutant la foule, il ne le voit nulle part. La nuit est tombée depuis longtemps quand il se décide à rentrer chez sa mère, rue de la Guillotière, sans s'inquiéter plus que ça de l'évaporation de Rambert qui est coutumier du fait, et qui a dû finir la nuit dans le lit d'une fille. Il passe le lendemain à cuver dans le salon de Marie-Louise, jugeant qu'il a un peu trop tiré sur la corde ces derniers jours et qu'il doit se reposer un peu et ménager sa jambe. Il dort presque tout le jour, dîne copieusement avec sa mère, et sort en espérant retrouver à nouveau « la Grande ». En arrivant devant la rue Mercière, il s'arrête un instant pour remettre du tabac dans sa pipe, s'abritant d'une petite averse soudaine sous l'auvent du café Aux dominos, et après avoir tiré deux bouffées, attendu que la pluie cesse, il se remet en marche en faisant attention de ne pas glisser sur les pavés humides. Toutes les fenêtres sont closes et les volets des persiennes en bois blanc ou noir presque tous rabattus. Toute la rue Mercière semble avoir la gueule de bois de la veille. Il est fatigué, se remet à boitiller, ne parvient pas à mettre la main sur « la Grande » et rentre bredouille à la Guille. À l'aube du 16 juillet 1932, il est à peu près six heures quand Gustave, torse nu devant l'évier de la cuisine et s'apprêtant à se raser, est arrêté net dans son élan par le surgissement de trois policiers en uniforme qui font irruption dans le salon et le mettent en joue. Marie-Louise se tient derrière eux ; elle leur a ouvert la porte et ils ont longé le couloir en silence pour le surprendre. Gustave pose doucement son rasoir à main sur la table, et sans ménagement les policiers lui passent les menottes, ramassent une chemise qui traîne par terre, lui mettent de force ses pieds nus dans ses souliers et le sortent sur le trottoir. Il n'a pas besoin qu'un panier à salade vienne l'embarquer, le commissariat de quartier est à deux pas du café-épicerie de sa mère, et les policiers le font marcher dans la rue, bras dans le dos et torse nu, les passants dévisageant Gustave tout en s'écartant sur leur passage. Dans sa cellule, il demande pourquoi il a été arrêté, mais pour toute réponse un gardien lui crie de la fermer. Au bout de trois heures, deux policiers viennent le chercher, le prennent par les dessous de bras et le soulèvent avant de le laisser tomber au sol. Les mains dans le dos, Gustave ne peut pas amortir sa chute et se cogne le crâne en tombant sur le parquet. Ils le reprennent à nouveau sous les aisselles, le traînent dans un couloir, puis en haut d'un escalier où à nouveau ils le laissent tomber. La première fois n'était pas un accident, la seconde non plus. Il tourneboule dans les marches de l'escalier, se tape le crâne, les épaules, les genoux, et sa jambe malade prend un coup sur un angle de marche. Quand il atteint le plancher de ce qui ressemble à une cave aménagée en salle d'interrogatoire, son arcade sourcilière se met à saigner. Les deux policiers sont descendus derrière lui, et ils le reprennent à nouveau, faisant fi de ses geignements, et encore une fois le font avancer sur quelques mètres, lui soulèvent les pieds du sol, avant de le lâcher. Cette fois, quand sa tête tape violemment par terre, Gustave perd connaissance. Quand il s'éveille, il est assis sur une chaise, sa jambe est un peu tordue et lui fait un mal de chien, il est trempé jusqu'aux os et du sang lui coule dans l'œil gauche, provenant d'une plaie au cuir chevelu. Un policier lui soulève la tête en le tirant par ses cheveux humides, tend le bras pour ne pas rester à proximité immédiate, tandis qu'un de ses collègues, face à Gustave, s'empare d'un seau et l'asperge d'eau glacée. Cela a le mérite de nettoyer le sang sur son visage, mais le froid le saisit aussitôt. L'interrogatoire commence :

– Bergeron, Henri-Odolis, 56 ans, et Péan, Antoinette, 80 ans, ça te parle ?

– Pas du tout…

– Ça commence mal, fait une voix dans le dos de Gustave au moment où il est projeté sur le côté gauche et bascule brutalement sur le sol en tombant de la chaise.

Les deux policiers qui l'ont déjà martyrisé le rassoient brutalement et la voix dans son dos reprend.

– Bergeron et Péan, cambriolés au Pérollier, du côté d'Écully, et tués à coups de marteau le 22 octobre 1930. Ça va te revenir là, non ?

– Je ne sais pas… qui c'est… parvient à balbutier Gustave entre deux bulles de sang s'échappant de ses lèvres.

– Bon, on reprend du début alors… fait la voix, et l'un des policiers s'approche avec un nouveau seau d'eau glacée qu'il lui jette à la face.

Gustave ne sait pas combien de temps dure ce manège, jeté par terre, relevé, éclaboussé d'eau gelée, questionné sans cesse, mais au bout d'un moment il perd la notion des heures et des minutes. Laissé seul sur sa chaise dans la cave, grelottant, toujours menotté dans le dos, ces quelques instants de repos lui permettent de se relâcher et il ne peut s'empêcher de se pisser dessus, l'urine chaude se répandant le long de sa cuisse et venant étrangement réchauffer l'humidité glacée de son pantalon. Il reste là, à mariner dans son jus, jusqu'à ce que l'homme qu'il n'avait pas vu jusque-là, et qui restait dans son dos à lui poser des questions, vienne se positionner face à lui : un moustachu, bedonnant, en chemise blanche, les manches retroussées.

– Mailly… Je ne sais pas pourquoi tu t'entêtes comme ça… Ce serait pourtant simple d'avouer et de passer à autre chose, non ? Tu me fais peine… Je vais t'aider mon gars. J'ai ici une déposition d'un certain Rambert, Louis, qu'on a serré avant-hier… ça te dit quelque chose, non ? Tu le connais, lui, c'est ton copain ? Me dis pas que tu le connais pas… ça sert à rien… dit l'homme sur un ton presque suppliant, comme s'il était sincèrement lassé de faire ce travail et de devoir supporter des dénégations inutiles à longueur de journée.

Mais Gustave ne le plaint pas, c'est un cogne, un maton comme les autres, ni plus, ni moins.

– Ouais… je sais qui c'est.

– Bien… tu vois, quand tu veux ! Alors, voilà, Rambert, lui, il nous a raconté une histoire, une belle histoire… tu veux l'entendre ?

– Mmm, fait Gustave en tournant la tête et en crachant un peu de sang.

– Alors voilà, c'est l'histoire de deux gars qui montent à Écully un soir de pluie. Ils y vont pour voler un ingénieur chimiste qui s'est mis en retrait et vit de ses rentes. Le cambrio tourne mal… et un certain Mailly tue le bonhomme à coups de marteau, et ensuite, il donne le marteau à son complice Rambert et lui dit d'aller tuer la vieille tante pour supprimer tous les témoins. Ensuite, ils s'emparent de tout ce qu'ils trouvent et se font la malle dans la nuit. Je résume, hein, je vais pas te lire toute la déposition non plus. C'est les grandes lignes.

– C'est pas comme ça que ça s'est passé… C'est Rambert, il était comme fou.

– Ah… voilà, voilà, voilà… on y est. On est bien là. Tu deviens raisonnable. Tiens, regarde, je te fais lire la déposition de ton copain… et ensuite, tu nous en feras une toi aussi.

Les policiers enlèvent les menottes de Gustave, et pendant quelques minutes il peut à nouveau bouger ses bras et tourner ses poignets, avant qu'ils lui remettent les menottes mais les mains sur le devant cette fois, ce qui lui permet de prendre la déposition de Rambert entre ses doigts et de la lire, lentement. Gustave a toujours eu du mal avec la lecture, il s'emmêle les mots quand il a trop de lignes sous les yeux, mais cette fois il se concentre et prend le temps de déchiffrer attentivement. Rambert a changé le déroulé des événements, il a tout simplement pris sa place, devenant le suiveur et le plaçant lui en position de meneur. Il explique dans sa déposition que c'est Gustave qui a trouvé le marteau et a porté les coups sur Bergeron tandis que celui-ci se débattait, et ensuite seulement Rambert aurait à son tour frappé, à la demande de son complice l'invitant à achever la victime. Il inverse ensuite les rôles pour la vieille tante qu'il dit avoir frappée en premier, à nouveau à la demande de Mailly, avant que ce dernier ne vienne finir le travail. Ce type, qui n'a que le mot *bourdille* à la bouche dans sa déposition, est la pire d'entre elles, un traître de première catégorie et il est hors de question qu'il se laisse faire. Il réclame alors à l'inspecteur qui l'a interrogé de faire lui aussi une déposition : il a une vérité à déclarer et à défendre.

Dès le lendemain, il est transféré à la prison Saint-Paul, celle qu'il voyait depuis sa cellule de la prison Saint-Joseph voisine quand il était en préventive pour recel. Cette fois, il est dans une aile pour détenus dangereux, des meurtriers pour la plupart, et partage sa cellule de huit mètres carrés avec un autre prisonnier qui ne lui adresse pas la parole à son arrivée et se contente de se tourner sur le lit du dessous d'un ensemble de deux couchettes superposées. Il s'installe tant bien que mal sur celle du dessus avec le paquetage qu'on lui a remis à son arrivée. Comme il était torse nu, que la chemise que les policiers ont ramassée chez lui était à demi déchirée et que son pantalon est plein de sang, il reçoit le costume pénal réglementaire, pantalon brun et veste sombre sur une chemise grise, et le revêt aussitôt. Le jour même, un médecin, le docteur Jean Lacassagne, vient l'ausculter, et vérifier son état de santé. Gustave lui parle de ses antécédents avec sa jambe et ses poumons. Quant à René, son compagnon de cellule, il ne reste pas longtemps avec lui. Au bout de quelques jours il est transféré, et ils n'auront échangé qu'une vingtaine de mots pendant tout le temps passé ensemble. Il est maintenu seul en cellule, ce qui est rare et qu'il apprécie, et ne croise d'autres visages que lors des sorties dans la cour de promenade. Sa mère, Marie-Louise, vient lui rendre visite une fois toutes les deux semaines au parloir. Et un avocat lui a été commis, un certain maître Valansio, qui lui apprend que Rambert est lui aussi à Saint-Paul, mais dans une autre aile que la sienne pour éviter qu'ils se croisent dans un couloir. Pendant plusieurs mois, Gustave n'a d'autres distractions que les visites de son avocat, les rendez-vous chez le juge d'instruction et la confirmation de sa déposition, et les passages de sa mère. Bien qu'il n'aime pas cela, son ennui est tel qu'il finit par demander à l'homme qui est dans la cellule à côté de la sienne s'il accepterait de partager son journal quand il n'en aura plus l'usage. Un surveillant lui amène bientôt et il se met à déchiffrer les articles en essayant de se concentrer malgré le tintamarre ambiant. Pour appeler les gardiens, les prisonniers n'ont d'autre choix que de frapper sur la porte de leur cellule et de crier, et les journées en prison deviennent vite un calvaire sonore permanent, avec un raffut qui n'en finit jamais dans les couloirs. Les jours de pluie, et l'hiver, les températures baissent vite entre les murs humides et Gustave n'a de cesse de renifler et cracher des glaires. Le docteur Lacassagne fait une demande à l'administration pénitentiaire et obtient pour lui des couvertures supplémentaires et un lainage qu'il réclamait en vain depuis des jours et que sa mère tardait à lui faire porter. Au début de l'année 1932, un jour de neige qui le contraint à ne pas quitter sa cellule et à rater la promenade, son avocat lui rend visite et l'informe que le procès aux assises aura lieu vers la fin de l'été ou au début de l'automne, et qu'il faudra alors se confronter aux déclarations de Rambert qui, pour le moment, maintient ce qu'il a dit dans sa déposition. Si le jury considère que Gustave a bel et bien tué Bergeron à coups de marteau, il pense qu'il ne pourra pas échapper à la peine capitale. Mais la justice prend son temps, et de longs mois s'écoulent sans que rien se passe ; jusqu'à l'été, lorsque le juge d'instruction ordonne le 18 juillet une reconstitution sur les lieux du crime et fait venir les deux accusés, l'un après l'autre, sur place. Deux policiers prennent les rôles de Bergeron et de sa tante, et un troisième celui du complice de l'accusé à qui on demande de mimer le déroulé des faits selon sa déclaration. Gustave ne se souvient déjà plus bien de cette nuit-là, et pressé de s'exécuter, il s'embrouille dans ses explications, mais quand il se met enfin en action, malgré les chaînes qui entravent ses mouvements, tout lui revient plus clairement à l'esprit. Son avocat le félicite, et on le ramène jusqu'au fourgon pénitentiaire pour faire passer Rambert après lui sur les lieux. Ils se croisent brièvement en marchant l'un vers l'autre, et celui-ci, amaigri et livide, lui glisse au passage « Crevure de bourdille », avant de continuer son chemin. Il monte ensuite difficilement dans le fourgon qui n'attend pas que Rambert ait terminé son audition et ramène tout de suite Gustave à Saint-Paul où on le conduit en cellule, tandis que le fourgon fait demi-tour. Il doit attendre une nuit avant que maître Valansio revienne le voir au parloir et semble tout excité par ce qu'il a à lui dire :

– Gustave… Vous avez fait bonne impression, hier, lors de la reconstitution, et le juge a bien vu, je crois, que vous n'inventiez pas les faits. Mais il y a mieux. Rambert… lui s'est emmêlé les pinceaux. Tellement… qu'il a fini par changer sa déposition. Il a admis que c'était lui qui avait frappé Bergeron avec le marteau, et pas vous. Vous êtes sauvé. Heureusement qu'il a fini par avouer, sans quoi vous étiez faits tous les deux… personne n'est infaillible, et les assises, c'est une vraie loterie parfois…

– Ça alors ! Il a fini de me mettre le paquet sur le dos, cette vache. Il était temps. J'y croyais plus. Ça veut dire que j'irai pas sous la Grande Tondeuse à Deibler ?

– Comme je vous le dis, les assises… c'est parfois difficile à prévoir. Les jurés… pensent ce qu'ils veulent, mais ce que je sais, c'est que l'accusation de meurtre sera réduite à de la complicité d'assassinat, ce qui vous laisse une possibilité d'éviter la peine capitale, oui.

– Une possibilité ? Juste une possibilité… C'est toujours ça. Hum… mouais, c'est toujours ça, finit par lâcher Gustave, comprenant que rien n'est joué.

La date du procès est fixée au 28 octobre 1932, et pendant les jours qui précèdent, Gustave ne parvient pas à dormir, fait les cent pas dans sa cellule, est constamment sur les nerfs, et ne se calme qu'en lisant le journal. À force de se contraindre à déchiffrer les phrases des journalistes, il a fait des progrès en lecture, en particulier la page des faits divers. Le 24, il se passionne pour l'un d'eux relaté dans *Le Petit Journal* et dont il suit le déroulement depuis le printemps. En mars, Marien Evaux, un journalier de 31 ans, au château des Bruyères à Saint-Georges-de-Mons, tire un coup de fusil sur Marie-Louise Loiseau, qui tombe la mâchoire brisée. Son amie, la veuve Marguerite Rossignol, est frappée à coups de fusil sur la tête, puis étouffée, le visage plaqué sur le sol. Après avoir dérobé 30 000 francs, Evaux arrose le corps de la veuve de pétrole et l'embrase. Se rendant compte que Loiseau a réussi à s'enfuir malgré sa blessure, il la retrouve cachée derrière une haie. Il la couvre de foin, y met le feu, et quand la chaleur devient intolérable et qu'elle tente de s'échapper, il la saisit, la ramène dans la maison et l'étouffe comme son autre victime, avant de l'immoler à son tour. Le crime commis, il cache l'argent et retourne se coucher dans la maison familiale, sans rien changer à ses habitudes. Son procès s'ouvre aux assises du Puy-de-Dôme, et pendant les débats, Evaux refuse d'indiquer l'endroit où il a caché son butin, et ce bien que le président du tribunal ait fait remarquer qu'il n'en aurait jamais la jouissance. Le 25 octobre, pour l'assassinat des deux sexagénaires, il est condamné à la guillotine. Gustave est impressionné par le mode opératoire de cet homme et la façon avec laquelle il a tué ces deux femmes, avec méthode et une forme de froideur clinique incroyable. Il a lu que pendant l'instruction, Evaux a tenté de se faire passer pour dément, sans que les médecins tombent dans le panneau, et il a été jugé entièrement responsable de ses actes. Gustave ne peut s'empêcher de faire le parallèle avec Rambert, se demandant si son camarade n'est pas un brin dérangé malgré tout, et les images des crânes défoncés de Bergeron et de la vieille tante, les flaques de sang et les bouts de cervelle se réimpriment dans son esprit et ne le quitteront plus jusqu'au matin du procès, trois jours plus tard. Le lendemain, le docteur Lacassagne vient le voir et discute longuement avec lui. Gustave a l'impression que l'insistance avec laquelle cet homme le somme de rédiger ses mémoires n'a rien d'amicale. Pour lui, Lacassagne les utilise, lui et Rambert, comme des objets d'étude, et sous couvert de leur proposer de dire leur vérité, de donner leur version des faits, de laisser au monde une trace de leur passage, il cherche encore, comme les juges, comme les matons, comme tous les bourgeois venus au procès et les jurés sans doute, et tous ceux qui seront là pour assister à leur décapitation, à se rassurer sur leur monstruosité, sur leur différence, sur ce qui fait qu'ils sont devenus la lie de la belle humanité, la part obscure qui a commis un crime, la brebis anormale au sein du troupeau. Il accepte de s'engager à rédiger quelques pages après le jugement, mais lui dit qu'il n'ira pas plus loin, d'autant qu'il n'aime pas écrire. Ce n'est pas à une forme de journal intime qu'il veut confier son âme, il ne l'a jamais fait. À un prêtre, passe encore, mais cela dépendra de l'issue du procès, songe-t-il.

Quand ils se retrouvent dans le box des accusés, Gustave et Rambert ne se sont pas revus depuis la fameuse reconstitution du 18 juillet où ils se sont seulement croisés brièvement. Louis paraît avoir encore maigri, mais il porte encore beau, rasé de près sur les joues et le menton, il a conservé une fine moustache de quelques jours au-dessus de la lèvre supérieure, cintré dans un costume qui a dû lui être prêté, mais propre, avec seulement les manches un peu courtes au niveau de ses poignets, et une chemise blanche sans cravate. En revanche, il a le teint livide, ses yeux se sont un peu enfoncés dans ses orbites, et il passe son temps à toussoter, parfois en mettant la main devant sa bouche. Il est malade et une infirmière de la Croix-Rouge l'accompagne sur le banc et lui fait des injections deux fois par jour pour le soulager. Cela ne l'empêche pas, après que Gustave a effectué sa déposition devant les jurés, d'en faire de même, avouant désormais être celui qui a infligé les coups de marteau aux deux victimes. Gustave est aussi sincère, il dit les événements tels qu'il les a vécus, en suivant Rambert, mais en participant activement à l'intrusion, à la tentative pour bâillonner Bergeron et au vol qui s'en est suivi. Il décrit la façon, enfin, dont ils se sont débarrassés du marteau et des deux pistolets trouvés là-bas, en les balançant dans le Rhône. Les policiers qui ont procédé aux arrestations et à l'enquête sont ensuite interrogés, et ils sont nombreux à passer à la barre les uns après les autres, les gendarmes de la Demi-Lune qui sont arrivés les premiers sur les lieux, puis le commissaire divisionnaire Vuillermoz, le commissaire divisionnaire Barbieri, le capitaine de gendarmerie Robelin et le lieutenant Arabert, le commissaire Barnaud et l'inspecteur Luc, de la brigade mobile. Aux yeux de Gustave, tous ceux-là en rajoutent, multipliant les détails inutiles et les conjectures ridicules, s'appesantissant longuement sur les traces laissées sur place, les empreintes palmaires identifiables, le sang qui a goutté à travers le plancher de la chambre du premier pour venir former dans le corridor une « flaque macabre » disent-ils, une trace de doigt imprégnée de sang retrouvée dans une valise de cuir ouverte en arrachant la serrure, et sur une lampe Pigeon posée sur la table de nuit, une autre empreinte sanglante sur un couvercle de boîte en carton ayant contenu des faux cols et placée sur une armoire. Ils détaillent encore la bouteille et les verres retrouvés dans la cuisine de Bergeron, indiquant que ce dernier leur a aimablement payé un coup avant de se faire sauvagement assassiner. Tous insistent sur les corps des victimes, la façon dont ils ont été choqués par le sang et la cervelle éparpillée autour des têtes de Bergeron et sa tante. Après la pause, quand Rambert et Gustave réintègrent leur box, ils ont passé un peu plus d'une heure dans une petite salle surveillée par deux agents de police, et si Louis s'est assoupi, épuisé, Gustave a bien entendu les cris de la foule qui était mécontente de ne pouvoir entrer dans la salle d'audience déjà complète, et le contraste avec le silence pesant des spectateurs présents quand ils sont revenus sur leur banc. Il scrute aussi avec attention les membres du jury qui se rassoient tous à tour de rôle et saisit dans leur regard un changement depuis le matin. Ils les observent désormais avec une haine sourde et croupissante au fond des yeux, elle est palpable, et elle lui fait peur. Le président du tribunal les interroge à nouveau, demande qui a décidé du coup. Rambert charge Gustave en disant que c'est lui qui a prémédité l'affaire, lequel se défend expliquant que l'idée est venue de Crokidis, le chiffonnier qui s'est chargé du recel, et qui en a parlé à Rambert. Mais Crokidis, lui, a senti le vent tourner et il s'est fait la malle avant d'être arrêté. Il est introuvable, et la police pense même qu'il a fini par retourner en Grèce. Il faudra le juger par contumace explique le président, avant de se tourner à nouveau vers eux et d'insister sur le crime de Bergeron. Rambert aussi a saisi le changement chez les jurés à la reprise des débats, il paraît impressionné par ces visages fermés et ces mâchoires serrées, et soudain, à la surprise générale, il change sa version des faits et revient à sa première déposition.

– Je lui ai sauté à la gorge. Je l'ai renversé. Je me suis assis sur ses reins. Pendant ce temps, Mailly est allé chercher un marteau et avec, lui a fracassé la tête, dit Louis dans un souffle.

– Ce n'est pas vrai. Rambert l'avait déjà à moitié étranglé et c'est lui qui l'a frappé à coups de marteau ! proteste Gustave, qui se fait remonter les bretelles par le président lui indiquant qu'il n'avait pas la parole et qu'il n'a pas à s'exprimer quand on ne lui demande pas de le faire.

– Mailly, vous dites que vous ne vouliez pas tuer… mais seulement bâillonner et ligoter les victimes ? insiste le président Coester.

– Oui, monsieur le président.

– Mais enfin, vous vous doutiez bien qu'on vous aurait vite arrêté, reconnaissable comme vous êtes avec votre boiterie… ça ne tient pas votre histoire.

– Je… je voulais passer la frontière. Je ne voulais pas tuer, je le jure, lance Gustave en sanglots.

– Est-ce que vous avez bâillonné Bergeron, alors ?

– Non, c'était inutile. Rambert l'avait étranglé, et c'est Rambert qui a frappé à coups de marteau…

– N'importe quoi ! crie Louis depuis le box, et le président, une nouvelle fois, leur demande de respecter les temps de parole qui leur sont impartis.

Coester poursuit et les interroge sur le crime de la vieille tante. Et là, Rambert reprend sa déposition corrigée et avoue l'avoir étourdie d'un premier coup de marteau, avant de la terminer au sol de plusieurs autres coups, sans impliquer son complice. Gustave réagit pourtant à nouveau : « J'ai crié : “Rambert, arrête, arrête. Tu es fou !” Du sang, du sang, du sang. Il y en avait partout ! Rambert riait en me disant : “Tu vois comme cela a été vite fait!" » Et Louis le coupe net encore, en affirmant qu'il n'a jamais dit ça, en même temps que le président rappelle aux prévenus de bien vouloir parler chacun leur tour et incite leurs avocats à les calmer. Puis vient le tour des témoins, ceux qui les ont vus tourner dans le quartier des semaines avant le crime, en particulier un cheminot qui rentrait chez lui et les a remarqués dans un cabriolet neuf de marque Licorne, et ceux qui les ont croisés juste après. Jusqu'à ce qu'à la vue de Gustave, qui s'effondre la tête entre les mains, l'on fasse entrer sa mère dans le box des accusés. Elle a été arrêtée à son tour, quelques jours avant le procès, puis remise en liberté provisoire, et convoquée au tribunal. Elle est accusée de recel pour avoir utilisé une partie de l'argent volé par Gustave afin de régler une dette qu'elle avait contractée auprès d'une voisine. On la soupçonne aussi d'avoir écoulé pour son fils l'essentiel des pièces d'or. Elle jure ne pas avoir su d'où provenaient ces pièces dont disposait Gustave, et il confirme ne jamais avoir parlé à sa mère de l'affaire. La voisine, la veuve Seigle, née Bourdaret, qui aurait touché l'argent, est appelée à témoigner mais celle-ci disculpe Marie-Louise en définitive, expliquant qu'elle n'a jamais eu la plus petite pièce d'or, remise par Mme Mailly, en sa possession, mais qu'elle les a vues chez elle. Si certains voisins témoignent de la moralité de la mère de Gustave, le maire de Saint-Didier-au-Mont-d'Or passe ensuite à la barre et dépeint une famille dont la réputation était particulièrement mauvaise parmi ses administrés quand les Mailly vivaient sur sa commune. Il rappelle les frasques de ses frères dans sa ville, le bougnat tenu par son père et mal fréquenté, les soupçons de recel qui déjà à l'époque pesaient sur sa mère. Les techniciens viennent ajouter leurs analyses ; le professeur Étienne Martin, médecin légiste, parle d'un marteau qui se trouve parmi les pièces à conviction pour expliquer que c'est ce genre d'outil qui a sans doute servi au crime, bien que cela ne puisse être précisément celui qui était chez Bergeron, puisqu'il a fini dans le Rhône. Il insiste ensuite sur les deux prévenus, en indiquant que bien qu'ils soient tous les deux malades, il les considère comme parfaitement responsables de leurs actes. Gustave est prostré sur le banc, effondré et posant des regards fuyants à droite et à gauche, comme s'il ne voulait plus rien entendre de ce qui se dit dans le prétoire. Rambert, à l'opposé, affecte une retenue et une distance froide en écoutant les propos tenus face à lui, jusqu'à ce que le témoin suivant apparaisse et qu'il y reconnaisse celui qui l'a copieusement tabassé après son arrestation, le sous-chef de la Sûreté Louis Couplet, celui qui l'a arrêté le soir du 14 juillet, alors qu'il s'apprêtait à danser sur la place Sathonay. Grinçant des dents à force de serrer sa mâchoire, il lâche en direction de Mailly, tout en montrant le flic du menton, « Le sale maton », ce que Gustave ne relève pas, bien placé pour le savoir, puisqu'il a lui aussi été interrogé par Couplet qui l'a tabassé et questionné à l'eau glacée pendant des heures. L'avocat général Guétat prend place et se lance dans son réquisitoire, sans effets de manche, sans grandiloquence affichée, replaçant les événements dans leur contexte précis, mais détaillant jusqu'à l'écœurement les scènes de crime, l'état des victimes, les taches de sang partout, au point que parmi les jurés, l'un d'eux a un léger haut-le-cœur et met la main devant sa bouche. Il conclut en réclamant pour Mailly et Rambert, pour vol et assassinat avec préméditation, la peine capitale, ajoutant que Crokidis sera jugé par contumace tel que le prévoit la loi, et ne demandant, pour Marie-Louise Mailly, qu'un chef de recel simple. Les avocats prennent alors le relais, défendent leurs clients du mieux qu'ils peuvent, plaident la maladie de Rambert, la faiblesse et le handicap de Mailly, l'innocence enfin de Marie-Louise, et demandent de tenir compte de circonstances atténuantes. Rambert se lève lentement, en deux mots dit qu'il regrette et demande pardon, puis se rassoit, exténué par ce simple effort, tandis que Gustave, le regard perdu, une main passée dans les cheveux et se tenant l'arrière du crâne, lâche contre toute attente : « La peine de mort et qu'on en finisse. » À 17 h 45, le jury se retire pour délibérer, les deux prévenus sont renvoyés dans la petite pièce attenante au tribunal où ils patientent pendant les suspensions de séance. Gustave est tremblant, il pensait voir sa mère, mais elle a eu le droit de rester dans le box pour entendre sa peine en premier. Après tout juste une demi-heure, les deux policiers de garde indiquent qu'ils ne vont pas tarder à y retourner, le jury a délibéré et a rendu son premier avis concernant Marie-Louise. Quand Gustave retourne dans le box, il ne sait pas que sa mère a été acquittée. Cette dernière a aussitôt été remise en liberté et elle n'est pas présente dans la salle pour entendre la sentence concernant son fils : la guillotine. Dans le public, pas un bruit, pas une parole à l'énoncé de la condamnation à mort, et ni Gustave, ni Rambert ne prononcent le moindre mot. L'huissier appelle solennellement Nisephane Crokidis à trois reprises, avant que le président Coester n'ajoute qu'en son absence, ce dernier est condamné par contumace aux travaux forcés à perpétuité pour complicité de recel consécutif à un assassinat. Il lève la séance, non sans donner rendez-vous à Rambert et Mailly pour le lendemain. Ils doivent en effet comparaître à nouveau pour plusieurs vols et cambriolages que la justice leur reproche. Leurs avocats ont déjà reconnu tous les faits imputés à leurs clients, et ils demandent à surseoir à cette nouvelle convocation devenue inutile. À leurs yeux, les deux prévenus étant déjà condamnés à la peine capitale, le cumul des peines serait absurde, mais en vain.

25 janvier 1934 – *Bulletin de situation, 1934, après l'hiver : mi-avril, une vague de chaleur particulièrement forte s'installe, avec jusqu'à 29 degrés à Paris, Strasbourg, et Clermont-Ferrand, qui s'accompagne de violents orages. La sécheresse s'installe sur le pays du printemps à l'été, avec une canicule en juillet et jusqu'à 35 degrés à l'ombre. Une tempête consécutive à un cyclone tropical s'abat sur le Sud-Ouest en septembre.*

Après la sentence, le retour en cellule est vécu comme une bénédiction par Louis. La journée a été très longue, il se sent épuisé. Il regarde un instant le ciel gris et sombre à travers les barreaux, aimerait y voir quelques nuages particuliers, quelque chose lui permettant de focaliser son regard dessus, mais le ciel est uniformément anthracite, sans une touche de blancheur quelconque, et la nuit ne va pas tarder à recouvrir la ville de son manteau noir. Ainsi la guillotine l'attend… songe-t-il, enfin, si elle se presse pour venir jusqu'à lui tant qu'il a encore assez de poumons pour se donner un souffle de vie. Il s'endort sur cette pensée, et le lendemain il est sur le point de réclamer d'être à nouveau envoyé à l'infirmerie tant il se sent faible. Mais il sait qu'il doit retourner au tribunal pour participer à la grande comédie finale, et il ne veut pas se gâcher ce petit plaisir de voir toutes ces bonnes gens réunies dans la salle pour le regarder dans son habit de condamné à mort. Le 30 octobre, il revêt effectivement la chemise de bure des futurs « rasés de près », ainsi que des fers qui gênent considérablement sa marche, et se rend au tribunal pour entendre une nouvelle accusation, une liste de dix-neuf cambriolages qu'on lui attribue avec certitude. Et à écouter le réquisitoire, il songe intérieurement : « Si vous saviez… vous êtes loin du compte. » En vingt-quatre heures, le visage de son camarade Mailly a changé. Il semble étrangement détendu, comme si sa sentence de mort, maintenant qu'elle était officiellement posée, ne lui pesait plus autant que lorsqu'elle n'était qu'une hypothèse. Il s'entretient même avec Couplet, le cogne qui les a torturés pour les faire avouer, ce qui laisse Louis sans voix un instant. Maître Sabatier lui annonce que c'est son collègue qui sera le référent principal du procès et que ça ira vite. De fait, maître Valansio, l'avocat de Mailly, se tourne vers le président du tribunal et lui demande d'écourter les débats, les deux prévenus reconnaissants tout sans demander à ajouter quoi que ce soit. Le président Coester accepte de ne pas interroger les témoins, et l'avocat général aussi, mais il tient tout de même à énoncer chacun des méfaits qu'on reproche à Louis, principalement, Mailly n'étant entendu que pour deux d'entre eux. La liste s'allonge et le président à chaque fois lui demande s'il répond positivement à chaque accusation, ce qu'il fait d'un simple signe de tête, sans même ouvrir la bouche. Après une heure de ce manège, Louis cesse de regarder la foule dans la salle ; même ce spectacle, il s'en rend compte désormais, ne lui fait plus rien. Le président lit une à une les quelque soixante questions posées au jury, et au terme de son énoncé, les jurés répondent tous par l'affirmative. Ils sont condamnés à des peines allant de cinq à vingt ans de réclusion criminelle selon les chefs d'accusation et qui s'ajoutent à leur peine actuelle. Mais quelle sentence peut détrôner la peine de mort ? se demande Louis. Leurs avocats ont introduit un recours en grâce, comme il se doit en pareil cas, mais sans se faire aucune illusion. Au terme de ce dernier acte judiciaire, et au retour du tribunal, Louis ne réintègre pas sa cellule, mais le « couloir des fers », une aile spéciale de la prison réservée aux condamnés à la peine capitale. Outre les vêtements et les chaînes, lui et Mailly se retrouvent dans des cellules isolées, avec une planche de bois pour lit, un oreiller de plumes et une couverture qui n'est guère suffisante pour combattre le froid en ce début novembre. Une petite table et une chaise sont disposées contre un des murs, et leurs maigres effets personnels sont constitués du tabac et des feuilles à rouler que le docteur Lacassagne leur apporte, de papier et d'une plume avec de l'encre pour écrire leurs dernières volontés. L'ordinaire est aussi médiocre que lorsqu'ils étaient en cellule, mais rapidement, et à l'inverse de Mailly qui ne cesse de réclamer plus de nourriture, cela ne fait plus partie des priorités de Louis. Son état de santé recommence à se dégrader, et il perd à nouveau tout appétit. Parfois pris de quintes de toux irrépressibles, il est surtout épuisé en permanence, ayant perdu le goût, ne se nourrissant que lorsqu'on met des condiments dans sa nourriture. En décembre, il ajoute les crachats sanguinolents à sa toux, et la fièvre l'accompagne en permanence. Il ne se lève presque plus, est si faible qu'il perd même le désir de fumer, alors qu'il ne faisait plus que ça dans ses premiers temps en cellule après son arrestation. Mais il ne se plaint jamais, à personne. Ni au gardien qui est assis en permanence entre sa cellule et celle de Mailly, ni au docteur Lacassagne qui continue de lui rendre visite régulièrement. Il se dit qu'il n'y a rien à faire, que sa mère est passée par les mêmes épreuves autrefois et, dans l'image fantasmée qu'il s'en est fait, elle a été stoïque jusqu'au bout. Il se doit d'être aussi fort qu'elle le fut. La seule chose qu'il réclame, c'est qu'on lui enlève les fers aux poignets et aux chevilles. Il a tellement maigri, tellement perdu de masse musculaire, qu'il n'est plus en mesure de lever les bras ou de bouger les jambes tant les chaînes lui pèsent. C'est d'ailleurs l'argument que brandit Lacassagne auprès de la presse et de la commission des peines. Dans *Le Progrès*, le 21 janvier 1933, il dit au journaliste qui l'interroge : « Il n'est pas question de plaindre l'assassin. Mais il est juste de constater que le jury l'a condamné à être guillotiné et non à subir, des mois, un supplice qui est une torture prolongée, une torture physique, qui peut être comparée aux plus atroces de celles que les anciens bourreaux étaient chargés d'administrer. » Et tandis que le bon docteur fait le siège de l'opinion publique, les avocats continuent de réclamer une grâce présidentielle, avec le même argument : est-il raisonnable d'envisager d'amener à l'échafaud un homme qui ne tient plus sur ses jambes et est déjà à l'agonie ? Louis n'en a cure. Il ne se projette plus en rien. C'est à peine s'il continue de penser, s'échappant parfois dans les limbes et ne semblant réintégrer son corps que de temps en temps. Il se transforme en une sorte de mort-vivant, un squelette qui a encore un faible souffle de vie pour l'animer, les yeux enfoncés dans les orbites, la peau parcheminée, les pommettes saillantes. Ses mains deviennent difformes et ses ongles s'allongent affreusement, n'étant plus en mesure de se les couper lui-même. Lacassagne lui en fait la remarque, expliquant que c'est un des symptômes de la tuberculose avec lequel il doit composer, lui demande s'il veut qu'on s'en occupe pour lui et il a alors encore un éclat d'intelligence en répondant : « Deibler s'en chargera. » Il tousse, il crache, encore et encore, sa respiration est de plus en plus sifflante, ses douleurs thoraciques s'accentuent à nouveau, il fait un effort surhumain pour porter un verre d'eau à ses lèvres malgré ses chaînes trop lourdes, et à chaque visite de Lacassagne, il n'a bientôt plus que deux mots à lui dire : « C'est long… » Le 29 février 1933, l'avocat de Mailly annonce aux deux détenus qu'ils ont rendez-vous avec la présidence de la République à l'occasion d'un passage de Lebrun à Lyon. Mais il faut encore attendre le 16 mars, avant que la nouvelle ne soit officielle : ils sont graciés. Si Mailly a une réaction compréhensible, le cri de joie de savoir qu'il ne finira pas sous le tranchant de la guillotine, Louis pour sa part n'a aucune réponse à délivrer face à cette nouvelle. Deux jours plus tard, Lacassagne vient le visiter et espère se réjouir avec lui, mais rien n'y fait, Louis n'éprouve rien de particulier, son regard s'éclaire cependant quand il voit le docteur. Celui-ci, ce qui n'est pas le cas de Mailly qui lui a sa mère, est désormais son seul lien avec le monde extérieur.

Pourtant, contre toute attente, après avoir été transféré à l'infirmerie, et qu'on lui a ôté les fers, Louis qui était programmé pour y finir ses jours au plus tôt, semble se rétablir peu à peu. Lacassagne le trouve même assis auprès du poêle avec d'autres détenus quand il vient le voir. Son regain de vie paraît miraculeux, il respire mieux, se sent mieux lui-même, au point de quitter le lit, quand bien même éprouve-t-il encore des douleurs latentes dans la colonne vertébrale et ses poumons continuent-ils de le lancer. En mai, Lacassagne lui confie qu'au regard de sa nouvelle condition, tout le monde va penser qu'il a menti à la terre entière en le déclarant mourant, et tout cela pour manipuler l'opinion et le président de la République !… Pourtant, tous les médecins consultés ne lui donnaient plus que quelques jours, et le voilà à nouveau sur pied, à sourire même, à réclamer bientôt de quoi fumer. Pendant un mois, sa peau retrouve une couleur chair, les cernes sous ses yeux se réduisent, ses lèvres récupèrent un peu de leur rougeur. Il mange à nouveau, et ses mains ont retrouvé leur proportion normale. Mais cette rémission n'est que de courte durée. Dès le mois de juin, Louis fait une rechute, et à nouveau il se remet à cracher ses poumons, ne plus pouvoir rien avaler, et est contrait d'être alité. Ses urines virent à l'orange, des éruptions cutanées apparaissent puis disparaissent, et les douleurs thoraciques reprennent de plus belle. Et pourtant, il continue de lutter, comme si la vie en lui s'accrochait avec les griffes et toute la rage possible, malgré l'agonie. Pendant tout l'été Lacassagne vient le voir à l'infirmerie, et à chaque fois s'étonne de l'y trouver encore. Louis n'est plus alors que l'ombre de lui-même, un fantôme humain d'une maigreur effroyable, qui ne parle quasiment plus, vit endormi la plupart du temps, secoué de quintes qui ne le font presque plus cracher, il n'en a plus la force ni assez de salive au fond de la gorge. À l'automne, il est convenu que, pour le bien-être des autres détenus de l'infirmerie, il est préférable de placer Louis à l'isolement. L'odeur de mort qui se dégage de son corps empuantit toute la salle, et le froid empêche d'aérer assez fréquemment. Il ne reçoit plus que deux visites, celle de l'infirmière chaque jour, et celle de Lacassagne une fois par semaine. Il passe le reste de son temps seul, allongé face à une fenêtre grillagée, à regarder la couleur du ciel, rarement troublée par le passage d'un oiseau le jour, et à chercher le reflet de la lune ou la brillance d'une étoile la nuit. Il ne peut plus bouger, son corps est désormais sa deuxième prison. Seul son esprit s'agite encore vaguement quand il ne dort pas. Il a vite fait le tri de ses souvenirs, écarté tous les mauvais instants, dissipé la vision des crânes écrasés de Bergeron et sa tante, mis au rebut les douleurs, les pertes, les trahisons, tout ce qui l'empêcherait d'être encore porté par le monde. Il se remémore l'orphelinat, et l'enfant qui avait sauté du dernier étage pour finir dans un parterre de jonquilles, en voyant aujourd'hui sur son visage un voile de quiétude face à la mort. Il se souvient des femmes qu'il a touchées, qu'il a caressées, qu'il a embrassées, en qui il a joui, avec qui il s'est endormi, à côté de qui il s'est réveillé. Il se rappelle les soirées dansantes, les éclats de rire, les conneries entre copains, mais aussi l'adrénaline des cambriolages de nuit, l'excitation à l'ouverture des coffres, à la découverte d'un butin. Et bientôt, toute cette mémoire finit elle aussi par le lâcher, par s'effacer dans une confusion opaque, la dernière image claire qui lui parvient étant celle du jour où son père l'a déposé à l'orphelinat, le moment précis où il a lâché sa main et lui a tourné le dos, quand sa silhouette a disparu derrière le portail. Ses forces l'abandonnent lentement, mais il ne lâche toujours pas la barre, ce qui paraît proprement incompréhensible au personnel de la prison, celui de l'infirmerie et tout le corps médical. En décembre, alors qu'il ne bouge plus du tout du lit et doit être manipulé régulièrement pour lui éviter des escarres trop importantes, Lacassagne essaie de lui parler, et ne distingue plus dans son regard qu'une infinie résignation. Dans un souffle, il secoue tout doucement la tête et lâche : « La mort, vite, vite… » Mais la mort ne vient pas. Louis veut en finir, de toute son âme, mais son corps s'accroche encore à un filet de vie. Lacassagne est alors persuadé qu'il ne passera pas la nouvelle année, et part fêter Noël en famille, c'est ce qu'il lui annonce. Tout en lui promettant de revenir le voir, il ne fait aucun doute à ses yeux qu'il ne remettra plus les pieds à l'infirmerie de Saint-Paul. Il se trompe… Le 12 janvier 1934, quand il revient dans la prison, Louis est encore en vie. Il lâche cependant ses derniers mots ce jour-là, avant de conserver définitivement le silence, et il dit : « Je ne veux qu'une bugne[28]… et la mort. » Quinze jours plus tard, le 25 janvier, l'infirmière insiste pour que Lacassagne vienne visiter Louis encore une fois. Il arrive en fin de matinée, après avoir longuement hésité à subir encore le spectacle de cette souffrance infinie. Louis ne peut plus parler, mais il ouvre cependant les yeux, plonge son regard angoissé, douloureux, dans celui de Lacassagne, et quelques secondes durant ils se fixent mutuellement. Le docteur ne parvient pas à tenir cet échange de regards sans ciller, cligne des paupières un instant, puis détourne les yeux. Quand il observe à nouveau Louis, les prunelles de ce dernier sont fixes pour l'éternité.

11 février 1934 – *Bulletin de situation, 1934 – hiver : la fin d'année 1933 a été effroyablement glacée, avec une vague de froid sans précédent sur l'ensemble du pays. Le début d'année est plus calme et retrouve des températures de saison. Début février cependant, une avalanche emporte une partie d'un village de Haute-Corse et fait 41 victimes.*

Tandis que le fourgon mortuaire qui a quitté la prison Saint-Paul traverse le pont suspendu au-dessus du Rhône et s'engage sur l'avenue Berthelot, Jean Lacassagne jette un regard au-dehors, et à cette heure matinale, un dimanche, les passants sont rares. Il ne fait pas si froid dans les rues de Lyon, pas plus d'un degré, mais un léger vent glacé pousse les gens à raser les murs en quête d'un improbable supplément de chaleur. Il est seul avec le chauffeur dans la cabine gelée du véhicule, et il a hâte d'être parvenu à l'institut médico-légal où a été transféré le corps de Rambert après sa mort. Là-bas, celui-ci a passé quelques jours aux mains de jeunes médecins en formation qui l'ont ausculté sous toutes les coutures mais sans avoir l'autorisation de le disséquer, Lacassagne s'est gardé ce privilège. Désormais, le cadavre a cessé d'être utile, il est temps de l'emmener vers sa dernière demeure, un simple trou de terre dans le carré des indigents du cimetière de la Guillotière. Tandis que sur le plateau à l'arrière du corbillard Berliet[29] gît le cercueil en bois brut dans lequel a été déposé le corps de Rambert, Lacassagne, à la place passager à l'avant, sort de sa poche une feuille pliée avec soin et remisée dans une enveloppe, et la relit pour la dernière fois :

Prison St-Paul, le 12-6-32.
Monsieur le docteur Lacassagne.
Ayant ni père, n'y mère et le restant de mes parents ne s'occupant du tout de moi, et moi sentant très bien que je ne veut pas faire de vieux os je tiendrais, une fois mort, à ce que mon corps fût donner à la faculté de médecine et ma peau pour les tatouages à vous seule M. le docteur Lacassagne.
Le détenue. Rambert Louis Marius.

Il ne fait guère cas des fautes qui parsèment ce testament. Il a lu nombre d'écrits de détenus et le niveau d'instruction de Rambert, comme tant d'autres, ne lui permettait pas de maîtriser la belle langue. Le véhicule électrique se traîne à petite allure et gêne le trafic par sa lenteur, y compris quelques carrioles à cheval qui le dépassent. Ce corbillard n'est pas fait pour ce type de transport mais plutôt pour les longues processions funèbres, avec un cortège qui le suit à pied. Il a été prêté par une entreprise de pompes funèbres en dernier recours, le fourgon habituel étant tombé en panne la veille. Parvenu boulevard des Tchécoslovaques, Lacassagne descend du corbillard, qui reste à l'attendre à la grille de l'entrée, et s'engouffre à grands pas dans une échoppe des pompes funèbres. Il en ressort presque aussitôt avec une plaque en marbre toute simple qu'il a commandée quelques jours auparavant, et sur laquelle il a fait graver le nom et les dates de naissance et de mort de Rambert. Cette plaque constituera le seul ornement sur la tombe. La mise en terre effectuée, il laisse le corbillard repartir à son allure d'escargot et rentre à pied chez lui. Il ne s'est pas attardé au-dessus de la sépulture, n'a prononcé aucune parole, et n'a pas même répété une prière intérieurement, peut-être parce qu'il sait ce que contient véritablement le cercueil, non pas une dépouille habituelle, préparée par un thanatopracteur, mais celle d'un homme à la peau proprement écorchée.

Après son décès, et comme il en avait le droit au regard du testament laissé par Rambert, il a laissé le corps aux bons soins de la faculté de médecine. Mais à la morgue, la veille de l'enterrement, il pratique de multiples incisions et retire plusieurs parties de peau. Une en particulier mérite toute son attention, le tatouage polychrome réalisé par un tatoueur professionnel quand Rambert était à Shanghai, et qu'il prend soin de conserver et de faire sécher. Il en fait de même avec deux ou trois autres, laissant en place les tatouages de marine les plus grossiers et d'une facture souvent maladroite. Il a un projet en tête depuis quelque temps déjà : réunir les différents documents qu'il a en sa possession dans un dossier consacré au crime d'Écully, et il souhaite que ce recueil soit agrémenté d'une reliure réalisée à partir de la peau de Rambert. Pour cela, il confie à Albert Guétant, un relieur lyonnais de sa connaissance, ce travail particulièrement méticuleux. Et quand il va le voir dans son magasin pour lui montrer la peau recueillie, ce dernier lui explique rapidement qu'il n'a pas assez de matière pour envisager une reliure complète, mais qu'en revanche il pourra créer une reliure en basane à cadres teintés avec caissons, et l'insertion de bouts de la peau tatouée dans les plats et contreplats. Le tatouage principal, celui du torse où apparaissent l'aigle et le dragon entremêlés, sera bien sûr utilisé pour le plat principal de la reliure. Lacassagne accepte le projet et lui passe commande. Sa passion pour les tatouages ne date pas d'hier, elle n'est pas même de sa propre initiative mais lui a été léguée par son père, Alexandre Lacassagne[30] qui, médecin légiste, n'eut de cesse de s'intéresser à la sociologie criminelle, publiant même en 1881 un essai sur les tatouages et estimant qu'ils étaient le reflet des âmes tourmentées des meurtriers en puissance. Au lycée, Jean accompagne son père dans ses nombreuses visites à la prison Saint-Paul, et y rencontre son premier condamné à mort en 1904, le parricide Claude Caron. Il en garde une impression saisissante, celle d'un homme entravé par de lourdes chaînes aux poignets et chevilles et qui l'observe avec un regard de haine incommensurable. Il devient médecin en 1911 et à son tour, comme son père, considère les geôles comme une source inépuisable de recherche et d'observation pour qui veut comprendre la psychologie, la sociologie et le destin de cette frange de l'humanité qui s'adonne au crime. Il ne s'intéresse que peu aux criminels d'occasion, mais plutôt à ceux qu'il nomme les criminels d'habitude, ceux qui passent aux assises, les voleurs de métier, les souteneurs, les assassins.

À force de visiter des prisons, il s'interroge sur ces mauvais garçons, souvent illettrés, peu instruits, qui constituent le vivier de cette pègre, et découvre chez quelques-uns de véritables dons, des prédispositions pour certains arts, une aptitude à la musique, à la danse, au dessin, à la sculpture sur bois et même pour l'un d'entre eux, un certain Fimbel, à la poésie. Surnommé « le Balafré », il terrorise le quartier de la Guillotière et finit au bagne, mais compose pour lui en prison d'intéressantes pièces en vers. Pendant des années, Lacassagne recueille ainsi de nombreuses réalisations qu'il confie à son ami Edmond Locard[31] pour son musée des techniques policières. Outre les longues discussions avec des détenus qu'il consigne dans ses carnets, il étudie le langage des repris de justice et établit un dictionnaire de l'argot du milieu en 1928. Et si Lacassagne a des idées assez arrêtées sur la noirceur de l'âme de tous les repris de justice, sur le caractère inné de leur bassesse d'esprit, de leur violence, de leur haine, il finit cependant par s'étonner de trouver, dans la réalisation de certains dessins de détenus en particulier, une forme de sensibilité qui, peut-être, pourrait être considérée comme un critère de réhabilitation possible dans la société. Encore ne s'attache-t-il principalement qu'aux criminels masculins[32] comme Rambert, avec qui il finit par entretenir une relation de confiance assez particulière qu'il ne retrouvera pas par la suite. Son acolyte dans l'affaire d'Écully lui paraît bien moins pertinent pour ses études, aussi se contente-t-il de l'interroger à quelques reprises seulement. De fait, après la disparition de Rambert, Jean Lacassagne décide de se consacrer à d'autres détenus et laisse Mailly livré à son sort.

22 novembre 1938 – *Bulletin de situation, 1938 : la sécheresse qui a débuté en février devient très inquiétante en avril, avec des gelées très fréquentes. Après une canicule fin juillet, ce sont des pluies torrentielles qui s'abattent, en particulier sur la ville de Lyon qui est inondée en août, mais aussi Le Havre ou Reims, avant de toucher Montpellier début septembre. Le mois de novembre est le plus doux enregistré depuis 1852 à Paris, avec jusqu'à 23 degrés à Bourges au 15 novembre. Le froid ne s'abattra sur la France qu'en décembre, avec la Loire gelée et de la neige partout sur le territoire, jusqu'à Sanary (Var) le 21 décembre.*

Le 29 octobre 1932, à l'issue du procès et de la sentence de peine capitale, Gustave réintègre la prison Saint-Paul, et à peine est-il retourné en cellule, qu'un gardien lui demande de se déshabiller, de lui donner ses vêtements qu'il va consigner, et lui remet l'uniforme de bure des condamnés à mort, une chemise en lin, avec une vareuse un peu trop large pour ses épaules et un pantalon grossier. Tous ont visiblement été portés par d'autres détenus avant lui. Gustave s'en étonne, et le gardien lui confie que c'est la règle, il doit porter cette nouvelle tenue, même si celle-ci a été utilisée par ses prédécesseurs, ceux « qui ont perdu leur tête », ajoute-t-il. En passant la vareuse et la chemise, un frisson lui parcourt l'échine et il ne peut s'empêcher de trembler quelques instants, songeant à ces hommes qui ont enfilé ce même tissu par-dessus leur peau, comprenant que ce serait le dernier vêtement qu'ils porteraient de leur vie. On lui ajoute la pose de fers aux chevilles et aux poignets pour faire bonne mesure, et il apprend à se mouvoir avec ce poids perpétuel empesant ses membres. C'est habillé dans cet uniforme que, le lendemain, il se rend à nouveau au tribunal pour assister à une comédie procédurale. Au moins lui a-t-on enlevé les fers et laissé les mains libres pour se présenter devant les juges. Il ne sanglote plus comme la veille, ne passe pas en revue les personnes dans la salle, ne s'intéresse que de loin à ce qui se dit dans le tribunal, tout l'indiffère désormais. Il ne saisit même pas pourquoi il est encore là dans un box, quelle pertinence la justice trouve à condamner encore des hommes qui vont déjà à la mort. Il en cligne des yeux en croisant le regard de Couplet, le cogne qu'il ne reconnaît pas vraiment, et qu'il salue machinalement. Quand maître Valansio, son avocat, lui demande un peu d'attention, il semble sortir d'un rêve éveillé et se penche vers lui avec un demi-sourire incompréhensible, comme s'il ne s'apercevait plus vraiment de sa situation, au point même qu'il échange alors trois mots avec le sous-chef de la Sûreté venu témoigner, celui-là même qui l'a pourtant brutalisé pour lui soutirer ses aveux. Le président Coester, toujours lui, remercie les jurés présents, mais les avocats des prévenus ayant déclaré que leurs clients reconnaissaient tout et ne souhaitaient pas répondre aux interrogatoires, il décide de libérer les témoins qui avaient été appelés à la barre, l'avocat général renonçant lui aussi à débattre. Il n'en reste pas moins que le greffier doit lire l'acte d'accusation en entier, et Gustave ne l'écoute que d'une oreille distraite. Cette convocation ne le concerne que très peu, c'est surtout Rambert qui est en cause, lui n'est inquiété que pour deux cambriolages auquel il a participé à l'initiative de son complice, à l'été 1930 dans des villas de Saint-Didier-au-Mont-d'Or. Au terme de la lecture de tous les casses où Rambert est mis en cause, l'avocat général répond affirmativement à toutes les questions relatives aux différents délits, et il est décidé qu'il n'y aura ni plaidoirie ni réquisitoire. Après encore une longue et fastidieuse énumération à l'attention du jury, ses membres répondent par l'affirmative à tout, Mailly est condamné à cinq ans de travaux forcés, et Rambert écope de vingt ans. Cependant, la confusion des peines n'est pas prononcée, la peine de mort dispensant de tout le reste… En revanche, Crokidis, qui est aussi impliqué dans le recel de plusieurs affaires de Rambert, est à nouveau condamné par contumace, à vingt ans de travaux forcés supplémentaires. Avant de clore les débats, son avocat annonce que Gustave a demandé, après son exécution effective, à ce que son corps soit légué à la science, et en particulier au professeur Tixier qui l'a soigné à plusieurs reprises de son ostéomyélite. Sabatier, l'avocat de Rambert, indique que son client souhaite à la fois faire opposition à l'arrêt de la cour d'assises de l'Allier qui l'avait condamné par contumace, et être poursuivi pour d'autres cambriolages, dont certains qu'il a avoué avoir commis dans le Nord, démarche contradictoire, mais Rambert n'est plus à ça près. En réintégrant la prison Saint-Paul, Gustave retrouve les fers, mais il doit cependant réunir ses maigres affaires pour déménager immédiatement. On le transfère dans un nouvel espace, créé spécialement pour eux, le couloir des condamnés à mort : trois cellules contiguës, celle du milieu réservée à un gardien, avec de larges guichets de chaque côté pour assurer la surveillance des détenus. Il prend la cellule du fond, et quelques minutes après s'y être installé, il entend le bruit des grilles qui indiquent qu'un nouvel arrivant s'avance ; c'est Rambert qui vient s'installer dans la cellule de devant. Les deux comparses se retrouvent enfin réunis pour escorter la mort rampante qu'on leur a prédite et dont ils ne savent pas encore quand elle viendra les rejoindre et les entourer de ses bras obscurs. Maître Valansio échange avec Gustave au sujet de sa probable exécution et finit par le convaincre de recevoir quelqu'un qui sera susceptible de l'accompagner le jour prévu pour son trépas. Il choisit Mouterde, le prêtre administrateur de l'Œuvre de la Croix où il passa plus de deux années en soins. À Saint-Paul, la chapelle est située au premier étage de la prison, mais Gustave n'a pas la permission d'y mettre les pieds, et c'est donc le prêtre qui vient le voir dans sa cellule. Face à lui, il se met en règle avec Dieu, se confesse et accepte de recevoir, en temps voulu, les derniers sacrements. Gustave songe alors que le bon Deibler et sa guillotine ne vont pas tarder à les rejoindre à Lyon pour effectuer leur office. Et il n'est pas le seul à le penser, sa mère, Marie-Louise, venue le voir le lendemain, n'est pas capable de décrocher une parole tant elle ne cesse de sangloter. Elle se contente de se perdre dans un dernier échange de regards et de lui envoyer un baiser du bout des doigts avant de le quitter. Mais près de trois mois s'écoulent sans que rien ne change, ni pour Gustave qui, malgré ses douleurs récurrentes à la jambe, se porte parfaitement bien par ailleurs, mange à sa faim, avec bon appétit et dort comme un loir, ni pour Louis qui à l'inverse n'en finit plus de dépérir de la tuberculose qu'il a contractée. Au quatre-vingt-quatrième jour après la sentence, ce dernier ne parvient presque plus à se nourrir, passe son temps couché et sa maigreur est telle qu'il ne peut plus supporter le poids des fers qu'on lui a laissés aux chevilles et aux poignets. Le docteur Lacassagne, qui vient le voir régulièrement, s'en offusque auprès de l'administration pénitentiaire, et Étienne Morin, un des docteurs de la prison passe chaque jour pour l'ausculter, rares moments de bruits de porte et de grille qui animent les mornes journées de Gustave. Il commence à penser que la seule chose qui pourrait le sauver de la Grande Tondeuse, c'est la maladie de Rambert. Leurs destins sont désormais intimement liés. Condamnés tous les deux pour le même crime, ils doivent être exécutés le même jour, mais si l'un d'eux n'est pas en mesure de se rendre à l'échafaud, alors l'exécution sera suspendue pour tous les deux. Et Louis n'est plus à même de marcher. La dernière fois qu'il est passé devant sa cellule pour aller à l'infirmerie, Gustave l'a vu dans un état effroyable, portant une barbe brune qui lui mangeait la moitié du visage, ses yeux si perdus dans leurs orbites qu'on ne distinguait plus le moindre éclat à l'intérieur, les lèvres réduites à un filet blanchâtre, geignant allongé sur sa planche. Pour passer le temps infini qui s'écoule avec une langueur tout aussi illimitée, il continue de lire le journal quand le gardien accepte de lui laisser. Le 9 février, il y apprend que le condamné dont il avait suivi l'affaire avant le procès, Marien Evaux, a eu la tête tranchée comme il se devait, ce qui le fait déglutir à plusieurs reprises et finir par boire de l'eau au pichet qu'on lui a généreusement laissé en cellule pour s'humecter le gosier devenu soudain affreusement sec. Dans l'assistance ce jour-là, le journaliste rapporte les propos de badauds venus se régaler du spectacle et se plaignant que cela fût si court ; ils n'en avaient probablement pas eu assez, ce pourquoi, songe Gustave, une double exécution, la sienne et celle de Louis, ravira le commun des mortels. Mais le même jour, il entend deux médecins, dont un légiste, qui viennent rendre visite à Rambert, lequel n'arrête pas de gémir en réclamant : « Tuez-moi vite. Je n'en peux plus. Je veux mourir. » Il faut croire que ce n'est pas encore son heure, malgré son état déjà quasi cadavérique. Et le docteur Lacassagne se démène comme un beau diable pour, lui a-t-il dit, réclamer une grâce présidentielle. Le professeur ne s'intéresse guère à lui, et ne paraît avoir d'yeux que pour Louis et ses tatouages, mais de temps en temps il passe quelques minutes à discuter, lui demande comment il va. Et même si Gustave se moque bien de cet homme et de ses grands airs, il ne lui dit rien en face. Il ne se fait aucune illusion sur la mansuétude du bonhomme qu'il juge feinte, mais Lacassagne lui apporte régulièrement du tabac, et ça, c'est sacré en cellule. Manger, boire, fumer et dormir, voilà à peu près tout ce qui reste à Gustave et il s'y emploie comme un automate de foire bien réglé. Quant à la grâce, il n'y croit pas, et quand bien même, qu'est-ce que cela changerait ? Louis n'en irait pas mieux pour autant… Pourtant, au matin du 16 mars 1933, deux gardiens viennent dans sa cellule et lui enlèvent les fers. Ils en font de même avec Louis qui s'en aperçoit à peine tant il est parti dans les limbes. Gustave leur demande ce qui se passe, mais ces derniers ne disent rien et s'en retournent comme ils sont venus. Plusieurs heures passent sans qu'il comprenne ce qui est en train de se produire, et puis maître Valansio passe dans le couloir, demande à entrer dans la cellule de Gustave, et tout juste y a-t-il posé un pied qu'il le prend dans ses bras : Lebrun, le président de la République qui était en visite à Lyon, leur a accordé la grâce.

Gustave encaisse la nouvelle comme une statue de cire qui aurait pris un coup de poignard, ressentant quelque chose à l'intérieur mais restant imperturbable à l'extérieur. Il ne veut pas y croire à cette grâce, elle lui semble irréelle, impossible, et surtout, elle vient détruire soudainement ce qu'il avait construit en lui pour tenir pendant tous ces jours à attendre avec angoisse l'annonce de l'arrivée de Deibler et sa guillotine. Il y avait alors une finalité, une idée concrète de ce qui allait se produire, et il avait fini par se faire une raison quant à sa fin de vie, promettant à monsieur Mouterde, le prêtre, de mourir honorablement, expliquant à sa mère qu'il méritait son destin, devait expier ses fautes. Depuis des mois, il a adopté un mode d'être qui se résumait à une existence animale, sans avenir et surtout sans questions. La grâce, cela signifie la vie, et Mailly n'est plus sûr d'être capable d'accepter de poursuivre cette existence, en sachant qu'il n'a que des barreaux pour horizon. Après quelques minutes cependant, il se surprend lui-même à lâcher en criant un « oui » sonore, serrant le poing, comme si son corps manifestait son soulagement malgré l'obscurité qui a saisi son esprit. Quant à Louis, Gustave ne sait pas comment il prend la nouvelle, il ne l'entend presque plus gémir la nuit, et son avocat n'est pas passé pour lui annoncer sa grâce. C'est le médecin de la prison qui lui a rendu visite, et il a jugé que son état n'était plus compatible avec son incarcération à l'isolement, dans le couloir de la mort, maintenant qu'il était gracié. Il est transféré à l'infirmerie sur un brancard et Gustave n'a pas le loisir de lui parler avant son départ. Il conserve de lui l'image d'un mort-vivant qui n'échappe à l'échafaud que pour mieux reconduire sa lente agonie. Est-ce, songe-t-il, cette forme de punition que la justice divine a voulu lui imposer ? Gustave n'a jamais été un fervent croyant, et s'il a été baptisé, très tôt il a cessé de mettre les pieds dans une église. À l'approche de la mort cependant, il a éprouvé un sursaut de religion, s'est confié au prêtre, a essayé d'écouter ses paroles de réconfort et a tenté d'y croire. Étrangement, depuis qu'il sait qu'il va vivre, en tout cas encore quelque temps, il s'interroge sur Dieu et les épreuves qu'Il inflige aux hommes. Il jette un œil au-dehors à travers la meurtrière grillagée qui fait office de fenêtre à sa cellule. Il aperçoit un petit rapace qui fait du surplace dans le ciel, un de ceux qu'il a vus autrefois à la campagne, et s'étonne que l'un d'eux se soit égaré en ville. Il bat des ailes contre le vent pour se maintenir immobile, cherchant du regard à identifier une proie au sol, un mulot quelconque sans doute, ou un gros rat, sur lequel il se mettra à fondre, ses serres en avant, toutes griffes dehors. Une autre forme de justice divine peut-être… Sa méditation religieuse ne dure pas éternellement cependant, et il conclut, après quelques jours de doute, que redevenir le mécréant qu'il a toujours été est le meilleur choix qu'il ait à faire. Il quitte le « couloir des fers » et l'isolement, et réintègre les quartiers pénitentiaires qu'il a connus avant le procès. Il a même le droit à un compagnon de cellule, un certain Albert, étrange type à lunettes, qui l'accueille chaleureusement dans ses quelques mètres carrés, et lui propose même des gâteaux secs, première véritable attention humaine à son endroit de la part d'un codétenu depuis qu'il a intégré les murs de Saint-Paul. Albert est un gars curieux, ancien banquier, il a détourné des fonds à son profit. Il était devenu un membre permanent du casino et son assiduité au jeu l'a perdu. Dans le petit univers de la prison, il fait partie des faibles, ceux qu'on rançonne et qu'on met de corvée, ceux qui ne savent pas se défendre avec leurs poings quand il le faut. Ce qu'Albert ne dit pas, et que Gustave n'apprend que bien plus tard, c'est qu'il a aussi à son actif une affaire un peu plus sérieuse. L'argent et la roulette étaient une chose, l'amour une autre, et Albert, à quarante-huit ans, s'est amouraché d'une petite de vingt-trois ans qui lui a fait les yeux doux tant que son portefeuille était bien rempli. Un revers de fortune au jeu, et la jeune caille s'envolait du nid aussitôt, pour revenir dès qu'il était à nouveau en veine. Mais il y eut une fois de trop, un soir de déveine, au cours duquel Albert perdit beaucoup, s'enivra, rentra chez lui, eut des mots avec sa belle enfant, laquelle lui cria qu'elle partait, comme de coutume, sinon que cette fois-là, il ne voulut pas la laisser s'évaporer, et finit par l'étrangler sur le lit. Pour autant, ce qu'il a pu faire dans une circonstance particulière et un accès de colère désespérée, Albert est bien incapable de le reproduire à Saint-Paul. Et si Gustave, un temps, est considéré lui aussi comme un faible par certains de ses camarades, sa jambe boiteuse l'identifiant comme une proie plutôt que comme un prédateur, il sait remédier à ce jugement à l'emporte-pièce à deux reprises : dans les douches et dans la cour de promenade. Pour le premier cas de figure, il a de la chance, celui qui lui cherche des noises glisse sur le carrelage humide, et il n'a qu'à le pousser un peu fort pour qu'il se cogne violemment le crâne contre le mur et finisse à l'infirmerie. Pour le second, c'est plus délicat, et c'est à la parole qu'il règle le problème, avec un coup de bluff, vendant son passif de condamné à mort qui a appris à ne plus avoir grand-chose à perdre et qui peut s'avérer d'autant plus coriace. Le prisonnier qui a tenté de l'intimider finit par faire demi-tour. Et c'est lui, Gustave, qui devient assez vite le protecteur d'Albert, et constitue un petit groupe solide avec René, un chiffonnier qu'il a connu sur les bords de Saône, et Auguste, qu'il avait déjà croisé dehors pour une affaire de montres autrefois. Ensemble, ils se serrent les coudes, trafiquent un peu de tabac à l'occasion, parviennent à récupérer des couvertures pour mieux passer l'hiver. En décembre, la température baisse vite dans leurs cellules, et l'administration carcérale ne fait pas grand cas de leur condition d'enfermement, promettant de chauffer, mais ne faisant que promettre. À la Noël 1933, Gustave grelotte sur sa couchette et se plaint de sa jambe qui le lance à nouveau. Il est transféré à l'infirmerie où il passe une nuit au chaud et où le médecin chef l'ausculte et finit par lui faire une piqûre pour calmer ses douleurs. Le lendemain, il peut se mettre debout et au petit matin, alors que l'infirmière n'est pas encore arrivée dans la salle, il déambule dans la cinquantaine de mètres carrés de l'infirmerie. Il cherche Louis, qu'il n'a plus croisé depuis des mois, et l'espère étendu sur un lit derrière le rideau de séparation au fond de la salle, mais en vain. Pas de couchette derrière ce rideau, seulement une porte verrouillée qui dispose d'un loquet à tirer au deux tiers du battant, et qu'il actionne pour regarder à l'intérieur. La chambre est dans la pénombre, mais il distingue une forme sur un lit, un homme, qui respire faiblement. Il voit l'arête de son nez, son menton, l'ombre de son front, et croit reconnaître Louis. Il l'appelle dans la nuit, doucement, en chuchotant, mais ce dernier ne s'éveille pas. Il jette un dernier regard et finit par refermer le loquet sur la porte close et regagner sa propre couchette. Louis est à l'isolement et il n'aura pas l'occasion de le voir plus longuement ou de lui parler. Puisque lui va mieux, le lendemain, Gustave est renvoyé dans sa cellule où il passe le Nouvel An avec Albert, autour d'un gâteau effroyablement mauvais que les cuisines de la prison leur ont livré après le repas du soir, avec une maigre bougie éteinte sur le plateau en guise de décoration festive. Une dizaine de jours plus tard, le docteur Lacassagne le convoque au parloir. Il lui annonce que c'est bientôt la fin pour Louis, qu'il n'est plus capable de parler désormais. Il lui demande s'il veut voir son ami avant qu'il disparaisse, et Gustave lui répond simplement : « Pour quoi faire ? » Le 26 janvier 1934, un gardien passe devant sa cellule, ouvre la porte, et se tient immobile sur le seuil en silence. Mailly est sur la couchette du bas des lits superposés, Albert étant convenu qu'au regard de l'infirmité de Gustave, il était plus simple que ce soit lui qui occupe celle du haut, et il lit le journal en se concentrant. Le gardien hoche la tête sans mot dire, et Gustave relève les yeux, abaisse un peu son journal, lui demande :

– Quoi ?

– Rien. On m'a dit de te dire… Rambert est mort hier.

Puis il se retourne, et referme la porte à double tour derrière lui.

À partir de ce jour, Gustave n'entend plus parler ni de Louis, ni de Lacassagne, encore moins de Crokidis qui a définitivement disparu corps et biens, ni même de son avocat, maître Valansio. Il a vu ce dernier en décembre 1933, lequel lui a annoncé que sa peine avait été commuée en travaux forcés à perpétuité, et qu'il était probable qu'il soit envoyé au bagne sous peu. Pourtant, depuis ce jour-là, Gustave n'a plus eu aucun rapport avec l'avocat, qui semble s'être évanoui, et les gardes n'ont aucune information à lui transmettre concernant son éventuel transfert. La seule personne qui continue à venir le voir et qui lui permet à la fois d'avoir un parloir au moins une fois par mois et de se procurer un peu de tabac, parfois aussi de la nourriture qui change de l'ordinaire carcéral, c'est sa mère. Le parloir est constitué de deux rangées de grilles, séparées par un couloir, et il essaie de parler à Marie-Louise le plus calmement possible pendant les vingt minutes qui leur sont allouées, même si les allées et venues du gardien, qui ne cesse de passer et repasser devant eux, ont le don de l'horripiler. Sa mère vient le premier mardi de chaque mois. Elle n'est jamais en retard et jamais absente à ce rendez-vous. Elle ne dit presque rien à Gustave de ce qu'elle vit ; en revanche, elle lui parle du monde tout autour, des affaires de Lyon, de la France, prend de ses nouvelles, lui demande ce dont il a le plus besoin, et fait en sorte de trouver ce qu'elle peut lui apporter. En 1935, Marie-Louise a alors soixante-huit ans, et elle cache sa chevelure, devenue entièrement blanche, sous un fichu sombre qu'elle n'enlève plus que lorsqu'elle est seule. Elle a perdu la gérance de l'épicerie-café de Lyon après le procès de Gustave, le propriétaire lui retirant sa confiance. Elle a fini par vendre à Duluc le bougnat de Saint-Didier-au-Mont-d'Or pour pouvoir survivre, n'ayant plus d'autres ressources. Avec l'argent récolté, elle a loué un petit deux-pièces à proximité de la prison, où elle vivote, patientant chaque mois jusqu'à la prochaine date de parloir. Gustave ne lui demande rien sur sa façon de vivre. Il lui réclame seulement de ne lui rendre visite qu'une fois par mois, pas plus, sans quoi il a trop de mal à supporter la présence de quelqu'un venant de l'extérieur. Alors, elle fait ce qu'il lui réclame, tous les mois, sans jamais manquer un rendez-vous ; jusqu'au 8 février 1937, jour de Mardi gras, où elle ne vient pas au parloir, alors qu'elle avait promis d'apporter des crêpes. Gustave s'en inquiète auprès du gardien, lequel dit qu'il va se renseigner, mais il ne s'en occupe pas, tout simplement parce qu'il n'en a pas envie et qu'il ne doit rien à Gustave. Celui-ci n'apprend la mort de sa mère, par la direction de la prison, que quatre jours plus tard. Un voisin l'a trouvée chez elle, étendue par terre dans l'entrée, elle était habillée et s'apprêtait à sortir. On ne sait pas de quoi elle est morte, mais elle a été enterrée aux côtés de son mari et de ses fils à Saint-Didier-au-Mont-d'Or, dans le caveau familial. L'administration de la mairie de Saint-Didier, dans son infinie délicatesse, spécifie à Gustave par courrier que ledit caveau est désormais complet et qu'il faudra procéder à une réduction de corps si un autre individu devait y être porté en terre à l'avenir. Il comprend à demi-mot qu'il n'a pas sa place parmi les siens. Mais ça lui convient, il s'était juré, autrefois, de ne jamais finir aux côtés de son père, et il espère bien que ça n'arrivera pas. La disparition de sa mère le laisse définitivement livré à sa seule survie en prison, le dernier cordon qui le reliait à l'extérieur étant désormais coupé. Il s'engage alors dans un mouvement contradictoire : d'une part, il se replie sur son petit groupe de camarades de cellule et s'astreint à une répétition journalière de faits et gestes qui ne souffre que de très rares incartades et changements, et d'autre part, il parvient à mettre en place une nouvelle routine s'agissant du journal, qu'il lisait de manière épisodique jusqu'alors et qui désormais devient un de ses repères quotidiens, étant parvenu à s'accorder avec un gardien pour récupérer un exemplaire chaque soir. Les nouvelles du monde ne l'intéressent qu'assez peu, ne comprenant rien ou presque aux aléas de la politique nationale ou internationale, et ne saisissant pas bien comment, en mars, l'Allemagne finit par intégrer l'Autriche à ses propres frontières. En revanche, il suit avec avidité les faits divers de la région lyonnaise et de la France entière, espérant y glaner des informations sur certaines de ses relations passées. Surtout, il commence à s'interroger sur son propre avenir en suivant les débats qui réapparaissent régulièrement dans la presse s'agissant du devenir du bagne. En juin, il lit ainsi qu'un projet de loi est débattu à l'Assemblée, reprenant un texte qui avait été déposé à la fin de l'année précédente sans que Gustave ait suivi cet épisode, porté par un certain député de Cayenne, Gaston Monnerville, qui propose de supprimer le bagne guyanais, considéré comme la pire faillite coloniale de la France. Le projet visait à ce que tous les convois vers la Guyane soient annulés, et donnant aux forçats libérés, plutôt que d'être contraints à rester dans les parages, la possibilité d'un rapatriement. En revanche, les prisonniers déjà sur place et purgeant leur peine devaient demeurer dans la colonie pénitentiaire jusqu'à la fin de l'exécution de celle-ci. Gustave n'ayant pas été transféré, alors que sa peine avait été commuée plus de cinq années auparavant, sent que la chance risque de tourner pour lui à nouveau, comme avec la maladie de Rambert, et qu'il va peut-être pouvoir ouvrir une porte providentielle pour échapper au bagne. Pourtant, malgré des débats enflammés, le texte reste lettre morte, le Front populaire quittant le pouvoir, et le nouveau gouvernement s'enferrant dans des considérations plus pragmatiques, ayant trait à la fois au déficit de l'État et à la situation internationale tendue. L'espoir de Gustave s'envole, et après avoir suivi ce sujet avec enthousiasme, il se désintéresse à nouveau de la politique, estimant qu'il n'y comprendra décidément jamais rien. Une année s'écoule avant que son esprit ne s'éveille à nouveau en parcourant la première page des journaux. Au printemps 1938, le même député Monnerville, qui a décidément de la suite dans les idées, se présente à Georges Mandel, nouveau ministre des Colonies et Édouard Daladier, ministre de la Défense, et leur reparle du bagne, mais cette fois sans employer quelque argument moral ou colonial, seulement celui des millions dépensés par l'État français chaque année, alors que le pays est dans une situation économique alarmante. L'abrogation du bagne allégerait les dépenses, si cette piste était envisagée dans le cadre d'une loi de redressement des finances nationales. Et la loi est effectivement adoptée, abolissant la transportation outre-mer le 17 juin. Gustave exulte alors, explique à ses camarades ce qui est en train de se passer, la nouvelle finissant par faire le tour de la prison, et chacun frappant avec son quart en fer blanc contre le battant de porte de sa cellule avec enthousiasme. Il réclame bientôt de voir son avocat, maître Valansio, persuadé que ce dernier doit être ravi de la nouvelle et va se réjouir avec lui de savoir que sa peine de travaux forcés va être commuée en simple peine d'incarcération et qu'il va rester à Lyon. Mais Valansio ne donne pas suite à sa demande et l'administration pénitentiaire lui indique que ce dernier ne souhaite plus s'occuper de son cas. En désespoir de cause, il se tourne vers Albert qui fait appel à son avocat, maître Adamer, lequel accepte un rendez-vous au parloir. Gustave s'y rend confiant, persuadé que le destin lui est à nouveau favorable, mais il se leurre. Il n'a jamais été très porté sur la lecture autrefois, et quand bien même a-t-il multiplié les journaux parcourus chaque jour, ce qu'il y a lu est à la fois juste et faux. Certes, il a bien compris que la transportation au bagne avait été abrogée, mais l'avocat lui précise alors que cela concerne les simples condamnés de droit commun, pas les détenus politiques voués à l'exil, et surtout pas les multirécidivistes aux peines lourdes dont il fait partie. Il a eu trois condamnations dans sa vie, dont une à la peine de mort. Cette peine a été commuée en travaux forcés à perpétuité et il a bénéficié des lenteurs de la justice et de l'administration jusque-là, mais il est toujours susceptible de la relégation qui est encore en vigueur, et pour lui cela signifie un voyage sans retour. Maître Adamer lui explique que les prisons françaises sont pleines à craquer et que dans ces conditions non seulement il est hors de question de rapatrier les forçats partis au bagne et qui sont encore en cours de peine, mais il est probable que l'État se presse d'envoyer outre-mer tout ce qu'il peut encore faire partir, pour vider le plus possible les établissements pénitentiaires. Et il ne sait pas si bien dire. Gustave a fait une erreur en se croyant plus malin que tout le monde parce qu'il lisait le journal et suivait l'actualité politique sur ce sujet particulier. En réclamant son avocat, en demandant des explications à la direction de la prison sur son cas, il a attiré l'attention sur lui alors que son dossier avait sans doute été enterré quelque part dans une armoire poussiéreuse de l'administration. Fin juillet, Adamer le convoque au parloir et lui annonce qu'il a fait pour lui un recours, qui a peu de chances d'aboutir malheureusement, suite à l'ordre de justice reçu à son sujet et qui l'informe du transfert imminent de Gustave Mailly en Guyane. Une semaine plus tard, le recours est rejeté. Le 2 août, un gardien vient le trouver pour l'amener chez le coiffeur, et ce dernier lui rase tout bonnement le crâne. De retour dans sa cellule, il prépare son balluchon avec les maigres affaires dont il dispose et se passe la main à l'arrière de la tête sur sa peau fraîchement mise à nu. Albert lui offre du tabac, une vieille pipe et des gâteaux secs, lui serre la main, lui souhaite bonne chance et lui dit adieu ; l'un comme l'autre savent qu'ils ne se reverront pas. Avec quatre autres détenus de Saint-Paul, il monte dans une camionnette, qui en rejoint une autre qui attendait au-dehors, emportant cinq détenus d'une autre prison. Gustave comprend alors que son cas n'a rien de particulier, que son destin est commun à beaucoup d'autres condamnés. Tous les neuf, ils sont ensuite transférés dans un train, sous bonne garde, et parviennent jusqu'à Paris où ils prennent un autre train en direction de la Charente-Maritime. Arrivés à La Pallice, à proximité de La Rochelle, ils marchent quelques instants pour être amenés près d'un bac, le Coligny, amarré au quai Duperré, où on les fait attendre une demi-heure pour qu'ils puissent partir à marée haute. Après une traversée d'un peu plus d'une heure, ils atteignent enfin leur destination, la nuit venue, à Saint-Martin-de-Ré où, épuisés par la durée du trajet, ils sont tout de suite mis en cellule au fort qui a été transformé en maison d'arrêt. Ils ont seulement le temps d'avaler une soupe chaude et un morceau de fromage avec du pain qu'ils s'écroulent sur leur paillasse, tombant de sommeil. Le gardien qui les accueille le lendemain matin les informe qu'ils vont rester là un moment, en attendant que d'autres prisonniers les rejoignent et que le contingent prévu de détenus soit réuni pour le voyage final qui n'aura lieu qu'à l'automne. Gustave passe ainsi plus de trois mois dans la citadelle de Saint-Martin-de-Ré, en étant soumis à un régime particulièrement strict lui imposant le silence absolu en permanence, une sortie par semaine pour une courte promenade dans la cour, mais surtout la perte de son identité. À partir de ce jour, Gustave Mailly disparaît ; il ne sera plus, jusqu'à sa mort, qu'un numéro de matricule, le 6537. Il est convoqué à une visite médicale, et le médecin-chef émet des doutes quant à sa capacité à supporter le voyage avec sa jambe, aussi a-t-il droit à un régime de faveur, bénéficiant d'une nourriture supérieure à la portion réglementaire, afin d'améliorer sa condition physique avant le départ. De la mi-août à la fin octobre, Gustave voit arriver des petits groupes de détenus qui s'entassent dans les cellules du fort, et début novembre un contingent militaire vient s'ajouter aux gardiens qu'il voit habituellement dans la cour, des gardes républicains et des tirailleurs sénégalais. Le 21 novembre, il est passé en revue avec la plupart de ses coreligionnaires, on le déshabille, et on lui remet son paquetage : une veste et un pantalon de droguet marron, deux chemises, une paire de galoches à semelles de bois, un sac et une couverture roulée, et une musette contenant une gamelle, un quart, une fourchette, une cuiller. Il a le droit d'emporter quelques effets personnels s'il en a, sa pipe, sa blague à tabac, et une montre qu'il est parvenu à conserver religieusement depuis toutes ces années et qui constitue sans nul doute sa plus grande richesse. En tant que relégué, il touche un chapeau de feutre noir à casquette, les autres un bonnet. Tandis que les détenus ont commencé à être réunis dès quatre heures du matin dans la cour de la citadelle, lui sort parmi les derniers à six heures, le 22 novembre 1938, et rejoint ses camarades pour se mettre en rang, paquetage aux pieds. Autour d'eux, des tirailleurs ont pris place pour les encadrer, et au-devant de la colonne, on a positionné les fortes têtes, les détenus récalcitrants enchaînés par deux, fers aux chevilles, leurs chaînes raclant le sol à chaque pas. En sortant du fort, sur le chemin qui les mène aux quais où les attendent des transbordeurs, Gustave voit des femmes, des enfants, des vieillards, venus regarder le cortège passer. Certains sont des membres de la famille des prisonniers, espérant quêter un dernier regard, un hochement de tête, un baiser envoyé du bout des doigts, d'autres sont seulement des badauds attirés par la curiosité malsaine d'observer, « en chair et en os », les bagnards défiler sous leurs yeux. Le groupe dans lequel se trouve Gustave est orienté vers le bateau dénommé *André-Bouineau*, où il embarque après avoir été repointé par les gardiens. Le bac à vapeur navigue quelques minutes avant de s'arrêter à l'ombre d'une coque plus imposante et il patiente longuement avant de pouvoir accéder à l'unique échelle de coupée qui permet de monter à bord du navire-prison qui va les mener en Guyane, le *La Martinière*. Gustave et tous ses camarades sont conduits sur le pont pour qu'ils prennent un peu l'air et soient à nouveau pointés. Il fait encore nuit, mais il apprend par un autre détenu qu'ils ne vont pas rester là longtemps, et qu'ils intégreront bientôt leur dortoir pour qu'une autre fournée de détenus prenne leur place dehors, et ainsi de suite pour les suivants, jusqu'à rejoindre tous ceux qui sont déjà dans l'antre du navire. Mais quand il parle de dortoir, il ne sait pas encore à quoi s'attendre ; ce sera une grande cage garnie de barreaux où ils vont s'entasser à quatre-vingts sur des bancs en bois. Sur le côté, disposés sur des crochets, des hamacs sont prévus entre les solives en fer pour qu'ils s'y couchent et déposent leur couverture, leur paquetage laissé au sol. Il s'approche en boitant d'un homme du bord dont il n'identifie pas le grade mais qui porte une casquette, ce qui le différencie des autres matelots, aussi Gustave pense-t-il qu'il s'agit d'un capitaine ou d'un commandant. Il lui demande où ils vont, et combien ils sont à partir. L'homme barbu le regarde un instant avec une forme de dégoût ou de dédain un peu hautain que Gustave essaie de ne pas relever pour s'éviter l'envie de lui mettre son poing dans la figure :

– Vous allez au bagne, qu'est-ce que tu crois ? Que tu pars en croisière ?

Et il ajoute, en regardant une feuille de papier qu'il tient sur une planchette en bois dans sa main droite, Vous êtes 603 exactement, une belle fournée ! 666 quand on aura récupéré ceux d'Alger. Maintenant, retourne dans le coin là-bas. Et un conseil, profite du vent frais, vous n'allez pas tarder à descendre dans la cale.

Gustave finit le tabac au fond de sa pipe, en tape le cul contre le bastingage et après avoir rejoint son hamac, il repense à ce que le gradé lui a dit et ne peut s'empêcher un petit sourire en coin. Lui, l'éternel mécréant, vient d'avoir la réminiscence d'une référence religieuse. Tandis que le navire met ses moteurs en route et que trois coups de sirène retentissent avant qu'il ne quitte le port en direction de Saint-Jean-du-Maroni en Guyane, le voisin de Gustave lui demande ce qui peut bien le faire sourire comme ça, alors qu'ils quittent la France pour le bagne et qu'à ses yeux, ça n'a vraiment rien de drôle. Il répond, en ricanant :

– Rien, cherche pas à comprendre, c'est juste notre nombre à venir… un signe du destin : 666, le chiffre du diable.

ACTUALITES

***Lyon Républicain* 17-18 mars 1933**

Elle jette ses enfants dans une citerne et s'y précipite à son tour

Rodez – La nommée Jalousky, 33 ans, domestique à Salle-la-Source, dans une crise de neurasthénie, a jeté dans une citerne ses deux enfants, âgés de 7 et 2 ans et s'y est jetée elle-même. Un fermier, passant dans le voisinage, entendant du bruit, retira aussitôt la malheureuse qui, enceinte de 7 mois, a dû être transportée dans un hôpital. Les deux enfants avaient cessé de vivre.

Condamné aux travaux forcés à perpétuité

Saint-Omer – Les assises du Pas-de-Calais ont condamné aux travaux forcés à perpétuité un Marocain, ouvrier mineur, 34 ans, qui a tué à Darlin un de ses compatriotes à coups de hache.

Les assassins d'Ecully, graciés ?

16 mars – A la session d'hiver de la cour d'assises du Rhône, Rambert et Mailly, les deux assommeurs qui tuèrent à coups de marteau, dans une maison isolée d'Ecully, le fermier Odolis Bergeron et sa tante Antoinette Péan, avaient été condamnés à mort. Rongé par la tuberculose, Rambert agonise lentement dans sa cellule, veillé jour et nuit par ses gardiens. Depuis de trop longs mois les deux condamnés attendent qu'on statue sur leur sort. Souvent le bruit de leur exécution prochaine avait couru dans Lyon. Mais le sort misérable de Rambert qu'il aurait fallu porter jusqu'à l'échafaud a sans doute causé ce dernier délai avant la mort. A l'occasion du voyage de M. Albert Lebrun à Lyon, Me Sabatier, avocat de Rambert, et Me Valansio, avocat de Mailly, ont été reçus par le président de la République. On assurait hier que les deux condamnés avaient été graciés. C'est possible. C'est même probable. Mais il faut attendre une confirmation officielle. Mailly irait alors au bagne ; mais la tuberculose a déjà signé l'arrêt de mort de Rambert.

L'assassin d'une vieille dame condamné aux travaux forcés à perpétuité

Paris – La cour d'assises de la Seine a condamné aujourd'hui aux travaux forcés à perpétuité le nommé Paul-Emile Vassaux, 23 ans, accusé d'avoir assassiné, au mois de mars 1932, dans son appartement, une vieille dame, Mme Chesneau, demeurant à Paris.

Le vol fut le mobile du crime. La victime fut trouvée par son fils baignant dans le sang, le crâne défoncé, la gorge ouverte, cependant que le concierge de l'immeuble trouvait, caché dans la salle de bains de sa loge, un électricien qui avait travaillé autrefois dans la maison. Cet homme était Vassaux.

A l'audience, comme à l'instruction, Vassaux a rejeté la responsabilité du crime sur un nommé Jean qu'il aurait simplement accompagné sur le lieu du crime. Cependant, de ce Jean, on n'a jamais trouvé aucune trace. Le témoignage du concierge a été accablant. Malgré tout, Vassaux a persisté à nier. L'avocat général s'est attaché à détruire complètement son système de défense. Il a réclamé la peine capitale. Vassaux a été condamné aux travaux forcés à perpétuité.

Pour le médecin légiste le meurtre volontaire de M. Causeret est certain

Paris – Les conclusions médico-légales du docteur Paul viennent confirmer les invraisemblances des déclarations de Germaine Huot, meurtrière du préfet Causeret. Elles précisent que la balle qui tua M. Causeret pénétra au niveau de la face latérale droite du thorax et sortit par la face latérale gauche, dans le prolongement du creux de l'aisselle, perforant les deux poumons et l'aorte.

Autre remarque importante notée par le savant praticien : le préfet aurait dû être atteint normalement au bras, si l'un des membres supérieurs avait été dans la position normale de repos. Le fait qu'aucune blessure n'ait été relevée a amené le docteur Paul à indiquer que M. Causeret devait avoir les bras levés, soit pour esquisser un geste de défense, soit pour réaliser le geste de bascule chez l'homme se voyant visé.

Ainsi, pour la justice, le meurtre volontaire est considéré comme certain. La question des mobiles, par contre, demeure toujours posée. Les lettres saisies, au domicile de la meurtrière, permettront-elles d'éclaircir le mystère ?

***

***Lyon Républicain*, 25 et 26 janvier 1934**

Un bandit étrangle pour la voler une vieille rentière

Alençon, 25 janvier – Une rentière, Mlle veuve Jarossay, âgée de 73 ans, qui vivait seule dans une modeste maison du hameau de l'Homas, commune du Plantis, a été trouvée étranglée à son domicile. Le meurtrier, un ouvrier agricole, Modeste Blochel, 22 ans, arrêté quelques heures plus tard, a fait des aveux complets.

C'est mardi, vers 22 h 30 que Blochel fit brusquement irruption, revolver au poing, au domicile de la septuagénaire, qu'il trouva dans sa cuisine. Sous la menace de son arme, il obligea la malheureuse à monter au premier étage de sa maison, puis lui ordonna : « Ton argent ou je te tue. » Mme

Jarossay, affolée, n'obéissant sans doute pas assez vite à ses ordres, le bandit bondit sur elle et l'étrangla. Il fouilla ensuite tous les meubles, et s'enfuit, emportant une somme d'argent dont le montant exact n'a pu être établi. Cet argent lui servit à faire la fête dans un établissement spécial d'Alençon, où il a été arrêté. Les enquêteurs ont établi d'autre part que Blochel avait prémédité son crime. Toute la journée de mardi Blochel fut aperçu rôdant autour de la maison de la septuagénaire.

Les romans policiers

Relevons un amusant commentaire de Renée Davis dans *Le Petit Niçois*, sur la véracité des romans policiers : Georges Simenon, dont tout le monde connaît les livres excellents que certains affectent de ne pas vouloir lire parce qu'ils sont des romans policiers, vient de faire ses débuts de conférencier. Esprit original qui ne dédaigne pas de cultiver l'humour, Simenon a choisi pour sujet de ses causeries de faire le « procès du roman policier ». Avouez que la tentative ne manque pas de crânerie, si l'on considère que l'auteur du *Coup de lune* déclare sans ambages au public que tout est faux dans le roman policier, les gendarmes comme les voleurs... et que cela ne se passe pas du tout comme ça dans la réalité.

Autrement dit, les commissaires Maigret sont rares et encore plus rares parfois les magistrats intègres qui se trouvent à la tête des grandes organisations policières.

A la vérité, on s'en doutait déjà un petit peu ces derniers temps... Le roman policier n'est qu'un pâle reflet de la réalité, elle est plus riche en machinations ténébreuses. Et ce ne sont pas toujours les plus coupables qui sont punis, c'est pourquoi les sages préféreront toujours un bon roman policier dans lequel la justice conserve son prestige.

Un des auteurs du double assassinat d'Ecully meurt en prison

Lorsque comparurent devant les assises du Rhône les auteurs du double assassinat d'Ecully, Louis Rambert, rongé par la tuberculose, avait inspiré une certaine pitié aux juges populaires.

Ses défenseurs firent valoir, aux yeux du président de la République, l'excuse de son état de santé. Le cas de l'assassin ne méritait pas grande pitié. Il paraissait même assez cruel de le laisser agoniser dans sa prison, alors qu'une mort brutale n'eut été, en quelque sorte, que le juste châtiment de son forfait.

Le point de vue humanitaire l'emporta finalement et Rambert bénéficia de la clémence présidentielle. Il obtint ainsi le droit de s'éteindre lentement à la prison et, après une douce souffrance, il est mort hier, sous les yeux de ses gardiens.

L'Affaire Roger Boivert

M. Raugé, juge d'instruction, a longuement interrogé hier après-midi Roger Boivert, qui a assassiné sa mère quai Perrache, dans les circonstances que l'on sait. Différents points, concernant la vie du jeune homme avant son crime, ont été précisés. Roger Boivert a de nouveau affirmé qu'il n'avait pas eu l'intention de tuer.

Un duel au Parc des Princes

Paris, 25 janvier. – A la suite d'un article publié dans *Paris Midi*, par le rédacteur en chef de ce journal, M. Beineix, et jugé offensant par M. André Hesse, ancien ministre, ancien vice-président de la Chambre des députés, une rencontre au pistolet a eu lieu ce matin à 9 h 30 au Parc des Princes, entre MM. André Hesse et Beineix. Quatre balles ont été échangées, sans résultat. Les adversaires ne se sont pas réconciliés.

* * *

Le Petit Journal, 23 novembre 1938

Le pharmacien Macron s'est pourvu en cassation

Amiens, 22 novembre – On sait que la cour d'assises de la Somme a rendu, dimanche, contre Macron, le pharmacien empoisonneur de sa fiancée, un verdict affirmatif avec circonstances atténuantes. Ce verdict permettait de le condamner aux travaux forcés à perpétuité, mais la cour, indulgente, après en avoir conféré avec le jury, ne lui a infligé que le minimum de la peine, c'est-à-dire cinq ans de travaux forcés. Néanmoins Macron a cru devoir signer un pourvoi en cassation.

Un journalier tue le mari de son amie

Caen, 22 novembre – Depuis un an environ, un journalier de Falaise, Emilien Blais, trente ans, habitant rue du Val d'Ante, était l'ami de l'une de ses voisines, Mme Maisonneuve, âgée de vingt-cinq ans, femme d'un grand mutilé de guerre pensionné à 100 %. Cependant, Blais et Maisonneuve étaient amis et sortaient fréquemment ensemble.
Samedi soir les deux hommes partirent pour la chasse, dans les bois de Noron-l'Abbaye. Le soir, Blais revint seul. Aux questions qui lui furent posées, il répondit que son camarade l'avait quitté dans le courant de l'après-midi pour aller boire, et qu'il ne l'avait pas revu depuis.
Hier, Maisonneuve n'étant toujours pas de retour, sa femme décidait d'aviser le commissaire de police. Blais fut convoqué.

Il s'en tint à sa première explication. Puis il déclara que son compagnon s'était suicidé, parce qu'il souffrait trop de sa blessure.
- Il m'a quitté, ajouta-t-il, pour aller mettre son projet à exécution. Je l'ai suivi du regard, assez loin. Puis, tout à coup, j'ai entendu un coup de feu. J'ai alors pris peur et je me suis enfui.
Par la suite, Blais donnait une nouvelle version du drame. Selon ses dires, Maisonneuve se serait tiré, devant lui, un coup de fusil. Grièvement blessé à la face, il aurait supplié son camarade de l'achever.
- Il souffrait tant, a déclaré Blais, que j'ai cédé. Je me suis placé à cent mètres de l'endroit où il était tombé et j'ai fait feu sur lui, le tuant net.
En compagnie de Blais, le parquet de Falaise s'est transporté ce matin sur les lieux du drame, où le cadavre mutilé a été découvert. Mis en présence du corps, Blais a maintenu ses dernières déclarations. On se demande si la mort du mutilé n'a pas été concertée entre la femme et son ami. Cependant, il est de notoriété publique que Maisonneuve, dont les souffrances étaient intolérables, avait souvent manifesté son intention d'en finir avec la vie.

Six cent trois relégués ont quitté Saint-Martin-de-Ré pour la Guyane

La Rochelle - C'est, formés en cortège par les surveillants militaires de l'administration du pénitencier de Saint-Martin-de-Ré, encadrés par des tirailleurs sénégalais, des gendarmes et des gardes mobiles, que les relégués ont gagné le port où étaient amarrés quatre petits vapeurs : l'*Avenir*, le *Qui-Vive*, l'*André-Bouineau* et l'*Express*.
Vêtus d'un costume de droguet, chaussés de galoches, coiffés de casquettes et porteurs d'une couverture et d'un sac, les prisonniers ont été embarqués sur ces bâtiments. Par une mer houleuse, les quatre vapeurs se sont dirigés vers le *La Martinière*, qui, dans l'avant-port de la Rochelle-Pallice, attendait sa cargaison humaine. A 17 heures, le navire appareillait pour Saint-Laurent-du-Maroni. Il doit faire escale à Alger, où 63 relégués seront embarqués.

ÉPILOGUE – 27 mai 1952

Fin novembre 1938, le *La Martinière* fait escale à Alger pour deux jours, le temps de récupérer les soixante-trois détenus de la colonie française qui vont rejoindre les autres futurs bagnards dans l'antre du navire. Parmi eux, Ahmed, un marin d'Oran qui a eu le malheur de répondre à son patron de pêcherie et, au lieu de se laisser gifler, a rendu les coups. Un peu trop fortement cependant, au point que son commandant de bord est tombé à la renverse et s'est fracassé le crâne contre une bitte d'amarrage. La sentence de la cour d'assises d'Afrique du Nord : le bagne à perpétuité. Et il a eu la chance d'éviter la peine de mort. Il n'y a pas d'espace disponible pour installer ces détenus supplémentaires, à tout le moins est-ce l'impression de tous ceux qui sont dans le bateau depuis le départ de Charente-Maritime, et rares sont ceux qui sont prêts à leur faire un peu de place. Gustave Mailly en fait partie cependant, il pousse ses deux camarades à ses côtés et installe un hamac pour le premier gaillard qui les rejoint dans la cale, le fameux Ahmed. Ce dernier n'est pas très causant, mais il remercie Mailly d'un signe de tête. La grande traversée s'engage en direction de la Guyane, et s'ils partent à 666 détenus, il est peu probable que leur nombre soit identique à l'arrivée. Au fil des jours, Gustave et Ahmed sympathisent. Ce dernier est marin-pêcheur depuis son enfance et n'a jamais fait autre chose de sa vie que pratiquer ce métier, sinon un peu de trafic de marchandises, à l'occasion, avec le bateau de son patron. Son corps est couvert de tatouages de marin, et Gustave, qui a toujours refusé que Rambert pratique son art de tatoueur sur lui, se laisse tenter quand Ahmed lui propose de lui en faire un s'il le souhaite. Mais il ne veut pas de dessin, ni même de texte. Il n'a rien à dire avec sa peau au reste du monde. En revanche, il estime qu'il a une ou deux choses à tenir par-devers lui, à conserver en mémoire, comme la marque de sa destinée. Il demande donc à Ahmed de lui tatouer des chiffres, et uniquement des chiffres. Sur l'épaule droite, il fait inscrire son matricule de bagnard, le 6537, et sur l'épaule gauche, 666, en souvenir de leur traversée et de l'enfer qui les attend à Cayenne. Ils mettent dix-sept jours à franchir l'Atlantique, et quand ils arrivent à quai, exsangues et épuisés pour la plupart, il n'y a plus dans les entrailles du navire que 652 détenus. Deux sont morts de maladie, trois sont passés par-dessus bord volontairement, plusieurs autres de manière moins volontaire, après une bagarre, ou un vol qui a mal tourné, et sans qu'on sache s'ils étaient encore en vie avant de faire le grand plongeon, et pour les derniers, ce fut le résultat d'une tentative de mutinerie. Le *La Martinière* dispose en effet d'un réseau de tuyauterie complexe, qui amène l'eau courante et le chauffage dans les cales. Les gardiens s'en servent pour y brancher des lances à pression, avec lesquelles ils rejettent de l'eau bouillante et de la vapeur brûlante sur les éventuels mutins. Plusieurs de ceux qui s'y sont frottés ont succombé à leurs brûlures. Quand en décembre 1938, il descend la passerelle du bateau en boitillant, pose les pieds à terre et qu'il ressent la chaleur humide qui le saisit, Gustave ne donne pas cher de son temps en Guyane. Mais encore une fois, il se méprend sur sa chance ou sa malchance.

Les fers aux chevilles, Ahmed et lui avancent lentement jusqu'aux baraquements, et après avoir traversé une cour, jusqu'au bureau de recensement et de tri. Un fonctionnaire observe Mailly sous toutes les coutures, et un médecin jette un regard par-dessus son épaule avant de statuer sur son sort. Il passe chez le coiffeur, qui lui tond à nouveau le crâne sur lequel des cheveux bruns et drus ont déjà repoussé depuis son départ de France. Il suit ensuite la file de détenus, un papier accroché à son torse, et au milieu d'un entrepôt, devant la table d'une sorte de fourrier, on lui remet sa nouvelle tenue, adaptée à sa fonction. Gustave a droit à un chapeau de paille, un pantalon et une chemise de bure, ainsi qu'une vareuse qu'il ne devra revêtir que le dimanche pour les promenades-défilés. Ahmed a moins de chance, on lui remet un béret, et on ajoute aux vêtements de base un tablier de forgeron. Gustave sera jardinier, Ahmed ouvrier. Et tous les deux se quittent aussitôt, Gustave est orienté pour partir à Saint-Jean du Maroni, tandis qu'Ahmed va à Cayenne. Ils ne se reverront jamais plus. Gustave ne sait pas encore qu'il fait partie, avec Ahmed, du dernier convoi vers le bagne et des derniers arrivants en Guyane. Après eux, plus aucun bateau n'accostera et ne lâchera sur le quai sa cargaison de détenus. Mais le bagne lui-même est loin d'être aboli.

Gustave passe Noël dans son nouveau pénitencier, et après avoir découvert cet environnement particulier, il a vite compris qu'il ne ferait pas de vieux os s'il ne se mettait pas dans les bonnes grâces d'Henri Bove, un détenu qui tient dans sa main l'essentiel des fortes têtes et avec qui il vaut mieux être ami. Il se rapproche aussi d'un dénommé « Bouboule » Ankrenas, qui est arrivé avec lui par le même bateau et qui a un talent inné pour mettre en place des échanges et du troc de tout et n'importe quoi. Il subit son sort en s'accommodant comme il peut de la chaleur étouffante, de la nourriture médiocre, et de longues journées à bêcher la terre et à tenter de récolter quelques légumes pour les huiles locales et leur famille. À deux reprises, il fait des séjours à l'infirmerie, sa jambe le lançant à nouveau et la fièvre ne le quittant pas. Mais il n'y a pas de signes d'infection importante, et après quelques jours de traitement il est renvoyé à ses tâches quotidiennes. Au bout de quelques mois, deux jours après la déclaration du 2 septembre 1939, il apprend par un gardien que la France est en guerre contre l'Allemagne. Si ce conflit met un coup d'arrêt définitif aux convois de bagnards, il ne lui apporte que des ennuis. L'administration coloniale est prise d'un réflexe de panique, et elle se range rapidement sous la bannière de Pétain, espérant éviter un mouvement de révolte chez les détenus. Mais la vie en semi-liberté de la plupart d'entre eux ne les prédispose pas à se retourner contre leurs maîtres, leur rêve est tout autre, et l'évasion une obsession pour l'essentiel des bagnards. Gustave, pour sa part, a mis de la distance avec ce fantasme quelques jours après son arrivée. Il a conscience que son état de santé ne lui permettra jamais de courir assez vite et de tenir assez longtemps dans les marécages et la jungle environnante. Cependant, leurs conditions d'enfermement se durcissent sensiblement avec la guerre, et ils perdent une partie de leurs privilèges. En février 1941, une soixantaine de relégués décident d'entrer en résistance et s'évadent. Le gouverneur Veber, vichyste de la première heure, durcit les conditions de détention et réduit très fortement les rations alimentaires. Gustave n'a plus le droit de sortir comme autrefois, et il mange si peu, qu'il maigrit à vue d'œil. Seul Bouboule parvient, on ne sait par quel miracle, à améliorer l'ordinaire pour quatre d'entre eux dont il fait partie. Cela permet à Gustave de survivre, quand la plupart de ses camarades se transforment en squelettes sur pied, dépérissant et passant l'arme à gauche pour finir. Plus question alors de défiler en vareuse le dimanche, au son des musiciens de la fanfare, avec leurs clairons et tambours qui ouvrent la marche. La plupart des détenus meurent littéralement de faim. Gustave n'en peut tellement plus qu'en 1942, il finit par tenter une évasion. Il est repris trois jours plus tard, enfermé en cellule et mis au pain sec et à l'eau. Mais il survit à nouveau, quand plusieurs de ses camarades disparaissent. En mars 1943, quand la Guyane rejoint la France libre, la moitié des relégués qui étaient encore dans les registres de l'administration pénitentiaire de Cayenne sont morts, une véritable hécatombe.

* * *

Gustave Mailly disparaît de ces registres administratifs en 1946. La même année, l'Armée du salut finit de rapatrier près de deux mille bagnards en France, dont un certain Seznec, gracié par de Gaulle. Gustave Mailly ne fait pas partie de ceux qui sont revenus à cette période. On perd justement sa trace à cette époque-là. Une mention, dans un répertoire médical d'un hôpital de campagne, au nom de Mailly, fait penser que le 27 mai 1952 il s'est éteint du typhus et a été enterré sur place. Pour certains, dont Bouboule qui est resté en Guyane et n'est jamais rentré en France, ce Mailly-là n'était pas le bon, mais un évadé qui a usurpé son identité. Pour d'autres, Gustave a emprunté le matricule d'un bagnard décédé et lui aussi a endossé une histoire qui n'était pas la sienne pour disparaître. Il serait retourné en France, après le 25 septembre 1952, quand est enfin décidé le rapatriement des derniers bagnards en métropole. Mais quelles que soient les hypothèses, nul ne sait véritablement ce que Gustave Mailly, le boiteux, l'assassin d'Écully, le complice de Rambert, est devenu.

En 2016, Éric Mailly, un jeune capitaine de police nommé à Lyon, tente bien de retrouver la trace de celui qu'il soupçonne être un de ses ancêtres éloignés, mais en vain. Il parcourt des rayonnages entiers d'archives, vérifie si Mailly, sous un nom d'emprunt, ne serait pas venu se recueillir sur la tombe de sa famille à Saint-Didier-au-Mont-d'Or, et à cette occasion découvre que, faute d'entretien par un descendant pendant plus de trente ans, la tombe a été vidée, allouée à une autre famille en 1971, et les restes ont fini à l'ossuaire. Au terme de son enquête et de celle de son père qui a recomposé leur arbre généalogique, il finit par se faire une raison ; Gustave Mailly, son grand-oncle, fait partie de ces quelques bagnards oubliés par l'Histoire et l'État français. Il aura tenu sa promesse de ne pas être enterré à côté de son père, et sera parvenu, en disparaissant ainsi aux yeux de l'administration, à une certaine forme d'évasion.

Notes

* : École Nationale Supérieure de la Police.

1 : Saint-Rambert-l'Île-Barbe est une ancienne commune française du département du Rhône, annexée à la ville de Lyon le 7 août 1963.

2 : Saint-Didier-au-Mont-d'Or est une commune française située dans la métropole de Lyon, limitrophe de Saint-Cyr-au-Mont-d'Or. Elle est aujourd'hui parmi les communes les plus aisées de la métropole.

3 : Anatole Deibler (1863-1939) : ce fut sans doute le plus célèbre bourreau de la République française. Il succède au poste d'exécuteur à son propre père, Louis Deibler. Sa mère, Zoé Rasseneux est la fille du bourreau d'Alger, et il se forme d'ailleurs au métier avec son grand-père. La guillotine est une véritable histoire de famille chez les Deibler. Durant sa carrière, il exécutera 395 condamnés à mort.

4 : *barbe* : en argot fait référence au terme « barbeau », désignant un souteneur, un maquereau.

5 : Cuirassé *Le Paris* : de l'escadre de la Méditerranée, lancé en 1912 par la marine française, il dispose de 1800 hommes d'équipage. Durant la Première Guerre mondiale, il est affecté en appui à l'armée du Monténégro, puis fournit une couverture au barrage d'Otrante en mer Adriatique. Après-guerre, il couvre les troupes grecques lors de l'occupation d'Izmir jusqu'en 1919. Du 25 octobre 1922 au 25 novembre 1923, il subit une rénovation à Brest. Il revient en Méditerranée et soutient ensuite les troupes françaises en 1925 lors de la guerre du Rif. Il devient un navire-école en 1931.

6: *Barca*: forme abrégée d'une expression arabe du Maghreb prononcée *barka hlas*: « de grâce, assez ! » En argot, exprime le refus, l'impossibilité : « assez », « ça suffit ».

7 : ostéomyélite : infection de l'os généralement provoquée par des bactéries, des mycobactéries ou des champignons.

8: Croiseur léger Colmar: lancé en 1908 à Danzig, il fut un des bâtiments pris à la marine allemande après la Première Guerre mondiale (il s'intitulait alors le SMS Kolberg). Affecté à la Marine française en avril 1920 à Cherbourg, il prend le nom de Colmar et rejoint la division d'Extrême-Orient en mer de Chine et du Japon. Il est présent au Japon lors du séisme de septembre 1923 et apporte son aide pour évacuer les ressortissants français. Rentré en France en février 1925, il est alors utilisé comme navire disciplinaire, à des fins de casernement, jusqu'au 21 juillet 1927 où il est rayé de la Marine française et démoli en 1929 à Brest.

9: rabiot: temps de service actif supplémentaire auquel est astreint un militaire qui a encouru une peine disciplinaire. Familier : supplément, surplus.

10: maison: si utilisé seul, en argot, le plus souvent désigne une maison de passe, un bordel.

11 : poulets de grain : désigne la jeunesse d'un garçon ou d'une fille. Ici sous-entend une très jeune fille.

12 : le ou la casse : cambriolage, les casseurs, étant des cambrioleurs. Désigne aussi par extension la vantardise, la fanfaronnade. Les casseurs sont des insolents, voyous aux mauvaises manières, qui ne savent pas se tenir. Par extension encore, le mot « casseurs » a été associé à la violence, à la brutalité, et plus tard au fait de véritablement casser quelque chose, de le briser, le détruire.

13 : Corre La Licorne, société de construction automobile française créée en 1901 et disparue en 1949. Dans ses mémoires, Rambert fait certainement référence à la Licorne 5V, petite voiture cabriolet deux places, à moteur à quatre cylindres de 950 cm3 qui fut un succès à l'époque et fut produite à partir de fin 1927.

14 : le fort Champagne que décrivent Mailly et Rambert dans leurs mémoires correspond au fort de la Duchère, aussi dénommé fort de Balmont, situé dans le IXe arrondissement de Lyon, il était composé de cinq bastions, construits entre 1844 et 1851 et avait une forme en étoile rappelant les constructions de Vauban. Il a été détruit dans les années 1960 et on trouve notamment sur son ancien emplacement le stade de la Duchère.

15 : Dans les recensions journalistiques de l'affaire, la mention du modèle exact n'apparaît pas. Il s'agit sans doute du pistolet Le Français 6,35 mm ou .25ACP « modèle de poche » : version de base, la plus compacte. La forme de la poignée est modifiée en 1924. Il fut produit sans discontinuité à de très nombreux exemplaires. Célèbre en particulier parce qu'utilisé intensivement par la Résistance française durant la Seconde Guerre mondiale.

16 : Dans les recensions journalistiques de l'affaire, la mention du modèle exact n'apparaît pas. Il est probable qu'il s'agisse d'un pistolet Browning modèle de 7,65 mm très représenté dans les années 30 en Europe (soit le modèle FN M1900 ou le 1910, Ruby et Star).

17 : matons (mal écrit par Rambert dans ses mémoires, puisqu'il donne au mot deux t au lieu d'un seul) en argot désigne soit les gardiens de prison, soit les policiers, soit les indicateurs de la police (mouchards).

18 : bourdille : terme argotique qui a plusieurs acceptions. En premier lieu, il s'agit d'une balance, d'un dénonciateur, d'un traître. Mais il peut aussi s'agir simplement d'un individu méprisable. Par extension, dans le milieu, le terme a aussi parfois désigné les policiers : une « bourdille » (une balance) peut donc être arrêtée par une autre « bourdille » (un policier).

19 : sacs : désigne des billets de banque, ou des pièces de mille francs.

20 : Il s'agit aujourd'hui de la rue Édouard Herriot, qui porte ce nom depuis la mort du maire de Lyon en 1957. Auparavant, elle se nommait donc rue de l'Hôtel-de-ville (depuis 1870). C'est une des rues commerçantes les plus importantes de la presqu'île de nos jours, reliant la place Bellecour et la place des Terreaux.

21 : doublard : deuxième prostituée au service d'un souteneur, parfois méconnue de la première et principale (la régulière), est considérée comme inférieure hiérarchiquement. Elle peut être une remplaçante si la principale vient à disparaître.

22 : « la Mercière » : surnom donné au quartier des Cordeliers, dans le second arrondissement de Lyon où se situe la rue Mercière.

23 : La place de Paris se situe à Vaise, face à la gare.

24 : Ce que Rambert nomme la place du Port dans ses mémoires est probablement la place du Port-Neuville, sur la rive gauche de la Saône dans le premier arrondissement, située quai Saint-Vincent.

25 : « la Guille » : désignation argotique du quartier de la Guillotière à Lyon.

26 : Pneumonie caséeuse : forme de tuberculose se caractérisant par des modifications du tissu pulmonaire, affection due à un virus ou une bactérie.

27 : tapage à la flan : « à la flan » signifie à la fois au hasard et bas de gamme, gagne-petit ; le tapage étant l'art de frapper ou d'écouter aux portes pour savoir si quelqu'un est dans un endroit ou si au contraire le lieu est vide. Si quelqu'un vient, on donnera une excuse quelconque, si personne n'est présent, alors le lieu peut être visité par le cambrioleur.

28 : bugne : ici Rambert n'utilise pas le terme de manière argotique (signifiant un coup donné ou reçu), mais bien dans son sens premier, à savoir celui de la pâtisserie lyonnaise par excellence, un beignet plat et croustillant, à la pâte fine cuite dans l'huile et saupoudrée de sucre.

29 : Berliet VTB 1924. Véhicule à moteur électrique particulièrement silencieux et apprécié pour cela lors des processions funéraires, son autonomie était d'une quarantaine de kilomètres et sa vitesse maximum de 22 km/h.

30 : Alexandre Lacassagne (1843-1924) : fit partie des fondateurs de l'anthropologie criminelle d'importance à Lyon, et une avenue porte son nom dans la ville aujourd'hui. Il se démarque de l'école italienne qui voyait dans l'atavisme la raison la plus évidente des crimes. Il est un des pionniers de la police scientifique, en particulier dans l'utilisation de la balistique ou dans l'étude de la putréfaction morbide. Cependant, certaines des théories qu'il émet sont battues en brèche, en particulier l'explication de crimes par la phrénologie, pseudoscience dont il était un fervent adepte.

31 : Edmond Locard (1877-1966), docteur en médecine légale, avec A. Lacassagne, il ouvre la voie à la police scientifique, et introduit notamment l'étude des empreintes digitales dans les enquêtes policières.

32 : Quant aux femmes détenues, en 1939, à l'occasion de la préface d'un ouvrage consacré aux dessins de criminels, Jean Lacassagne donne une interprétation toute personnelle de leurs capacités artistiques : « Une constatation mérite d'être soulignée :

les détenues femmes ne dessinent pas. Certes, elles tracent bien sur les murs de leur cellule des inscriptions d'un érotisme d'autant plus effréné qu'elles sont plus jeunes ; elles ne manquent pas de les illustrer d'impressionnants phallus, mais ce ne sont là que de simples graffiti, ce ne sont pas des œuvres. Cette rareté des dessins féminins vient sans doute de l'insuffisance créatrice de la femme dans tous les domaines et plus particulièrement dans les arts plastiques. »

Nota Bene

Si l'histoire de Louis Rambert et Gustave Mailly, telle que narrée dans ces pages, suit pour l'essentiel le fil de leur véritable destinée (à partir des documents indiqués ci-après, et en prenant parfois quelques libertés d'interprétation), à tout le moins pour ce que l'on en connaît (des versions sont parfois contradictoires), la composition, les caractères, les destins de nombreux autres personnages et la survenue d'événements sont bien évidemment fictifs.

En revanche, l'ensemble des faits divers rassemblés dans les « Actualités », ainsi que les notations météorologiques des « bulletins de situation » annuels sont retranscrits à partir de sources historiques.

Sources :

L'écriture de ce roman n'aurait pas été possible sans le recours à de nombreuses sources documentaires et journalistiques.

En premier lieu et avant tout autre élément, le recueil de documents, lot 234 interdit à la vente Pierre Bergé prévue le 16 mai 2014, rassemblés dans l'ouvrage relié avec la peau de Louis Rambert et comprenant : la fiche anthropométrique de Rambert, sa fiche signalétique, son acte de décès et le justificatif des pompes funèbres, le relevé de ses empreintes, les photographies de Rambert lors de son arrestation et, mis à nu, de ses tatouages ; le testament autographe rédigé par Rambert, ses mémoires autographes en prison, le testament autographe rédigé en prison par Mailly et ses mémoires autographes, ainsi qu'une photo le représentant sur une civière, une lettre manuscrite du docteur Jean Lacassagne, et la reproduction d'un ensemble d'articles de journaux de l'époque traitant de l'affaire d'Écully.

En second lieu, plusieurs articles relatifs à l'affaire, ceux de l'époque, différents du lot 234, et un long article récent du *Progrès*, par Hugo Poncet, disponible en ligne et qui s'est ajouté à la récupération de l'ensemble des documents extraits du recueil relié avec la peau de Rambert ; plusieurs sources relatives à l'étude médico-légale des tatouages par le docteur Alexandre Lacassagne (1843-1924) conservées à la bibliothèque universitaire Lyon 1, son ouvrage intitulé *Peine de mort et criminalité : l'accroissement de la criminalité et l'application de la peine capitale* (publié en 1908, disponible en ligne sur le site de la BnF), et celui intitulé *Les tatouages, étude anthropologique et médico-légale* (publié en 1881, disponible en ligne sur le site de l'université Paris Descartes) ; un supplément à la revue médicale *Crocodile* sur *Les Tatouages du Milieu* par Jean Lacassagne (1886-1960), et du même Jean Lacassagne, un ensemble de textes et dessins intitulé *L'Art en prison. Dessins de criminels*, publié en revue en 1939, et la préface à l'ouvrage *Maisons closes, L'histoire, l'art, la littérature, les mœurs*, édité aux éditions Aux dépens de l'auteur en 1952; plusieurs articles relatifs à la vente aux enchères en 2014 d'ouvrages du bibliophile Philippe Zoummeroff, dont le livre relié en peau humaine et un exemplaire de *Mein Kampf*, et parus dans *Livres Hebdo* (par E. Pierrat), une dépêche AFP reprise par *Le Monde, Libération* et *Le Nouvel Observateur* en mai 2014 ; l'ouvrage de Xavier Domino, *Fleurs de bagne, Photographies de tatoués dans l'entre-deux-guerres* (consultable : http://journals.openedition.org/etudes-photographiques/273), la thèse de Jean-Lucien Sanchez, *La relégation des récidivistes en Guyane française 1887-1953*, EHESS, 2009 ; *Prisons et prisonniers dans le Rhône*, archives départementales du Rhône, 1998 ; enfin, la consultation des archives des journaux *Le Petit Journal, Le Matin, La Croix, Le Temps* et *Lyon Républicain*, dans leurs parutions échelonnées entre 1903 et 1938, grâce aux sites de la BnF, gallica.fr et à retronews.fr, ainsi que les archives météorologiques disponibles notamment sur les sites meteo-paris.com et prevision-meteo.ch.

Ce roman a été écrit en écoutant la discographie complète de *Chevelle, Evans Blue, Earshot*, certains morceaux de *Soundgarden, Lacey Sturm, Staind, Papa Roach, 10 Years, 3 Doors Down* et *Egypt Central.*

Table

Du même auteur

La ligne 97
récit
Le Rouergue, coll. « La Brune », 2002

Le pli, la pluie et puis après
poésie
Tarabuste, 2004

In Memoriam
poésie
L'Amourier, 2006

Soif et surface de l'ombre
poésie
Tarabuste, 2008

Gueules d'ombre
roman
La Manufacture de livres, 2022
et « Points », 2023

De la confusion
poésie
Tarabuste, 2022

Jusqu'à la corde
roman
La Manufacture de livres, 2023
et « Points », 2025

ILS ONT COLLABORÉ À CE LIVRE :

PIERRE FOURNIAUD
DIRECTION ÉDITORIALE ET COORDINATION

LISE CLAUDEL
CORRECTION

ALICE MARTIN
RELECTURE

BRUNO RINGEVAL
COMPOSITION

YVAN CARDONA
IMPRESSION

ALEXANDRE BLOMME
RELATIONS PRESSE

LES ÉQUIPES DU CDE ET DE LA SODIS
DIFFUSION ET DISTRIBUTION

AGENCE TRAMES
CESSIONS DE DROITS

LES LIBRAIRES
COMMERCIALISATION ET PROMOTION

DÉPÔT LÉGAL : MAI 2025
IMPRIMÉ EN FRANCE PAR CORLET
N° D'IMPRIMEUR : 25010735